종이배에 별을 싣고

곰곰씨 34인 작품집

종이배에 별을 싣고

박덕규 외

곰곰나루

이 자리에 서른넷이 모였다. 수필이 많고 그 다음 시, 그 다음 엽편소설이다. 곰곰나루문학아카데미에 내놓고 서로 이러쿵저러쿵 얘기하면서 더 깊이 생각한 글이다. 멀리는 종이배를 접어 미지의 세계로 떠나보내던 일에서, 가까이는 어젯밤 하늘에서 빛나는 별을 쳐다본 일에 이르기까지다. 대개는 삶의 두께에 매몰돼 버린 자신만의 어떤 것들이다. 꿈이라 해도 좋고, 한이라 해도 좋고, 가족이나 공동체와 빚어온 애환이라 해도 좋다. 습작 수준도 있지만 기성문단 발표작이며 등단작, 입상작, 대표작 등 다양하다. 장르도 그렇다. 경험한 것을 운치 있게 드러내는 에세이에도, 비유하고 상징하는 언어에 생각을 녹이는 시에도, 재미와 재치를 더하는 픽션에도 밖에서 안을 찾는 과정이며 겉을 씻어내고 속엣것을 드러내는 노력이 얹어져 더욱 글다운 글이 되고 있는 듯하다. 어쨌거나 좋은 문학으로 나아가는 그 길에 동참하는 뿌듯함이 깊다.

2024년 7월
박덕규

차례

권정이

수필
후라보노 담배
암소 이야기

권정이
2021년 『현대계간문학』 제19회 신인상 시 부문 당선으로 등단. js520526@hanmail.net

후라보노 담배

오늘도 나는 버스에서 내려 가락시장 다농마트에서 아홉 개씩 포장된 후라보노 껌 열 통을 샀다. 한 개를 뜯어 입에 넣고 다섯 개 청과 중 한국청과부터 들어서며 안면이 있는 사람에게 한 개씩 건넨다. 자동화가 된 기계처럼 이런 행동을 하는 것도 30년이 넘었다. 후라보노 껌은 국내 세 개 회사에서 생산하는 껌인데 그 중 한 개 회사의 제품만 사용한다. 이것저것 씹어봤지만 입냄새 제거나 쫄깃함이 가장 좋은 것 같아 그 제품만 사용한다.

주 활동지가 된 가락시장을 거의 날마다 가면서 고객 친화용으로 마땅한 물품을 찾다가 껌을 사용하기로 한 것이 지금은 내게 껌이 없으면 사람들이 이상하게 생각할 정도가 되었다. 처음에는 소책자를 돌려봤지만 시장이 워낙 넓고 상가 수가 많아 휴대하기도 무겁고 비용도 만만치가 않았다. 그리고 가락시장 상인들은 낮에 근무하는 사람도 있지만, 대부분의 중매인들 중 야채는 오후 7시부터 수산물과 청과물은 자정부터 경매를 시작하므로 전날 오후에 출근해서 이튿날 아침 10시쯤이면 거의 퇴근한다. 낮에 근무하는 사람들과 생활 주기가 다르기 때문에 사람들을 만나려면 일과를 마무리하는 아침 일찍 가야 하고 만난다 해도 피곤해서 길게 상담하기도 어렵다. 더구나 독서는 더 귀찮아서 생각 끝에 가볍고 비용도 적게 들며 받는 사람도 부담 없는 껌을 선택한 것이다.

지금은 사회 풍조와 사고방식이 많이 달라졌지만 수십 년 전만 해도 우리나라 남자들은 초면인 사람과도 담배를 건네며 담뱃불을 붙여주고 서로 통성명을 하면서 금방 가까워지던 것에서 힌트도 얻었다.

처음엔 껌을 주면서 담배 받으라고 하면 어리둥절하며 어색해 하던 사람들이 서너 번 건네다 보면 이해가 된 듯 웃으며 조금씩 친숙해졌고 미처 주지 않아서 달라고 하면 오히려 내가 민망해질 때가 있다. 시장에 다닌 지 20년 만에 보험을 가입한 고객은 처음에는 씹다가 바닥에 버려지는 껌을 청소하라며 빈정대면서도 껌은 늘 받았는데 지금은 오히려 내가 준 껌 값을 달라고 농담을 하는 친한 사이가 되었다.

사무실보다 더 편해진 시장에서 두어 시간을 만나다 보면 계약 건은 없어도 매일 오육십 개의 껌이 소비된다. 가게에 직원 수가 많거나 거래처 손님이 있을 때면 아는 사람만 줄 수 없기에 넉넉히 준비하고 다닌다. 어떤 사람은 가입도 못하면서 껌만 받는다며 미안해하면 '껌 값인데 뭐' 하며 건네고, 어떤 이들에겐 한꺼번에 계산하라고 하면 알겠다며 대답은 잘 한다.

몇 년 전부터 각종 매체를 통해 흡연자들에게 무서운 공포심을 심어주는 금연 캠페인을 강하게 해도 여전히 담배를 못 끊는 젊은 상인들이 많다. 피곤하기도 하고 스트레스가 원인이기도 하지만 하루에 한 갑을 피우면 한 달에 십 만원이 넘는 돈이 연기로 사라지며 건강을 해친다. 언제부터인지 나는 그들에게 담배 대신 후라보노 담배를 애용하고 담배 값으로 연금을 가입해 보라고 권한다. 연금을 가입하면 종신까지 용돈도 받고 건강도 지킬 수 있다면서 듣든지 말든지 잔소리처럼 하고 다닌다. 어릴 때 어른들 말씀을 그 당시엔 귀담아 듣지 않았지만 지금까지도 뇌리에 남아 생활에 도움이 되고 있기에 언젠가는 그들도 내 진심을 알아줄 날이 있을 것 같아서다.

담배를 피우다 나를 보고는 '이제는 담배를 끊어야 하는데⋯.' 하며 담뱃불을 끄는 사람이나 담배를 피우다 껌 달라는 사람에게 담배 끊으면 준다고 하면서 뜻하지 않은 위험이나 노후 준비 등에 대한 컨설팅으로 시작한 직업인 셈인데, 금연운동 소임까지 맡은 착각을 할 때가 있다. 나의 진심과 노력이 헛되지 않는다면 소기의 효과가 있을 거라는 소망도 가져본다. 좋은 제품을 만들어 내게 도움을 준 껌을 만든 회사와 이 일을 하지 않았으면 다른 사람의 삶에는 무관심하게 살고 있을 나에게 인생의 큰 교훈을 준 보험회사에 감사한다. * 2023.11.4.

암소 이야기

TV를 시청하다 팔순이 넘은 노인 부부가 소를 기르며 자식처럼 돌보는 장면을 보고 어린 시절 고향집에서 가족처럼 늘 함께 지냈던 암소들의 모습을 떠올렸다. 소는 내가 태어나 사물을 인지할 때부터 아버지를 거쳐 오빠가 돌아가실 때까지 늘 마구간을 안방인 양 차지하고 있었는데 짐작컨대 나보다 먼저 우리 식구가 되어 있었던 것이다.

논밭을 갈거나 씨 뿌리기 전 흙을 고르게 펼 때는 고삐로 방향을 잡아주면 쟁기질이나 써레질을 잘도 해냈고 논밭에 거름을 내거나 가을에 볏단과 겨울에 땔 나무를 실어올 때도 그만한 운반수단이 없었다. 무거운 짐을 나를 땐 코뚜레를 하고 크고 순해 보이는 눈을 껌벅거리며 힘들게 걷는 걸음은 어린 마음에도 안쓰럽고 불쌍하기만 했다.

우리 집은 황소보다는 주로 암소를 길렀다. 황소가 힘은 세지만 성년이 된 암소는 해마다 송아지를 낳아 가계소득을 올리는 데도 한몫했기 때문이다. 송아지를 낳은 날은 풀이나 짚만으로 끓이던 소죽에 보리나 밀을 넣은 특식을 주면서 마구간 앞에는 금줄을 치고 사흘 정도는 일도 시키지 않았다. 여자는 부정 탄다고 새끼를 낳는 장면은 직접 보지는 못했지만 금방 태어난 송아지는 양수로 젖은 몸을 어미소가 혀로 몇 번 핥다주면 금방 일어서서 뒤뚱거리고 걸었으며 서너 시간 지나면 어미소의 젖을 빨았다. 송아지는 자라면서 어미 곁을 항상 따라다녔고 젖을 먹을 때는 어미 배를 툭툭 치곤 했는데 그때의 어미소의 눈은 무척 행복해 보였다.

하지만 송아지가 태어난 지 다섯 달 정도 지나면 아버지는 어미소를 몰고 아침 일찍 이십 리가 되는 장으로 송아지를 팔러 가셨다. 송아지는 어미소와 영영 헤어진다는 것도 모르고 촐랑거리며 따라 나섰다. 장터에서의 매매 장면은 본 적이 없지만 해질 무렵이 되어 집앞 못둑 길에서 어미소의 울음소리가 들리면 송아지를 팔았다는 걸 짐작할 수 있었다. 송아지를 떼어놓고 들어오는 어미소의 눈은 슬픔을 넘어 분노로 가득 찬 것 같았다. 어미소는 밤새도록 울부짖으며 마구간을 뛰쳐나오려고 몸부림을 쳤다. 그날이 지나면 어미소는 또 고된 일을 했다 일을 하면서도 금방이라도 눈물이 쏟아질 것 같은 눈으로 먼산을 바라보며 큰 소리로 새끼를 찾았다.

수십 년이 지나고 이제 손주까지 둔 나이가 되었는데도 어린 시절 어미소의 슬픔이 가득 찬 눈망울과 짐이 무거워 뒤뚱거리는 발걸음, 새끼와 이별하고 울부짖던 모습들이 지금도 생생하게 떠올라 눈시울이 붉어지곤 한다. 소를 팔고 오던 날이면 아버지가 도중의 주막에 들려 취하도록 막걸리를 마시고 들어와서 아무 말씀도 없이 어미소의 등을 한번 쓰다듬고 사랑방으로 들어가시던 심정도 이제야 헤아릴 수 있다.

지금의 우리나라 소들은 다른 식용 짐승과 마찬가지로 놀면서 먹기만 하다가 인간들의 먹잇감이 되지만 그 시절의 소는 늙도록 일만 하다가 생을 마감한다. 특히 일생 동안 새끼와 생이별을 몇 번을 해야 하는 암소의 삶은 더 기구하다. 요즘 들어 식성도 변했지만 평소에도 소고기로 만든 요리를 대하면 냄새가 역하고 거부감이 앞서는 것도 옛날 고향집에서 함께 살았던 소에 대한 미안함과 아픈 추억이 작용하는 것 같다. 불교의 윤회설이 맞는다면 우리 집에 살았던 암소들은 인도에서 다시 태어나 숭배를 받거나 사람들의 사랑을 받는 애완동물로 환생하기를 빌어본다. * 신작(2023)

김경림

수필

거꾸로 잠긴 산
책장을 넘기듯

김경림

서울에서 태어나고 자랐다. 학교를 마치고 직장생활을 하던 중 20대 후반에 결혼과 동시에 미 캘리포니아 오렌지카운티에서 살게 되었다. 자영업을 계속해 왔고 글쓰기와는 거리가 먼 생활을 하였다. 2016년 초 우연히 미국에서도 문학반이 있어 글쓰기를 배울 수 있다는 것을 알게 됐다. 지금은 작고하신 박봉진 수필가의 가르침에 글의 첫걸음마를 내딛었다. 수필을 쓰면서 마음의 치유를 경험하고 순화되어 감에 매료되었다. 2016년 말『그린에세이』로 등단했다. 개인사정으로 수년간 글쓰기와 동떨어진 생활을 했다. 허허로움과 갈급함으로 방황하던 시간을 지나 다시 만나게 된 글쓰기의 소중함을 느끼며 하루하루 감사하고 행복한 시간을 보내고 있다. kyungk9663@gmail.com

거꾸로 잠긴 산

사진전에 다녀왔다. 사진을 통해 우연히 알게 된 L. 개인전을 연다는 소식을 듣고 설레는 마음으로 전시장에 들어섰다. 실내는 간접조명으로 따스한 기운이 감돌고 벽에 걸려 있는 사진들과 어우러져 멋진 하모니를 이루고 있었다. 테마별로 걸려 있는 작품들이 저마다 이야기를 품고 있는 듯하다. 한 작품을 세상에 내어 놓기까지 얼마나 많은 노고와 기다림이 있었을까. 작품 하나하나에 작가의 열정이 느껴졌다.

자연은 최고의 피사체이다. 사람의 렌즈와 카메라의 렌즈가 일심동체가 되어 절묘한 구두를 끌어낸다. 눈으로 바라보는 세상과 사진을 통해 보이는 세상이 다를 때가 있다. 시간과 빛의 방향에 따라 색감과 음영이 달라진다. 보탬과 덜어냄이 조화를 이루어 아름답게 표현됨이 사진의 매력이 아닐까 싶다.

오른쪽으로 들어섰다. 낙조의 고혹한 빛이 호수에 그림자를 드리운다. 온통 감홍빛으로 붉게 물들인 사진을 마주하니 얼굴이 석양빛에 젖어드는 것만 같다. 갈대밭이 데칼코마니 되어 가을이 더욱 깊어 보였다. 자카란다 나무의 보랏빛 꽃향기가 묻어 나오는 듯하다. 끝없이 펼쳐진 황금빛 들녘에서 평안함을 느꼈다. 이야기가 숨어 있는 듯하여 엿보는 재미가 쏠쏠하였다.

벽에 걸린 사진들과 하나씩 눈인사를 나누며 지나쳤다. 내 마음을 사로잡은 사진. 바위산이 호수에 거꾸로 잠겨 있다. 한 개의 거대한 돌덩이다. 흔들리는 물결에 조각난 산의 떨림이 전해진다. 흐름과 정지가 공존한다. 산과 함께 공생하는 나무와 새들도 수면 아래로 잠겨 있다. 흐르는 구름이 멈춰 있는 그곳에 바람도 침잠해 있다.

바람에 몸을 씻은 나무가 차가운 물살로 한낮의 더위를 식힌다. 날개를 펼쳐 높이 솟아오르던 자유로운 영혼의 새들. 날개를 접고 물의 속삭임에 귀 기울이며 제

몸을 맡긴다. 끓어오르던 웅대한 바위산의 화끈거림이 잦아든다. 고요하다. 소리가 숨었다. 정적 속에서도 생명력은 끝없이 이어진다. 물에 잠긴 산은 짙은 우수에 찬 얼굴로 아크릴 액자 안에 갇혀 있다.

사각의 틀 안에 시간이 멈췄다. 정지된 공간에서 태양의 강한 에너지와 근원적 힘이 느껴진다. 풀 한 포기 살지 않을 것 같은 민둥산이지만 생명의 소리가 들린다. 바위 틈새에 키 작은 나무가 뿌리를 깊이 내렸다. 휘어진 허리에서 고난을 이겨낸 강한 삶의 의지가 배어 나온다. 극한의 환경에서 포기하지 않은 승리자의 모습이다.

살다 보면 불가항력처럼 어쩌지 못하는 현실에 부딪힌다. 타협하면서 깨지고 아파하며 넘어서야 한 걸음 내디딜 수 있었다. 가난은 불편할 뿐 창피한 것이 아니라고 말하지만 정서가 불안정했던 사춘기 때는 가난이 많은 것을 힘들게 했다. 도망치고 싶었던 환경 속에서 왜라는 질문을 무던히 많이 했었다.

힘들었던 그때 물속에 거꾸로 잠겨 있는 저 산을 봤다면 갇혀 있는 가녀린 모습을 보며 슬퍼했을까, 솟아오를 방법을 몰라 안타까워했을까. 지금은 안다. 보이는 것이 전부가 아니라는 것을. 감추어진 본연의 모습이 있다는 것을. 그 안에도 희망과 삶의 조화가 꿈틀대고 있다는 것을.

진실이 아니라고, 허구라고 외칠 용기가 없었다. 보이는 그 이면에 또 다른 사실이 있다는 것을 알았다면 현실을 가볍게 받아들였겠지. 사각의 틀에서 벗어나 날아오른다면 다른 세계가 기다리고 있다는 것을 알았을 텐데.

담금질되어 거듭 단단해질 수 있었던 그 시간에 감사한다. 음식도 숙성을 통하여 본연의 맛과 깊은 식감이 살아난다. 사람도 마찬가지다. 쉽게 접할 수 있는 인스턴트식품 같은 사람보다 숙성된 인성을 갖춘 사람이면 좋겠다. 밝음과 어두움은 늘 공존한다. 강한 에너지에 가리어진 어둠은 슬프고 고독하기만 할까. 그곳에서 마음의 안식처를, 쉼터를 찾을 수 있을지 모를 일이다. 그 어두움을 놓치지 않고 챙겨보는 가슴을 갖고자 노력한다.

얼마나 시간이 흘렀을까. 주변이 조용하다. 사진 여행을 뒤로한 채 가벼워진 발걸음으로 전시장에서 나왔다. 사진 속의 자연 풍광에서 시원한 바람과 청아한 공기를, 물에 잠겨 있는 산의 모습에서 인내와 유연함을 간직하리라. 잠시 일탈에서 벗어나 작은 치유를 경험했다. 행복한 시간이었다. 밤하늘의 별이 유난히도 밝게 빛난다. * 『가든문학』 2019년 창간호

책장을 넘기듯

사망 소식을 접했다. 요사이 새 생명의 탄생으로 초대받기보다 떠나보내는 자리에 자주 참석하게 된다. 살아갈 날이 살아온 날보다 적다는 것을 실감한다. 나에게도 일어날 죽음에 대해 생각의 깊이가 더해가는 요즘이다. 언제일지 모를 이별을 의연하게 받아들일 수 있을지. 순명하여 아름다운 모습으로 떠날 수 있을지.

친구의 남편이 갑자기 유명을 달리했다. 지병이 없던 사람이라 놀라움이 컸다. 다른 세상으로 건너가는 길목엔 나이순서가 없나 보다. 그는 외로움의 돌파구를 술로 달래며 살아왔다. 유일한 위로수단이었던 술이 가족과의 영원한 이별을 재촉하였다. 혼자 술을 마시다 쓰러져 돌아오지 못할 강을 건너갔다. 돌연사는 사인을 규명하기 위해 부검을 해야 하는데 부검 날짜가 늦어져 유가족은 장례 일정도 조율할 수 없어 기다림 속에 지쳐가고 있었다.

미망인과 딸이 세상 밖으로 던져졌다. 망자는 말이 없고 남겨진 가족만이 회한과 아픔의 상처를 아우르고 있다. 죽은 사람만 억울하지 산 사람은 살아가기 마련이라 했던가. 가슴 언저리에 머물고 있는 묵직한 고통. 가장의 부재에서 오는 상실감과 절망의 늪을 견뎌내고 어찌 살아갈지 안타깝다. 앞으로 헤쳐 나가야 할 수많은 시간을 종이접기 하듯 아픔을 차곡차곡 눌러 접고 이겨나가길 응원한다.

떠날 준비를 미처 하지 못한 망자의 뒷모습은 허허롭다. 사물도 감정이 있다면 자신의 처지가 서글프리라. 친구 남편은 생전에 낚시를 좋아해서 낚시에 관한 물건이 많이 있었다. 애지중지하며 아꼈다 한다. 사람은 가고 흔적만 남았다. 손때

묻은 유품들이 빛을 잃고 풀 죽어 있다. 나만의 의미 있던 것들이, 존재의 필요성이, 남에게 짐 덩어리로 전락했다.

일 관계로 알게 된 남미사람의 장례식에 갔었다. 일곱 해를 암 투병하다가 힘겨운 삶을 마감했다. 고통의 삶에서 벗어나 다른 세상으로 떠나는 길을 배웅하러 교회에 도착했다. 문화적 차이에 발걸음이 멈칫했다. 잘못 찾아왔나 싶을 정도로 하객들의 화려한 의상이 눈에 띄었고 유가족들도 파티에 온 것처럼 치장을 하고 있었다. 생전에 고인이 좋아했던 멕시코 전통음악인 마리아치의 경쾌한 연주가 흘러나왔다. 상식선에서 알고 있던 애도의 모습은 어디에도 찾아볼 수 없었다.

죽음의 해석이 판이하다. 우리의 정서로는 슬픔인데 그들은 더 좋은 세상으로의 떠남인 듯하다. 한편으로 생각해 보면 그럴 수도 있겠다. 다른 세상으로 향한 발걸음. 끝이 아닌 시작의 출발지. 발상의 전환으로 장례문화가 사뭇 다르게 다가온다.

생과 사. 떨어뜨려 생각할 수 없는 불가분의 관계이다. 태어남과 죽음의 명제가 친구처럼 함께 있다. 죽음으로 향한 여정이 우리의 삶이라면 사는 즐거움도 생을 마감함도 당연함이겠다. 종이의 양면이 아닐까. 가보지 않은 죽음의 문턱 너머에 살아온 세상처럼 책장을 넘기듯 순연한 사후의 세계가 있기를 기대해 본다.

몇 해 전 중환자 병동에 갔었다. 한쪽 벽에 작은 액자가 걸려 있었다. 사각의 틀 안에 해맑게 웃고 있던 소년. 겨우 11년을 살다 간 삶이다. 장기를 나눠주고 떠나간 어린 생명 앞에 머리를 숙였다. 장기 기증. 나는 그다지 생각해 보지 않고 살아왔는데 꺼져가는 생명에게 희망을 주고 싶다. 이 좋은 세상에서 분에 넘치게 많은 것을 누렸다. 갚을 기회가 된다면 그 또한 감사함이겠다.

나는 어떤 모습으로 생을 마감할까. 이승에 맨몸으로 태어나 옷 한 벌 걸치고 떠나는 여행길이다. 내 소유라고 믿었던 것들이 완전한 내 것이 아니기에 무엇 하나 지니고 갈 수 없다. 욕심을 내려놓자 하면서도 늘 물욕에 정신이 흐려진다. 움켜쥐는 삶보다 펼치는 삶을 살자. 땅에 떨어져 죽어야 비로소 열매를 얻는 씨앗의 이치를 떠올린다. 나를 내려놓아야 자유로워짐을 깨달아가고 있다.

오늘을 생의 마지막처럼 살자. 순간에 충실하고 후회 없이 살자. 최선을 다하고 허락된 시간이 다할 때 피상적인 두려움도 아쉬움도 엷어지지 않을까. 장례식을 자주 다니면서 삶의 무게가 한 겹 떨어져 나간 듯 가벼워짐을 느낀다.

　쾌청한 하늘을 본다. 고인의 얼굴이 구름에 포개져 마지막 인사를 하고 흐른다. 잘 살았노라고, 즐거웠노라고, 먼 훗날 다시 만나자고, 먼저 떠난 이들의 못다 한 삶까지 열심히 살아야 하는 과제를 받았다. 생을 다하지 못한 그들의 시간을 얹어서 두 배 더 감사한 마음으로 살도록 힘써 보련다. 많이 나누고 많이 사랑하며 살아야겠다. * 『가든문학』 2019년 창간호

김미순

동시

응
봉숭아
수박
할아버지 귀
엄마의 날씨

김미순
시집과 신문의 서평을 즐겨 읽는 평범한 독자로 지냈습니다. 외손주에게 동시 선물을 주고 싶은 마음이 동하여 3년 전부터 동시를 습작하기 시작했습니다. 미흡하지만, 2022년 『문예창작』 봄호 동시 부문 신인상으로 등단하게 되었습니다. '나도 동시를 써도 될 만한 새싹인가?' 떨리는 기쁨으로 발을 내디뎠습니다. 그 후 시간을 내어 여행도 다니고 일상생활에서 관찰의 눈도 키우고 작가와의 만남도 찾아다니며 시심을 간직하고자 하였습니다. 문학 공부 열망으로 곰곰나루 시창작아카데미에 참여하게 되어 시에 대한 재미와 기쁨을 알아가는 중입니다. 열심히 살았고 앞으로 뿌듯한 생활로 이루어 갈 긍정의 믿음을 가져봅니다. 마음의 평화로 글을 읽고 동시 쓰는 것에 시간을 집중하고 동심의 길을 더 찾아보려고 합니다.
nicekim17@daum.net

응

요건 어디서
동글게 굴러다니다
왔을까?

아래위 똑같이
동그랗게 생겼을까?

땅에서도 동글고
하늘에서도 동글고

응아할 때 응
대답할 때 응

응 자를 볼 때마다
내 마음도 동글동글

* 2022년 『문예창작』 신인상 동시 당선

봉숭아

한여름날
봉숭아 콩콩 빻아 물들인
엄마 손톱에 빨간 보름달

단풍잎 날리는 가을 한낮에
봉숭아 꽃물 반달로 뜨더니

눈 내린 저녁 되니
오목한 초승달

엄마의 손끝은
아직도 봉숭아 꽃밭이다

* 『마음시』 2023년 가을호

수박

쉿,
비밀인데

초록성
빨간 동굴 안에
까만 보석이 숨었어

내년 여름까지는
아무도 몰라

쉿,
비밀이야

* 『마음시』 2023년 가을호

할아버지 귀

할아버지는 듣고 싶을 때만 듣는다

나쁜 뉴스 할머니 잔소리
듣기 싫을 때는 보청기를 쏘옥 빼내어
서랍 속에 넣어둔다

건강하세요 진지 잡수세요 사랑해요
좋은 말만 골라 듣는다

할아버지 귀는 예쁜 말 모아놓은
소중한 보물함이다

* 『문예창작』 2022년 봄호

엄마의 날씨

송이야
아침 먹어야지!
엄마가 오늘 기분이 좋은가 보다
목소리가 해 맑음이다

송이야
뭐 하고 놀까?
엄마가 오늘 기분이 최고인가 보다
목소리가 달 맑음이다

송이야 오늘은
무슨 책 읽어 줄까?
엄마가 오늘 기분이 반짝반짝한가 보다
목소리가 별 맑음이다

* 『문예창작』 2022년 봄호

김향숙

시

빨래 경전
열람용 봄
이후라는 문장
비누의 예의
돌 속에서 돌을 꺼낸다

김향숙

경북 상주에서 태어났다. 중앙대학교 예술대학원 문예창작전문가 과정을 이수하고 단국대학교 문예창작학과에 재학 중이다. 2019년 경남일보 신춘문예 시 「명왕성 유일 전파사」가 당선되어 작품 활동을 시작했다. 시집 『질문을 닦다』가 있다. 토지문학제 평사리문학상 시 대상, 황순원문학제 디카시공모전 대상, 이병주 탄생 100주년 팬픽 금상, 호미문학대상 금상, 최충문학상 대상 등. 2022년 올해의 좋은 시 100선에 선정, 2023년 중소출판사 출판콘텐츠 창작지원사업에 선정. 현재 한국시인협회 사무국장으로 일하고 있다. friend5073@hanmail.net

빨래 경전

먹장구름 골목을 휘어들어
낡은 바닥에 몸 꺾으며 돌아서는 달동네
옥상에 널린 옷가지들
힘껏 빨랫줄 당기며 날아갈 듯 펄럭인다
붉은 줄을 붙잡고 출렁이는
어두컴컴한 가장의 작업복
오랜만에 아이들의 소매 부여잡고
빙글빙글 돈다, 춤을 춘다
놓친 손을 잡고 다시 놓치는 동안
육현 전깃줄에 몸을 부비며 떠는 바람
커가는 품 늙어가는 품을 기록하는 빨래 사이로
바람이 말을 달린다
저처럼 소박한 경전이 또 있을까
추위와 더위를 한 벌로 품는 색색의 경전
한 줄 바람에 한 몸이 된 식구들
옷 안에서 부대끼며 서로를 아로새긴다
그러니 옷을 입고 벗는 것은 깊은 일
옷 속에서 자라고 죽어가는 바람의 일
바람도 소맷귀 해지는 날이 오듯
몸을 벗은 옷들의 춤이 멈추자
비스듬히 그늘을 누이며
가파른 계단을 올라온 저녁

옷에 묻은 춤을 가만히 털어낸다

* 시집 『질문을 닦다』

열람용 봄

식물엔 식물들만 아는 정확한 날짜들이 있어
꽃피고 지는 일만큼 확실한 기록은 없을 것 같지만
사실, 꽃들은 모월 모일 같은 날짜를 품고 있어

이파리 돋는 시간
봉오리 맺히는 시간

활짝 피는 시간을 나비와 벌들은 기척만으로도 알 수 있어
관객으로 늘 초대받지

그래서 들녘 전시관은
제비꽃이라는 날짜, 민들레라는 날짜, 엉겅퀴라는 날짜를 즐겨 쓰지

흐릿한 흑백사진의 시간을 대체품으로 사용되는 날짜에는
또래가 모여 찍은 단체 사진 속 같은 종류의 웃음들이 있어
열람하고 싶은 봄이지

아무도 모르게 지구가 살짝살짝 흔들리고
태양이 지구의 춥고 어두운 통점을 슬쩍 껴안으면

봄은 활짝 열리지

그러니, 잠깐만 들여다보고
빨리 눈을 떼야 해
그 눈감은 사이로 온갖 꽃들의 낙화가 시작되니까

가끔은,
갸웃거리는 시차들이 섞이기도 하지만

* 시집 『질문을 닦다』

이후, 라는 문장

종이를 구기면
나무의 비명이 들려옵니다
아무것도 쓰여 있지 않은 종이에선 더더욱
북쪽을 편향하는 나무의 울음을 듣습니다
아마도 나무는 오래전 울음을
나이테에 새겼을 것입니다

여름 숲은 제지 공장의 월요일 같습니다
꽃과 나무의 기형은
비극을 저술해 놓은 문자입니다
열매가 달린 나무는
잼이나 시럽을 만드는 안내서

거기 사는 짐승들은 백과사전을 증언합니다

잎사귀가 된 울음에 밑줄을 긋고
꽃의 비명을 받아 적습니다
오늘은 종이 앞에 펜을 들고
접힌 계절을 풀어 봅니다
나무의 아우성을 소리없이 받아 씁니다

종이가 된 나무는
이후, 라는 문장을 처음부터 알고 있습니다
비명을 지르고 난 뒤
구깃구깃 주름을 얻어도 슬퍼하지 않습니다
처음 뿌리의 언어를 가르쳐준
흙과 바람과 태양의 목소리가 들리지 않습니다

* 호미문학대상 금상

비누의 예의

얼굴을 씻어내는 동안 눈을 꼭 감는다

미끄러운 것들은 바깥에 있고
바깥은 또 서서히 닳고 있으니까

얼굴에 달라붙어 있는 것들

뻔뻔스러움이든 가면이든
깨끗하게 씻어낼 수 있다고 믿는 오만

표면을 스치듯 관계를 유지해야 한다면
비누의 중력이 딱 맞다

얼굴에 묻어 있는 감정들
굳어지기 전에 제거해야 한다면
어디에도 고정될 수 없는
미끄러움이 제격이다

서로 스치듯 지나쳐야 한다면
비누의 예의가 알맞다
거품이 거품을 걷어내는 방식

함부로 쥘 수 없던 사이가
냄새만 남겨두고 사라지듯

* 시집 『질문을 닦다』

돌 속에서 돌을 꺼낸다

내가 아는 어떤 돌엔
망치 소리가 들어 있습니다.
또 몇 번의 웃음이 들어 있고

그중 한두 번의 웃음엔
입꼬리가 깨져 있기도 합니다.

아주 큰 소리의 덩어리를
여러 번 나누어 잘게 깎아내다 보면
한 천년쯤은 아무런 소리도 없는
웃음의 비의를 만날 수 있습니다

대답이 없는 얼굴로
무수한 질문과 염원을 듣기만 합니다.
인구지표에도 들어 있지 않은
면면(面面)들이 돌 속을 빠져나옵니다

돌을 닮은 얼굴을 아십니까?
그건, 망치를 닮은 아버지 얼굴이기도 하고
정(釘)을 닮은 누나의 얼굴이기도 합니다.

돌 속에서 꺼낸 돌에선 푸른 표정이 생겼습니다
표정 하나만으로도 전부인 세계가 앞에 있습니다
사람의 모습으로 돌의 무게로
어느 한 지점이 되려고 합니다

표정을 얻은 돌은
굴러가거나 던져지지 않습니다
어느 날 돌 속으로 사라진
사람을, 사랑을 다시 만나고 있습니다

* 2023년 『단국문학』 36호

까마귀

시

순덕이

엽편소설

마지막 포옹

까마귀

본명 송마리. 영미문학에 전념했던 청춘시절이 나에게 있었다. 그러다 미국에 정착할 마음을 먹고 이민을 결정했다. 이민 1세대가 흔히 그렇듯이 나는 생활전선에서 정신 사나울 정도로 분주했다. 그런 와중에도 글을 쓰고 싶다는 열망이 용암처럼 마음 속 깊이 흐르다 가끔 작은 폭발을 일으키기도 했다. 그러면 노트를 펼쳐 놓고 몇 가지 생각을 끄적거려 놓았다. 그러나 글쓰기는 풍부한 경험뿐만 아니라, 깊은 사색의 시간, 집중할 수 있는 마음의 근력이 필요한 일이다. 나는 그 모든 것에서 부족했다. 그렇게 시작만 해 놓은 노트가 어느덧 열 권이 넘는다는 것을 깨달았다. 그 중 다행인 일은 내가 창작할 여력까지는 없었지만, 꾸준히 고전을 읽었다는 것이다. 그러던 어느 날, 나는 제갈량이 유비와 뜻을 같이 하기로 결심하며 세상 밖으로 나갈 때 지은 시를 다시 읽게 되었다.

대몽수선각(大夢誰先覺) 큰 꿈 누가 먼저 깨치는가 / 평생아자지(平生我自知) 평생 나 스스로 알았네 / 초당춘수족(草堂春睡足) 초당의 봄잠이 넉넉한데 / 창외일지지(窓外日遲遲) 창 밖의 해는 더디고 더디구나

제갈량은 본인의 뜻을 펼치기에 아직도 시간이 충분하다고 여긴 듯하다. 그러나 나는 어느덧 중년이 다 된 나의 모습을 깨닫고 흠칫 놀랐다. 나는 봄잠을 너무 충분히 잤다는 생각이 들었고 약간 초조해졌다. 그러나 나의 해도 아직 충분하니 지나치게 머물렀던 초당을 박차고 나서야겠다는 결심을 했다. 그렇게 나는 생업으로 하던 한의원을 문 닫고, 그 외 모든 일을 간추리고 간소화했다. 그리고 창작에 정진하게 되었다.

2023년 『문학세계』 신인상 시 당선으로 등단. 1969년 충남 부여 출생. 충남대학교 영어영문학 학사와 석사 취득. 미국 Roosevelt Univ. 영문학 석사 취득. 충남대학교 영문학 박사과정 수료. 전 충남대학교 어학연구소 강사. 전 삼라 한의대 ESL 교수. 전 타라 한방 병원장. prayingmarie@gmail.com

시

순덕이

생전 집 안에서만 뱅뱅거리던 순덕이가
무신 재주로 배가 불러오더니
자식을 서이나 본겨.

꼬리는 꼭 빨래줄 끄트머리 풀어진 것맨치,
털은 비 맞은 딩겨마냥 우둘투둘한 모양새를 해갖고는,
거위한테 구박 받을 땐 더, 뒤뚱거리던 순덕인디.

오늘은 마당에서
그 서이 중이,
눈도 지디로 못 뜨고, 곱송그리는 – 무녀리의
옆구리를,
그 놈의 거위가 넙죽 주둥이로 쿡쿡쿡 찔렀쌌는디.
꽥! 꽤액!

아, 글씨!
우리 순덕이가 거위의 모가지를 꽉 물더니
장작더미 뒤로 푸드덕푸드덕 끌고 가는겨.

* 신작(2024)

마지막 포옹

문을 열고 들어섰다. 맞은편에 창이 보였다. 창과 침대가 나란히 놓여 있는 작은 1인용 병실이었다. 이층 창 너머로 텅 빈 공터와 멀리 도로와 하늘이 보였다. 산기슭에 더러 허연 것은 채 녹지 않은 눈 부스러기였다. 벚 가지 하나가 창유리에 닿아 창을 가만가만 쓰다듬었다. 두 뼘 남짓 자란 여린 햇가지에 몽글몽글 달린 겨울눈이 붉었다. 나는 침대 쪽으로 다가가 너댓 발짝 남겨 놓고 멈춰 섰다. 침상에 누워 있는 여승은 왜소했다. 포르스름한 머리 빛이 옴폭 패인 볼에 고여 있었다. 그녀의 손과 발가락이 얇은 천 밖으로 엿보였다. 앙상했다. 낯선 그 모습에서 이십여 년 전의 기억과 맞물리는 것은 없었다.

병실의 가구라고는 침대 발치 쪽에 접힌 의자 하나가 벽에 기대어 있는 것과, 나무로 된 낡은 사물함이 전부였다. 그 사물함 위에 작은 주전자와 컵 하나, 티슈, 충전되고 있는 오래 된 사양의 휴대 전화기가 놓여 있었다. 내게 걸려온 전화번호는 내가 알지 못하는 유선번호였다. 나는 '텔레마케팅이면 귀찮은데…' 하는 생각을 하며, 전화기의 녹색 버튼을 눌렀다. 뜻밖에도 수화기 너머의 목소리는 '혹, 표장수 씨 핸드폰 맞나요?'라고 묻더니 자신을 보각스님이라고 소개했다. 그녀는 조곤한 목소리로 본인이 전화를 건 목적을 설명했다. 나에게 요양병원의 이름과 위치를 알려 주었다. 내게서 아무런 대꾸를 듣지 못하자 그녀가 말했다.

"결정은 본인이 알아서 하시겠지만, 다만 혜우스님에게 시간이 그렇게 많이 남아 있지는 않습니다."

재촉하거나 강요하는 톤은 아니었지만, 마치 나에게 '당신에게 남은 시간도 얼마 되지 않습니다'라고 하는 것 같았다.

"예, 알았습니다."

예기치 못한 상황에 당황한 나는 뭐라 다른 대꾸를 찾을 수 없었다. '전해주어 고맙다' 라는 말은 더 안 어울리고, 그런 말을 할 자격이나 관계에 있어 본 적도 없었다.

나는 사흘을 선잠 들다 요란한 소리에 눈을 떴다. 내가 열 살 무렵, 조부모와 함께 살던 시골집 넓은 마당에 사람들이 그득했다. 울긋불긋한 깃발과 천이 담장을 두르고, 추석 제상보다 더 큰 제상이 마당 한 복판에 차려져 있었다. 이상한 화장을 한 여자들이 장대 깃발을 들고 양 옆에 길게 늘어서서 이따금씩 하늘을 향해 괴성을 내기도 했다. 멍석 위에서 펄쩍펄쩍 춤을 추던 여자는 온 집안을 뛰어다니며 소리 질렀다. 할머니는 쫓아다니며 손바닥을 마구 비비고, 굽실굽실 절을 했다. 한나절 가까이 그렇게 굿판을 벌이던 무당은, 굿상 앞에서 알 수 없는 말을 지껄이며 연신 조아리더니, 문득 벌떡 일어났다. 그리고는 제자리에서 한 바퀴 획 돌더니, 내 엄마를 노려보며 한 발 두 발 다가서기 시작했다. 모여 있던 동네 사람들 가운데서 웅성거리는 소리가 나기 시작했다. 젊은 엄마는 발작을 움찔거렸다. 엄마의 얼굴은 긴가민가하는 표정과 함께 점점 파랗게 질려가고 있었다. 무당은 엄마를 끄집어 당겨 멍석 한 가운데로 떠밀었다. 엄마는 내동댕이쳐졌다. 겁에 질린 그녀의 몸은 굿상 옆의 북, 꽹과리, 괴성이 폭발할수록 더욱 일그러졌다.

"너구나! 네 시아버지 잡아먹으니 배부르더냐. 이제 독자 서방도 잡아 먹으려는구나! 니 씨도 먹을 년아! 이 집안 씨를 말리는구나!"

무당은 표독한 표정에 칼과 방울 채를 흔들며, 엄마에게 달려들었다. 엄마는 눈을 뒤집으며 까무러쳤다.

그 두 해 전에 병충해가 기승을 부렸다. 다들 흉년이 들까 봐 걱정했다. 여름이 끝날 즈음 하루는 할아버지가 어두워져도 집에 돌아오지 않자 식구들이 찾으러 나섰다. 고추밭 고랑 위에 스뎅 통을 맨 채 엎드러져 있는 할아버지를 발견했다. 할아버지는 논과 밭에 며칠째 농약 치던 중이었다. 그 일 후로 할아버지는 기운이 없고 간혹 몸이 격렬하게 꼬이며 호흡을 어려워했다. 할아버지는 그렇게 자리보전하며 앓다가, 그 해 겨울이 되기 전에 돌아가셨다. 그리고 나서 더 많은 농사일이 아버지의 몫이 되었다. 귀한 독자라는 이유로, 어렸을 때부터 궂은일을 하지

038

않고 컸던 아버지가 자주 앓아눕기 시작했다. 나의 어릴 적 기억의 아버지는 가늘었고, 노상 감기에 걸렸다. 아버지가 아침에 빈 지게를 지고 마당을 걸어 나가는 모습은 성냥개비에 젓가락, 숟가락을 얹은 것 같은 모양을 연상시켰다.

굿판을 벌이고 며칠 지난 어느 이른 아침에 낯선 사람들이 왔다. 별로 흔하지 않은 광경이었다. 친척 몇 명과 고깔 쓴 중이 담장 밖에 오래 서 있었다. 나는 부엌에서 달그락거리는 소리를 들었다. 엄마가 조용히 일하는 중인가 했다. 나는 아침밥을 기다렸다. 할머니가 안방에 내 밥상을 차려줬다. 아버지는 보이지 않았다. 그리고 할머니와 엄마가 담장 밖 손님들한테 나가서 뭐라 하는 것 같았다. 내가 밥을 다 먹은 후 내다보니, 집안이 이상하리만치 조용했다. 손님들은 가고 없었다. 사랑방을 열어보았다. 아버지 혼자 벽을 보고 누워 있었다. 나는 뒤꼍으로 갔다. 할머니가 장독대에 빌고 있었다. 나는 불현듯 부엌으로, 헛간으로, 다시 마루로, 집 안팎 여기저기를 뛰어 다녔다. 엄마의 흔적이 없었다.

"엄마 어디 갔어?"

내가 할머니에게 소리쳤다. 할머니는 뒤도 돌아보지 않고 계속 손바닥을 마주 비비며 장독대를 향해 굽실거렸다. 덜컥 추락하는 느낌이 뱃속에서 일었다. 맨발로 그 손님들이 갔을 것 같은 동구 밖으로 달음박질쳤다. 아무도 없었다. 그 날 낮게 걸려 있던 낮달과 함께 울며 집으로 돌아왔다. 세상이 온통 뿌옇던 아침이었다. 내가 중학교 마치기 전에 아버지는 급성 폐렴으로 돌아가셨다.

이십여 년 만이다. 저주살이 낀 여인… 쫓겨난 여인… 왜 한 번도 찾아오지 않는 것일까 원망 들었던 여인. 강한 진통제 때문에 환자가 의식을 차리기는 어려울 것이라는 언질을 간호사로부터 미리 받았던 나는 딱히 뭘 기대하지 않았다. 내가 뒤돌아 나오려는 순간, 그녀가 가까스로 눈을 뜨려는 것 같았다. 내가 혹시나 뭘 기대했는지는 모르겠지만, 나는 멈칫했다. 얇게 뜬 눈으로 그녀가 앞에 선 사람의 형체를 알아보려고 노력하는 것 같았다. 나는 아무 말 하지 않았다. 서로를 응시하다가, 그녀는 눈을 감았고, 또 응시하다가 다시 눈을 감았다. 그녀는 힘겹게 눈꺼풀을 다시 들어올렸다. 나는 다가갔다. 나뭇가지 같은 그녀의 손가락 위에 내

한 손을 얹고, 포르스름한 그녀의 머리에 내 다른 한 손을 대었다. 그리고 그녀의 몸 가까이로 내 몸을 숙였다. 그녀에게서 금속 냄새가 났다. 나는 그녀에게 나의 숨결이 닿았음을 느꼈다. * 신작(2023)

나윤옥

수필

또 만날 테지
발뒤꿈치

나윤옥
2005년『한국수필』신인상 수필 등단. 2020년『인간과문학』신인상 평론 등단. 2024년 비평
집『작은 눈으로 읽는 서사수필』발간. vvinoo@naver.com

또 만날 테지

몇 년 전에 소중한 친구를 잃었다. 급성 백혈병을 앓았는데, 골수이식을 받아 건강해지는 듯했지만 결국 감염으로 아까운 삶을 마감했다. 기어코 세상을 떠나고 말다니, 나는 홀로 산 속에 버려진 느낌이었다.

그 친구가 얼마 전, 내 꿈에 나타났다. 내가 놀라, 너 어떻게 왔어? 했더니, 명랑하게 말한다.

으응, 한 번은 이 세상으로 잠깐 와 볼 수 있어. 그래서 온 거야.

얼마나 기뻤는지. 이승과 저승 간에 통로 하나가 있구나. 그렇게도 그립던 친구를 만나게 해주다니, 이렇게 평안한 얼굴로 내게 와주다니, 죽음은 회귀불능의 망망한 어둠이 아니었어. 기뻐서 내 몸이 울울 떠오르는 것 같았다. 깨고 나서야 꿈인 것을 알고 안타까웠지만, 꿈에서라도 만났다는 기쁨은 꽤 오래 갔다.

사범대학을 졸업한 후 그는 동해안 쪽으로 발령을 받아 갔기 때문에 우리는 자주 만나지 못했다. 가끔 아주 긴 편지를 주고받았고 어쩌다가 한 시간이고 두 시간이고 긴 통화를 하곤 했다. 그는 일찍 퇴직을 했다. 계속 교편을 잡고 있던 내가 학생들을 인솔하고 설악산으로 수학여행을 갈 때면 그 친구가 숙소로 찾아와 만나 이야기를 나누곤 했다.

삶을 견딘다는 것은 외로움을 이고 가는 것임을 절감하게 된 것은, 남에게 내 마음을 호소하는 일이 줄어들면서부터다. 나는 그럴싸하게 말을 눙치지 못해, 있는 그대로 실토해버리는 화법을 가졌다. 울면 누군가 내 울음을 다독여 줄 것이라고 어쩌면 그렇게 허약한 응석을 품고 살았는지.

이를 순수하게 여겨주는 따뜻한 사람들도 적잖이 만났지만, 품어주지 않을 사람을 구분 못하고 속내를 털어놓는 어수룩한 짓도 꽤 많이 했다. 이 어수룩함은 모르는 결에 내 안에 얼마나 많이 상처자국을 냈을까? 나이가 들면서 이러한 나를 책하다가, 웬만해선 입을 꾹 다물게 되었다.

학부 시절, 독문학 개론을 뒤적이다가 읽게 된 릴케의 시, 「두이노의 비가」.

내가 소리친다 해도
어느 천사가 갑자기 나를 껴안을 수 있으랴.
그의 강렬함으로 나는 소멸하고 말 텐데.

첫 구가 이러했던 것 같다. 이 첫 구를 읽으며, 절대적 고독과 우수(憂愁)가 서러워 눈물을 쏟은 적이 있다. 그 시절엔 왜 그리 서러움이 많았을까? 다자이 오사무가 쓴 소설 『사양(斜陽)』의 주인공의 섬약함에 반해 나는 그걸 열 번도 더 읽었다. 내 허약함을 소설에 기대 위로를 얻느라 그런 것 같다.

그토록 유약한 나에게 특히 따뜻했던 그 친구. 따뜻하다는 것은 무엇일까? 말 그대로 따스하게 바라봐 주고 곡해 없이 받아 주는 것.

그는 문학을 좋아하는 내 취향을 좋아했다. 음악을 좋아하는 취향도 좋아했다. 특히 내 이야기 듣는 것을 아주 좋아했다. 영화, 책, 사람에 관한 이야기들. 공부도 나보다 잘 했고 이과 성향이었지만 내 감성을 부러워하기도 했다.

그의 시댁이 있는 동네가 신도시로 개발되면서 농경지가 많았던 그의 집안은 큰 부자가 되었다. 도심에 여러 채의 건물을 지었지만, 그들 부부는 교사 시절 그대로 여전히 검소하게 살았다. 아들의 결혼 때, 시어머니인 그는 며느리의 웨딩드레스와 한복을 손수 만들어주었다. 초대받은 내가 결혼식장인 연세대 동문회관을 들어섰을 때 하객이 많지 않아 놀랐다. 나는 누군가의 결혼식장에 갔을 때 자주 그랬듯, 구석진 곳을 찾아 축의금을 봉투에 넣고 접수대를 찾았다. 그러나 접수대를 찾을 수 없었다. 많은 사람들을 부르지도 않았고 축의금도 받지 않는 결혼식이었다. 슬그머니 봉투를 도로 가방에 넣는 손이 얼마나 부끄럽던지.

그는 자신은 검소하게 살면서, 그렇지 않은 다른 이의 취향을 비판하는 일이 없었다. 마치 벽촌에서 올라온 시골뜨기처럼 그는 누구든 찬찬히 살펴보며, 아이구, 참 이쁘다. 그 모자, 그 스웨터, 이런 건 어디서 사는 거니?

그런 점 말고도 내가 그를 그토록 좋아했던 이유는 내게 부족한 명철함이 그에게 있었기 때문이다. 그와의 대화는 내 머리를 시원하게 터 주었다. 예민하고 과할 정도로 감성적인 나와 달리, 그는 순순한 말투였지만 논리 정연하고 정의감도 확고했다.

한번은 내가 남편에 대해 투덜거리다가 따끔하게 야단을 들은 적이 있다.

정말 몰라? 너 쉬운 사람 아닌 거? 너를 선택한 남편을 늘 따스하게 배려해야 해. 너 자신을 제일 중요한 자리에다 놓지 마. 그는 네가 아주 잘 해줘야 하는 세상에 둘도 없는 소중한 배우자야.

단호한 표현에 내심 놀랐지만 그 말은 내 결혼생활에 적잖은 영향을 끼쳤다. 아마도 그러한 충고 덕분에 내가 조금 현명해지지 않았을까? 더 많이 주려고 하고 이해하려고 하고, 묵묵히 인내하려고 나름 노력해 온 것은 그 친구 덕분이다. 믿어도 좋을 충언을 해주는 친구가 어디 흔하랴? 결점을 훤히 보면서도 그것은 접어두고서 사랑을 베풀어 주는 친구가 흔하랴?

소리치며 울어대지 않아도 마음에 고인 슬픔을 읽어 주는 친구. 그가 가버린 것이다. 나를 잘 아는 그. 선망(羨望) 없이 타인을 칭찬할 줄 아는 그, 현명하고도 순박한 정을 가졌던 그. 그리고 누구보다도 나를 깊이 이해해 주었던 친구다.

요즘처럼 가슴이 답답해 울고 싶을 때 그를 그리워한다.

언젠가 또 만날 테지. 그때는 금방 떠나가지 않고 오래오래 긴 이야기를 나눌 수 있으려나.

발뒤꿈치

어느 날 내 발뒤꿈치를 보니, 안쪽보다 바깥쪽이 더 납작하다. 아마도 오랜 동안을 발 바깥쪽을 디디며 걸었던 모양이다. 미인의 발뒤꿈치는 달걀 같다는데 달

같은커녕 둥글지 못하고 바깥쪽이 더 납작해 기우뚱한 모양이다. 지금부터라도 바깥쪽이 아닌 엄지발가락과 일직선 되는 안쪽에다 힘을 주며 걷도록 해야겠다고 마음먹었다. 그러나 어쩌랴. 이제 나는 걸음을 교정한들 뒤꿈치 모양을 균형 있게 돌려놓기에는 시간이 없다. 오랫동안 발의 바깥쪽을 딛는 습관 때문에 뒤꿈치 모양이 일그러졌는데, 지금부터 습관을 바꾼들 노년에 접어든 나로선 균형을 맞춰 놓을 만큼의 시간이 충분하지 않은 것이다.

친정어머니는 생전에 거울을 보실 때마다, "아이, 보기 싫어. 저 주름. 언제 이렇게 늙었나!"라는 한탄을 하시곤 했다. 젊었을 때라 한 귀로 흘려듣곤 했는데, 이제 내가 발뒤꿈치의 불균형을 발견하고 둥그런 U자로 만들기에는 살아갈 햇수가 넉넉하지 않다는 것에 흠칫 놀란 것이다.

나는 아버지의 사업 실패로 갑자기 가난해진 형편 때문에 학부를 억지로 마쳤다. 가난하다는 것은 가혹한 일이었다. 부모님은 시골로 내려가시고 형제들도 흩어져, 나는 중고등학교 학생들 과외 아르바이트를 하면서 혼자서 근근이 학교를 다녔다. 돈 천 원으로 찐빵 한 개, 커피 한 잔, 사과 한 알을 사먹곤 하던 시절이었다. 그 궁핍의 터널을 무사히 지나온 것은 두고두고 신기하고 감사하다. 낙담으로, 올라올 수 없는 벼랑으로 떨어져 버렸다면 지금 내 삶은 어떤 모습일까. 아찔하다. 그렇긴 해도 그 시절이 준 내상(內傷)이 있어, 그것이 내 안 어딘가 깊숙한 곳에서 늘 나를 물끄러미 바라보고 있는 느낌이 들곤 한다. 그래서인가, 나는 걸핏 마음이 아프고 불안하다. 어느 누군가가 가난으로 가슴 아픈 일을 겪을 것이라는 상상만으로도 나는 슬프다.

몇 달 전, 언니가 나를 집으로 불렀다. 언니는 무릎 관절이 안 좋아 늘 방 안에서 지낸다. 몸무게도 40킬로를 넘지 않는 언니는 원룸 빌라에서 혼자 살고 있다.

언니는 내가 방에 들어서자 통장 하나를 내밀었다.

"내가 살면서 니 신세를 많이 졌어. 늘 나를 도와줬잖아. 이 집도 네가 여기저기 쫓아 다니며 알아봐 준 덕에 얻게 되었고, 너무 고마운데 그동안 표현도 못 하구."

"근데 이거 왜?"

내가 물었더니,

"나 오래 살 것 같지 않아. 이건 내가 조금씩 모아놓은 통장인데, 혹시 내가 혼자 있다가 어찌 되면 전해 주지도 못하고 어디로 사라질지 몰라. 그 동안 너한테 내가 의지를 많이 했어. 그러니 이건 네가 가져. 생활비 통장은 따로 있으니깐."

그 통장을 받아 들여다보니, 표지가 보슬보슬하게 닳아 희끗했다. 통장에는 삼백만 원 가량 들어 있었다. 언니에게 큰 금액의 통장이다. 아마도 돈이 생기면 얼마라도 은행에 갔다 넣었던 모양이다. 통장을 받아서 집에 돌아온 후 몇날 며칠을 정호승의 시구, '해우소 앞에 가서 통곡하라'처럼 혼자서 엉엉 울었다. 언니가 내게 한 말 중 가장 슬픈 말이었기 때문이다.

언니는 결혼에 실패하고 혼자 살며 장사도 하고 남의집 살림도 해주며 살았다. 언니가 내민 통장은 그의 고달픈 삶이 통째로 담겨져 있는 것이라고 할 수 있다. 어머니는 언니를 불쌍해하면서도 미워했다. 사범학교 보내서 초등학교 선생을 시키려 했는데, 공부하기 싫어하고 돌아다니기만 해 신세가 저리 되었다고 괘씸하게 생각했다. 구십이 넘어 치매를 앓기 시작하면서 언니에 대한 미움을 극심하게 드러내곤 했다.

언니는 허벅지에 화상 자국이 있다. 아기 적에 뜨거운 물이 담긴 주전자가 엎어지는 바람에 크게 데인 상처다. 그런 상처가 몸에 남아 있으면 불운하다는데 아마 그래서 팔자가 사나운 것 같다고 언니는 말했다.

언니 생각을 하다 보니, 내가 잠시 고민한 발뒤꿈치의 불균형이란 호사스런 불평이라는 생각이 들었다. 어머니의 바람과 언니가 살았던 삶 간의 불균형은 둘 다에게 각기 다른 색깔의 상처를 냈다. 아무렇지도 않게 하루가 지나가지만 수많은 날들이 지나면서 생겨버린 우리 삶의 기우뚱한 발꿈치들. 되돌릴 수 없는 때에 이르러 우리는 그저 말없이 그 불균형이 남긴 삶의 흔적들을 돌아볼 뿐이다.

언니에게는 불가사의하게 여겨질 정도의 습관이 있다. 가진 것들을 남에게 주기 좋아하는 습관이 그것이다. 어릴 때 동네 아주머니 한 분이, 우리 집 두 딸 중 큰딸이 더 좋다고 했다. 나는 공부도 잘 하고 바른 생활 아이인데, 왜 나보다 언니가 더 좋다는 것일까. 그 이유를 이제야 알게 되었다. 사람들이란 무던하고 너그러운 사람을 좋아한다는 것을.

언니는 요즘도 아픈 다리를 끌면서 반찬을 만들어서는 집에 놀러오는 이들에게 주곤 한다. 내가 주는 옷이며 화장품, 일용품 등도 늘 누군가와 나눠 쓴다. 신용카드가 남발되던 시대에 신용카드 두어 개를 만들었던 언니는 그 카드들을 이웃의 누군가에게 빌려주었고 그것으로 카드돌려막기를 하던 여자가 도망가는 바람에 카드빚이 눈덩이처럼 커져 곤란한 처지가 된 적이 있다. 그런 일을 겪을 때마다 내가 해결사 노릇을 했다. 언니는 남에게, 나는 언니에게 주는 되풀이가 계속된 셈이다.

그 언니가 삶이 얼마 안 남았다며 내게 목돈 통장을 주었다. 언니는 갖지 못한 것들도 손에 쥐고 있는 것들도 놓아버리는 이상한 사람이다. 그런데 언니의 원룸에는 가져가는 사람만 놀러 오는 것은 아니다. 가만 보면, 나물을 무쳐서 가지고 오는 사람들, 복숭아를 샀다고 두어 개를 들고 오는 사람들이 있다. 언니네 집에 갔다가 가끔 마주치기도 하는 그들을 보면, 잘 웃고 명랑하다. 주고받는 것들에 대해 재지 않는 털털한 모습이다. '소유'에서 한 발 짝 떨어져 있는 사람들의 무욕(無慾)이 느껴진다.

내 발뒤꿈치를 둥글게 만들기가 늦어버린 것처럼 언니 또한 그만의 삶의 방식들을 바꿀 수 없을 것이다. 오스카 와일드의 '행복한 왕자'가 그랬듯, 가진 것들을 남에게 모조리 내주더라도 그저 언니가 오래나 살았으면 한다. 내 발꿈치는 아마도 둥그런 균형을 갖게 되기보다는 끝내는 조금 더 기우뚱해질 것이다. 나는 그 발꿈치로 남아 있는 삶의 계단을 딛겠지. 삶의 끝으로 나있는 그 계단은 푹신하고 튼튼한 길은 아닐 것이다. 그런들 욕심이 없는 몸으로 딛는 언니의 걸음은 가뿐할 것이다.

내가 바라는 것은, 언니의 계단이 길게나 죽 이어졌으면 하는 것이다.

명순녀

수필

실수는 선생님
인연은 소중해

명순녀

인천 강화 출생. 한국 방송통신대 국문과 졸업. 2014년 경남일보에 디카시 「묘지명」으로 이름을 알리며 작품 시작. 2019년 3.1운동 100주년 경남 고성 배둔 장터 디카시공모전 「빼앗긴 땅」 입상. 2020년 6월 『한비문학』 신인상에 「춤추는 시인」 외 2편 당선으로 등단. 2024년 한국여성소비자연합 주최 백일장 입상. 디카시집 2018년 『춤추는 시인』, 2021년 『춤추는 시인의 병상 일기』, 2021년 『꽃은 다시 피고』(환우 지원금 수혜), 2024년 『디카시의 비밀』(기업인 지원금 수혜) 발간. 경기 광주문인협회 회원. 한국여성소비자연합 문화예술부 묵향회 회원. 한국디카시인협회 회원. myung2468@hanmail.net

실수는 선생님

어느새 고운 단풍이 낙엽으로 지고 있다.

뿌리에서 받쳐주지 않으니 안간힘을 써 보지만 노을빛으로 물들고 있다. 우리네 인생도 기관마다 약해져 삐걱거리니 내려놓아야 하는데 인지하지 못해 실수도 한다.

아쿠아로빅 5일차, 부지런히 걸어 수영장에 갔다 라커룸에는 인기척이 없다. 벌써 수영장으로 들어간 모양이다. 둘러보니 구석 후미진 곳에서 두어 사람이 수영장 들어갈 채비를 하고 있었다. 슬쩍 보며 급히 라커 앞으로 다가서려는데 발밑이 물컹했다.

순간 '뭐지?' 냄새가 올라왔다.

'강아지 똥이겠지. 어라! 여긴 펫 입장 불가인데, 그럼 내가 실수했나?' 스치는 별의별 생각들. '흙은 분명 아니다.' 무엇이 됐건 까치발로 샤워실에 들어갔다. 발을 닦는데 냄새가 진동했다. 누가 저질러 놓고 그냥 수영장으로 줄행랑친 모양이다.

화장실에서 화장지를 끊어 물기를 닦으려니 아침 먹은 게 올라와 본성이 용트림했다.

누가 뒤처리를 하지 않은 거냐! 며 소리를 질러댔다. 조용하던 샤워실과 라커룸에 성난 내 소리로 가득 찼다. 노인 한 분이 급히 달려와서는 바닥에 붙어 있는 오물을 닦아내며 귀띔을 해줬다. 그런 일이 많지 않은데 회원들 나이가 많다 보니 괄약근이 약해져서 실수할 수가 있으니 이해하란다. 순간 소리를 더 뱉으려다 꿀꺽 삼켰다.

둘째형님과 동남아 여행 가서 나누었던 이야기가 생각나서다. 둘째형님께서 칠순이셔서 칠순 여행을 보라카이로 모시고 갔었다. 형님은 물을 좋아하지만 절대 얼굴을 물에 담그지는 않는다고 하셨다. 얼굴에 물이 튀기지 않게 조심하라고 하셨다. 왜 그러냐고 물으니 노인들이 급한 용변을 참지를 못해 실수할 때를 보셨기 때문이라고 하셨다. 그때는 이해가 되지 않아 물음표로 남겨두었던 기억 때문이었다. 못난 용트림이 스르르 내려갔다. 누군지는 모르지만 나이 드신 분이 얼마나 놀라셨을지 걱정까지 됐다. 그러면서 내가 한 실수가 슬며시 고개를 내밀었다.

여느 때와 같이 작은딸을 출근시키고 일정대로 둘레길을 걸었다. 그런데 볼일을 집에서 보고 나왔는데 갑자기 화장실이 가고 싶어졌다. 내가 서 있는 지점은 지하철 역사와 오포 체육관을 반 접어놓은 지점이다. 오포 체육관으로 가기로 마음먹고 발길을 재촉했다. 급하게 발을 옮겼다. 하늘이 노래지는 것을 참으며 화장실에 겨우 도착했다. 안도하는 마음이 들면서 급한 마음에 생각 없이 일을 봤다.

거기까지는 좋았다. 변기 손잡이를 누르는 순간 아찔했다. 변기가 막혀 있었던 걸 모르고 물을 내렸으니 물은 내려가지 않고 역류해서 둥실둥실 보름달같이 떠오르는데 손쓸 새도 없이 대형참사가 일어났다. 배수관 안에 숨어 있던 놈들까지 역류했다. 난감했다. 이미 나는 이성을 잃었다. 그리고 순간 너무 놀라 내리 달렸다. 달렸다지만 뛰지 못하는 처지에 그렇게 50m쯤 갔을까? 머리에 떠오르는 생각 하나. '그래도 명색이 지식인인 내가…' 하는 생각이 나를 붙들어 세웠다. 디카 시집을 내준 독자가 떠올랐다. 교회에서도 어른이랍시고 아이들을 가르치며 훈계질하며 지식인 측에 든다고 자부하던 오만함. 그런 내가 이러고 있다 생각을 하니 부끄러워졌다.

발길을 돌려 화장실로 되돌아갔다. 초겨울 문턱 냉기가 온몸을 엄습했다. 화장실 옆에 있는 비품 창고 문을 열었다. 고무장갑을 찾아 끼고 수도꼭지에 호수를 연결했다. 빗자루와 세제로 바닥을 닦으며 내 안에서 올라오는 것들까지 함께 닦아냈다. 한 시간을 그렇게 칸마다 청소했다. 그리고 마른 마포 자루로 말끔히 마무리했다.

남의 조그만 실수에 발끈한 내가 얼마나 모순덩어리인가? 나는 더하면서 그렇게 소란을 떨었으니 내 모습이 부끄러워졌다. 실수로부터 누구도 자유로울 수 없을 것이다. 다른 점은 돌이킬 수 있음과 없음의 차이뿐일 것이다. 지금도 큰 실수를 하면 겁먹고 도망치고 싶을 때가 있다. 타인의 실수에 관대해지려고 노력도 한다. 오늘도 70대 딸을 따라나선 93세 할머니가 수영장에서 큰 실수를 하셔서 입었던 수영복을 벗어놓고 발길을 돌려야 했다. 회원들은 난리를 쳤지만 나는 '그랬구나' 인정하고 그 사이를 유유히 빠져나왔다.

인연은 소중해

S병원 가는 날이다. 지하철을 타기 위해 발걸음을 뗐다.

유월이 되니 넝쿨장미가 흐드러지게 피었다. 꽃향에 취해 역사로 들어서는데 앞서가는 칠십대 후반으로 보이는 할머니 두 분이 앞뒤로 서서 손을 꼭 잡고 걸었다. 그런데 뒤따라가시는 할머니 걸음걸이가 뒤뚱거렸다. 자세히 보니 시각장애인이었다. 에스컬레이터에서도 앞에 할머니께서 뒤돌아서 살피며 이야기를 나누었다. 그 모습이 장미 두 송이가 하나의 묶음 같았다. 정겨운 모습을 보니 가슴 아래 절절했던 안타까움과 그리움이 올라왔다.

잠시지만 외눈으로 해맑게 웃어주던 사람 미국에 살고 있다. 나이는 나보다 많다. 친구처럼 정을 주고받았던 사람이다.

1988년, 세상은 온통 올림픽 축제 분위기고 들떠 있었다. 어디를 가나 세상은 올림픽 이야기로 꽃을 피웠다.

세 들어 사는 안집 아주머니 말씀이 시누이가 한국을 떠난 지 20년 만에 한 달 시간을 내어 온다고 했다. 6.25전쟁에 부모님이 돌아가셔서 남매가 친척집을 전전하며 살았다고 했다. 시누이는 어린 나이에 다방에 취직해서 6.25동란 이후에도 주둔해 있던 백인 미군과 결혼했다. 자랑삼아 말하던 그 시누이가 방문한다고 했다. 시누이를 위해 김치를 담그고 한복을 사다 나르는 등 분주했다.

그렇게 시간은 갔고 안집 아주머니 시누이가 왔다. 처음 보는 그녀는 모습은 낯

설었다. 목소리도 탁하고 컸으며 큰소리로 호탕하게 웃었다. 검은 안경에 구릿빛 피부 등 거의 한국말을 잊은 듯 영어로 이야기했다. 듣는 건 되는데 말이 안 되는 모양이었다. 시간이 지나면서 서툴게 한국어로 말하기 시작했다. 그렇게 오빠 내외의 관심을 받으며 잘 지내는 듯했다.

하지만 하루이틀 시간이 지나면서 삐걱대기 시작했다. 안집 아주머니가 귀찮아하는 모습이 역력했다. 시누이는 재래식 화장실이라 볼일을 볼 때마다 힘들어했지만 그들은 전혀 배려하지 않았다. 보다 못한 내가 나섰다. 이웃에 사는 동생에게 부탁해서 동생 집에서 볼일을 보게 배려했다. 나중에는 일일이 다니는 게 미안하다고 작은 볼일은 올케 집에서 보고 큰일만 보러 다녔다. 우리는 자연스럽게 언니 친구를 혼합해 부르며 친해졌다. 그렇게 친해지는 게 문제가 됐다.

남에게 피해를 준다며 안집 아주머니는 불편한 속내를 드러내며 남편에게 시누이 행동을 나쁘게 전하니 남매의 전쟁이 시작되었다. 내게도 부정적인 말을 늘어놓았다. 담배를 피우는 걸 봐라, 못 배워 무식하다 등등 도를 넘어서고 있었다.

실제 그녀는 담배를 피웠다. 미국에서 고향이 그리울 때 피웠던 것이 끊을 수 없게 됐다고 했다. 그렇다고 집안에서 피우진 않았다. 하루는 주인아저씨가 작정을 하고 나선 모양이었다. '한국 사람이면 한국 방식으로 살아야지. 뿌리도 잊어버린 X!'이라며 막말을 했다. 담배를 핀다고 몰아세우며 동생을 닦달했다. 오빠가 보고 싶어 20년 만에 어렵게 찾은 현실이 옆에서 보기에도 민망했다.

그녀는 미국에서 열심히 살았고 시어머니를 정성껏 모시며 아들딸 낳아 키우며 자신도 대학까지 졸업했다고 했다. 남편이 선물로 차를 사준다고 했는데 한국 가서 오빠와 지내고 싶다고 졸라 군인 포상 휴가처럼 한 달 계획으로 왔다고 했다. 속내는 올케에게 선물로 냉장고를 사주었다는데 욕심을 더 부리는 모양이었다. 자기 마음대로 시누이가 들어주지 않으니 바람 잘 날이 없었다. 보다 못한 내가 데리고 나가 동네도 걷고 슈퍼에서 아이스크림도 사 먹으며 무작정 돌아다녔다. 시름을 잊은 듯했다. 어느 날 그녀는 값비싼 한우를 사다 미국식 햄버거를 큼직하게 만들어 동네잔치를 열었다. 그때 먹었던 햄버거 맛은 잊을 수가 없다. 그렇게 우리는 사진도 찍고 수다도 떨며 친구가 되었다. 그녀는 내 주소를 챙겼다. 친구하자고 했다. 분명 언니인데 말이다. 사람 좋아하는 난 시간이 갈수록 그녀가 매우 좋았다. 그녀를 위해 반찬을 넉넉히 준비해서 고춧가루를 넣기 전에 챙겨 주었다. 올케는 호남 사람이라 젓갈로 간을 짜게 하고 고춧가루를 넣어 그대로 주니 제대로 먹지를 못했다. 안집 아주머니는 우리가 주고받는 정도 마땅치 않은 모양이었다. 심지어 내게도 싫은 내색을 노골적으로 하며 방을 빼라고 했다. 그녀가 온 지 일주일쯤 되던 날 오빠와 크게 다툼이 있었고 그녀는 울며 짐을 꾸리기 시작했다.

미국으로 돌아가기 전 고맙다며 한국에 내 동생과 나를 보러 오겠다고 했다. 자신의 세세한 사연을 내게 알려주었다. 남편은 보일러공이며 미국 여자들과 바람을 피워 속을 상하게 하지만 남편이 그립다. 미국 가서 남편과 두 아이만을 위해 열심히 살겠다. 혈육을 끊어내고 동생 같은 친구를 얻었다며 검은 안경을 들어 한쪽 눈물을 찍어내던 그녀는 미국으로 돌아갔다. 우린 편지를 주고받으며 잘 지냈다. 어느 때는 큰애 옷을 한 박스나 손수 만들어 보내주었다. 나는 집을 사서 이사를 했고 그녀를 초청하기 위해 열심히 살았다.

그러던 중 나는 많은 일을 겪었다. 남편을 잃었고, 살던 집이 재개발됐다. 그녀의 주소를 챙기지 못했다. 소식을 접할 길이 없어졌다. 소식을 보냈을 텐데 주소가 달라졌으니 받을 길이 없었다. 지금은 마운틴 주에 사는 화순이라는 것만 머리에서 맴돌 뿐이다. 그녀는 내게 가슴 먹먹한 그리움이다.

내게도 전쟁의 후유증이 그대로 전이되고 있다. 장미가 흐드러지게 피던 날 서로를 깊이 새기고 떠났는데 칠칠치 못해 소중한 인연을 잃어버렸다. 후회한들 소용없는 일. 지금 내 옆에 있는 인연을 챙기려고 많이 노력한다. 주소록과 전화번호 인연의 연결 고리들을 핸드폰과 컴퓨터에 입력하고 지난 수첩과 핸드폰은 절대 버리지 않는다. 내 안에 일어나는 변화가 낯설지만 실수하지 않으려고 노력한다. 새해엔 인사를 일일이 챙기며 작은 행복을 느끼는 게 습관이 되어가고 있다. 화순씨가 행복하게 살기를 바라는 마음이다.

박덕규

수필

뜬 공 앞에서
구름이 머흐레라

박덕규

1958년생으로 대구에서 성장했으며, 경희대 국문과를 졸업했다. 1980년 『시운동』 창간호에
시를 발표하면서 시인 등단, 1982년 『중앙일보』 신춘문예 평론 당선으로 평론가 등단, 1994
년 『상상』에 소설을 발표하면서 소설가 등단. 시집 『아름다운 사냥』(1984), 『골목을 나는 나비』
(2014), 『날 두고 가라』(2019), 소설집 『날아라 거북이!』(1996), 『포구에서 온 편지』(2000), 장편
소설 『밥과 사랑』(2005), 『토끼전 2020』(2018) 등. 곰곰나루 문학아카데미 등 on, off-line 강좌
운영. 단국대 문예창작과 초빙 · 명예교수. qfiction@naver.com

뜬 공 앞에서

아는 후배가 한 대학교 근처에서 탁구장을 경영하게 되었다. 벌써 2년이나 됐다나? 가끔 연락하는 후배인데, 그동안 참 소원했구나 싶었다. 그 대학교에서 열리는 행사에 가게 됐고 후배 쪽에서 그걸 알고 먼저 연락이 와서 안내를 받고 찾아갔다. 열 대 이상은 돼 보이는 탁구대가 빈 곳 하나 없이 채워져 있었다. 땀 흘리며 탁구를 치고 있는 남녀들 수준이 만만찮았다.

후배가 탁구를 치기 시작한 것이 10년 이상은 되는 걸로 알고 있다. 나도 잘 아는 몇 친구들과 함께 레슨도 받고 대회 출전도 한다는 풍문이었다. 최근 몇 년 동안 '소설 같은 우여곡절'을 겪으며 탁구장을 인수하니 뜻밖에 알 만한 지인들이 찾아들어 단골이 되더란다. 그 친구들이 아이디어를 내서 탁구 삼행시 대회 같은 것도 열 정도가 됐다. 수익은 어떨지 몰라도 건강도 유지하고 사는 재미도 있겠다 싶었다.

수십 년 만에 라켓을 잡고 상대편에 지인을 세우고 공을 쳐 보았다. 아, 이런! 당혹스러웠다. 정확도가 떨어진 게 문제가 아니라 공이 오갈 때 흔들흔들하는 모양이 확연했다. 노안이 깊어지면 이런 건가? 처음 겪는 일이었다. 적어도 몇 차례는 랠리를 할 줄 알았는데. 금세 라켓을 놓고 말았다. '동체 시력'에 문제가 생긴 거라고 후배는 손쉽게 진단했다.

십대 중반에 마당이 있는 집에 살았다. 그리 넓지도 않은 공간인데 거기 탁구대를 놓았다. 여러 형제 중에 내가 못 치는 축에 속했다. 내가 아예 이기지 못하는 대상은 아버지였다. 어릴 때는 다 그렇게 느끼겠지만 아버지는 못하는 게 없었다. 바둑에 장기에 탁구에 등산에 아코디언 연주까지…

나의 공격에 아버지는 척척 받아내면서 일부러 어렵게 받는 흉내를 내셨다. 방향을 바꾸는 스매싱으로 나를 이리저리 움직이게 했다. 공을 높이 띄워서 내게 결정지을 기회를 주기도 했다. 뜬 공은 당연히 점수를 낼 수 있는 좋은 기회다. 그런데 나는 그 뜬 공을 엉뚱한 곳으로 날리는 실책을 범하곤 했다.

그 무렵 유고의 사라예보에서 연 세계탁구선수권 대회에 출전한 국가 대표 여자단체팀이 우승 소식을 전해 왔다. 엄청난 화제였고 곧 전국적으로 탁구 붐이 일어났다. 당시 한국선수들은 대부분 펜홀더 라켓을 썼는데 수비형인 한 선수만 유럽선수들처럼 쉐이크핸드 라켓을 썼다. 그게 신기해 보여 나도 쉐이크핸드 라켓을 익혀 그걸로 시합을 하곤 했다. "그거 잘 생각했다." 아버지는 내 성격이 공격형이 아니라는 걸 일찍이 간파하고 말하셨다.

나는 뜻깊은 일을 맞은 지인에게 선물 겸으로 글씨 한 구절을 써서 보내곤 한다. 사자성어도 명작의 명구도 아닌, 그냥 갑작스럽게 떠올린 시구 같은 걸 소형 패널에 유성펜으로 적는다. 후배의 탁구장에 다녀온 뒤 글씨를 써 보낼 작정을 하면서 탁구 격언 서핑을 해보았다. 시합 격언으로는 바둑을 따를 수 없는데, 탁구는 도무지 마땅치 않았다. 단 하나, 뜬 공 앞에서 조심하라는 식의 메시지가 눈에 띄었다.

– 뜬 공 앞에서.

부끄러운 글씨지만, 써서 택배 상자에 넣어 후배의 탁구장으로 보냈다. 탁구에서는 랠리가 계속되는 동안은 즉각적인 반응만 할 수 있다. 그런데 공이 떴을 때는 생각이란 걸 하게 된다. 대개는 방향을 결정하고 곧바로 내리꽂아 버릴 기세로 강력하게 스매싱! 뜬 공은 점수를 딸 수 있는 절호의 기회이지만, 만만하게 여겼다가 상대편 판에 가닿지도 않는 어이없는 결과를 낳기도 한다.

보내놓고는 찜찜했다. 대놓고 내세울 정도의 글씨도 내용도 아닌 걸 야단을 떤 게 아닌가 싶어 후회가 밀려왔다. 이틀 뒤 후배에게 카톡이 왔다. 탁구장 한 벽에 그 패널을 걸어놓은 사진이었다. 이어진 카톡 문자는 이랬다.

– 귄터 그라스의 '오프사이드'보다 더 압축적이고 상징적입니다.

오, '오프사이드'는 귄터 그라스가 2002년 한일월드컵 전야행사에 영상으로 읊은 짧은 시 「밤의 경기장」의 마지막 구절! 여기서 더 나가면 이 이야기는 너무 길어진다. 똑딱똑딱…. 어린 날의 탁구대 위로 공 하나가 떴다.

* 『문학의집 서울』 2024년 신년호

구름이 머흐레라

봄이면 황사가 불어 산하가 뿌옇던 시절이 있었다. 창문을 열기도 불편하고 빨래를 널기도 불편했다. 봄 꽃가루와 더불어 눈이나 피부에 염증을 일으키는 요인의 하나로 지목되기도 했다. 갑작스런 황사바람이 눈을 스쳐 운전대를 잠시 놓치고 대형사고를 낸 한 운전기사 얘기를 '황사현상'이라는 제목의 소설로 쓰겠다고 작정하고 제법 구체화해 보기도 했다.

그래도 그건, 지금으로서는 추억이라면 추억이랄 수 있는 시간들이다. 언젠가부터 황사라는 말이 안 쓰인다 싶더니 이제 '미세먼지'라는 말이 그것을 대체해 버렸다. '황사'와 '미세먼지'. 말 자체에 무슨 경중 차이가 있으랴만, '황사'라는 말을 하면 아득한 그리움 같은 게 밀려오기까지 하는데, '미세먼지'라는 말은 왠지 모르게 야박하고 기계적인 느낌을 준다. 이제, 아침마다 마스크를 써야 하나 말아야 하나로 고민하는 나날이다. 쓴다면 어떤 마스크를 써야 할까 고민하다, 창업아이템이랍시고 빨주노초파남보, 이렇게 무지개색으로 요일별 마스크 따위를 자꾸 구상하며 혼자 우쭐해하기도 한다. 도심의 하늘은 아예 쳐다볼 엄두도 안 내고.

여름과 겨울, 해외에 나가 지내는 일이 잦아졌다. 열흘에서 보름 정도, 주로 그 도시의 도심에서 해야 할 일이 있어 가는 거지만, 짬이 나면 야외로 나가는 일을 마다하지는 않는다. 유서 깊은 유적지 탐방도 하고, 멋진 경치를 보러 가기도 한다. 바다도 가고 숲으로도 간다. 그런데 정작 내 눈이 오래 머무는 곳은 그런 데가 아니다. 나는 내 눈길이 가 닿는 곳이 어디인지 처음에는 잘 몰랐다.

나도 내가 그냥 아득한 바다나 광활한 벌판 같은 걸 보고 지나가는 줄 알았다. 수평선 너머 세계를 꿈꾸기도 하고, 우리나라에는 거의 볼 수 없는 지평선 끝에 붉은 해가 걸려 두 어깨로 길게길게 팔이 뻗힐 때까지 그 산야에 한없이 시선을 뺏기는 줄 알았다. 그래도 시간 가는 줄 몰랐으니까. 그런데 어느날 내 입에서 불쑥, "백설이 잦아진 골에 구름이 머흐레라"라는 시구가 흘러나왔다. 구름, 흰구름, 먹구름, 구름구름…. 그랬던 거였다. 파란 하늘을 배경으로 갖가지 형상을 해 보이는 구름에 나는 취해 있던 거였다. 두텁고 얇고, 진하고 옅고, 먹 같고 붓끝 같고, 토끼 같고 거북 같고, 꽃 같고 나비 같은, 유유자적하고 희희낙락한, 날렵하고 날카로운, 그런 구름에 오래오래 시선을 뺏기고 있었던 것이다.

이십대 때 나는, 허공의 새가 지상에 내려오기를 희원해 사냥꾼이 쏜 총에 맞기를 상상하고 있는 상황을 시에 담았다. 그게 내 첫 시집의 표제작 「아름다운 사냥」이다. 이 시에, 지상에 내려오지 못하는 새, 왜가리 앞에 "한때는 현란한 눈부시던 먹장구름"이 가로막혀 있는 것으로 묘사돼 있다. 그 시절에는 구름이 그럴 수 있었다. 구름을, 고개만 들면 볼 수 있었으니까, 습관처럼 그것을 그런 식으로 묘사해도 됐으니까. 그러나 언제부터일까. 나는, 우리에게는, 폭우를 몰아올 검은 구름 아니고는 따로 눈여겨볼 구름이 없어졌다.

새 왕조로부터 추방당한 고려의 명신 이색(1328~1396)은 "백설이 잦아진 골"에 머문 구름을 보고 반가워했으나 곧 "반가운 매화는 어느 곳에 피었는고" 하며 한탄했다. 그러고는 "석양에 홀로 서 있어 갈 곳 몰라 하노라"로 저문 왕조의 그늘 속으로 걸어들어갔다. '구름이 머흐레라' 할 때의 '머흐레라'는, 그 어원이 '험악하다'는 뜻의 '머흘다'이니, 바로 '험악하구나'로 직역된다. 절망적인 시대 상황을 '백설 짙고 구름 자욱한데 매화는 피지 않은 상태'로 표현한 셈이다.

정치 얘기를 하려는 게 아니다. 우리는 어느새 '험악한 구름'이나마 보지도 못하는 세월을 오래 살고 있다는 얘기를 하려는 것이다. 이는 생태환경 문제만도 아니다. 하늘이 있고 땅이 있고 그 사이 사람이 있으니 그게 '천지인(天地人)'이다. 그것이 곧 우주만물의 근간이거니와, 하늘에 구름이 있고 땅에 나무가 있으며 사람에게는 마음이 있는 것이다. 하늘의 구름은 그러니까 사람으로 치면 마음에 해당한다고 할 수 있다. 구름을 보지 못하는 시간 동안 우리는 하늘의 마음을 읽지 못하고 있었던 것이다!

어디 다녀왔느냐고 묻지를 마라! 무얼 하러 갔느냐고 묻지를 마라! 기나긴 해안이 내려다보이는 그 길에서, 광야를 가르며 달리는 그 길에서, 수도원 앞 성곽길에서, 유칼립투스 메말라가는 그 숲길에서, 훈풍이 옷자락 날리는 바람의 언덕에서 무얼 보고 있었느냐고 묻지를 마라! 그 허공에 구름이 머흐레라, 나는 하염없이 구름을 바라보고 있었노라, 하늘의 마음을 읽어 그것을 내 마음으로 하나하나 옮기고 있었노라! * 『문학의집 서울』 2019년 3월

박하영

수필

바나나도 씨가 있다
이천쌀 싸가지

박하영

1967년 9월에 서울에서 태어났고 중학교 1학년을 마치고 1981년에 미국으로 가족이민을 왔다. 대학에서 컴퓨터경영정보학 전공한 뒤, MBA 취득. 회계 일을 오래 하였다. 미연방공인세무사로서 저소득층을 위한 무료세금보고 봉사 8년, 대형한인교회에서 2,3세들에게 한국어교사 10년. 한국방송 시청, 독서(정보 및 자기계발서, 문학, 만화책), 일기나 편지쓰기를 좋아했다. 취미는 배드민턴. 2010년 박봉진 수필가의 가든수필문학회에서 공부하였다. 어려운 단어를 잘 몰라 글쓰기를 포기하려던 내게 글은 쉽게 쓰는 게 좋다며 용기를 주셨다. 2011년 『한국수필』 신인상에 「바나나도 씨가 있다」와 「샌하신토의 눈사람」으로 등단했다. 같은 해, 미주크리스찬문협 수필 수상, 2015년 제35회 미주한국일보 문예작품공모전에 「암이 두고 간 선물」 수기 장려상, 2017년 미주한국문인협회에 「사라진 아내」 단편소설 신인상, 2018년 『해외문학』에 「아름다운 죽음」 단편소설 작품상, 2020년 시카고 모자이크 기독창작문예공모전에 「피난처」 가작 수상. 충현글사랑 회장, 미주한국문인협회 사무국장 겸 회계국장 역임. 현 미주한국문인협회 이사. 에세이집 『바나나도 씨가 있다』, 단편소설집 『위험한 사랑』, 『Accounting for Komerican』. elenapark3@gmail.com

바나나도 씨가 있다

틴에이지에 막 들어서려든 때 나는 이민을 왔다. 소정의 교육을 마치고 사회생활을 하는 내겐 1.5세라는 꼬리표가 늘 따라 다닌다. 그 꼬리표 때문에 겪은 에피소드가 적지 않다. 한국문화 지식에 대한 2프로 부족함이 쉽게 용서와 이해가 되다가도, 미국과 한국 문화권 사이에서 방황하는 세대로 도마 위에 오르내리기도 한다. 때로는 영어권이라고 부러움의 대상이 되는가 하면, 한국 사람이 그런 것도 모르냐는 비아냥거림을 받기도 했다.

누구의 말이었나? 1.5세는 겉은 노랗지만 속은 하얀 바나나라고. 근본은 황인종인데 사고방식은 백인 같다는 말일 게다. 말에도 뼈가 있고, 씨 없는 열매는 없다는데, 바나나 씨는 본 적이 없으니 어쩌면 좋을까. 사회에 첫발을 내딛었다. 미국인 회사에 들어가 일을 좀 했는데 어울리기 힘들었다. 그들은 내가 그들에겐 외국어인 한국어를 구사한다는 것은 안중에도 없고 영어만 한다는 것을 당연시했다. 또한 분업구조에 따라 기계처럼 한 가지 일만 되풀이하는 것이 따분했다. 게다가 내 상급자는 별로 융통성이 있어 뵈지 않는 미국인이었다. 알게 모르게 흘러내는 인종차별적 기류는 감당하기 어려워 이중 언어와 창의적 능력이 인정될 것 같은 미국 진출 한국회사에 눈을 돌렸다.

전문적인 업무 용어를 잘 모르는데도 한국기업지사에서 운 좋게 합격 통보를 받았다. 그러나 문화차이 때문에 겪은 실소거리가 한두 가지 아니다. 지금도 그 당시의 화제가 떠오르면 주위사람들은 마구 웃음보를 터뜨려 나를 당혹스럽게 한다. 한국 드라마에서 본 그대로 사장님이 곁을 지나칠 때마다 일어서다 나중엔 힘들어서 하소연을 했던 일이 있었다. 더 약 올랐던 것은, 사장님은 내가 일어섰다 앉는 것을 전혀 눈치 채지 못했다는 것이다. 그래서 힘들다고 하소연한 덕분에 나중엔 좀 편할 수 있었다. 한국에서 본사 사장님이 방문했을 때의 일이다. 과장이

나를 1.5세라고 소개하자 그는 내가 한국말을 못하는 줄 알고 다른 직원들하고만 말을 나눴다. 만회할 기회를 노렸다. 사자성어로 한번 놀라게 해줘야지. 식사 중에 '어두일미' 그 말이 헷갈려 '거두절미'라고 했다가 웃음바다에 빠지고 말았다.

뿐이겠는가. 어처구니없는 한 해프닝은 아직도 나를 낯 뜨겁게 한다. 회사에서 큰 트럭 한 대를 구입했을 때 일이다. 한국에서 부임해온 지 2주밖에 안 됐던 과장이 고사를 지내야 한다고 했다. 무사고를 위한 고사를 지내려면 돼지머리가 필요하다 했다. 업소 안내책자를 뒤적여 떡집, 방앗간, 식당 등을 골고루 연락해 보았으나 구하지 못했다. 다행히 내 베트남 친구한테 도움을 받아 어느 베트남 식당에 주문을 했다. 고사 당일 아침에 돼지머리가 담긴 박스를 찾아와서 과장에게 건네고 멀찍이 물러서려는 순간 과장의 작은 비명이 들렸다. 아뿔싸~! 뻘건 바베큐 소스가 발라진 돼지머리가 속이 다 파인 머릿속을 드러내고 있었다. 베트남 사람들이 소스를 발라서 돼지머리를 구워먹는 민족인지 알지 못했기에 난 당연히 하얀 피질 돼지머리인 줄 알고 주문을 했던 것이다. 머릿속이 다 파여서 달러지폐를 물릴 입도 없는 뻘건 돼지머리를 차려놓고 고사를 지낼 수밖에 없었다.

미국산 트럭, 뻘건 베트남식 돼지머리, 그 앞에서 절을 올리는 한국 사람들, 그리고 바나나 세대. 정말 어울리지 않는 글로벌시대의 고사가 엄숙하게 펼쳐졌다. 사람들도, 돼지도 억지로 웃음을 참느라 눈을 뜨지 않는 것 같았다. 고사라는 한국풍습의 참 의미도 제대로 몰랐고, 돼지머리면 됐지 색깔이 큰 문제가 되지 않을 거라는 생각에 나는 떳떳이 그 자리에서 시종을 지켜봤다.

이 미국 땅엔 2프로 부족한 바나나들이 많다. 하지만 이들은 콜럼버스가 달걀을 길로 세웠던 얘기는 알고 있다. 꽉 막힌 사람들 앞에서 길쭉한 달걀 한 끝을 약간 망가뜨려 꼿꼿이 세워보였던 일화 말이다. 알고 보면 그게 실용이다 싶지만, 그런 발상은 아무나 할 수 있는 것이 아니다. 또 누군가가 달걀에는 뼈가 없다고 토를 단다면, 강아지가 먹으면 안 되는 암탉과 수탉의 딱딱하고 날카로운 뼈는 어떻게 설명할 건가?

어느 한쪽에 치우치지 않고 퓨전화된 두 문화권에서 공약수를 찾아내 실용하는 것이 바나나들이 할 일일 게다. 그래 이 땅에 바나나가 있기에 이민 1세대와 2세대 간 생각의 갭을 어느 정도는 자연스럽게 해소해 주고 있지 않은가 싶다. 2프로 부족하기 때문에 더 열심히 노력하는 것도, 한국인으로서의 뿌리정신을 2세, 3세들에게 이어가게 해주는 것도 바로 씨 있는 바나나들의 할 일이려니. 바나나들이여, 손바닥 마주치며 아자아자! * 2011년 『한국수필』 등단작

이천쌀 싸가지

툭!

갑자기 가슴이 콩닥거리고 맥박이 빨라지고 얼굴이 화끈거렸다.

1년 넘게 대기 중이던 습작노트를 정리해서 탈고하려고 보물창고를 열었다. 손때가 묻은 노트북들을 제치고 맨 안쪽에 세워둔 빨간 다이어리를 잡아 빼낸 순간, 무릎 꿇은 두 넙적 다리 위로 흰 봉투 하나가 떨어졌다. Bank of America 은행에서 사용하는 돈 봉투였다. 테이프로 입구가 봉해졌으니 안에는 현찰이 들어 있는 것이 분명했다. 돈이라는 확신이 서는 순간 주위에 누가 있는지 얼른 뒤를 돌아보았다. 다행히 거실엔 아무도 없었기에 안심이 되었지만 갑자기 눈앞에서 떨어진 돈 봉투 때문에 심장은 계속 엇박자로 호흡을 하는 나를 따라 벌렁거렸다.

거실 한 구석에 놓여 있는 책꽂이에는 내가 읽은 책들로 가득하다. 책꽂이 한편에 달려 있는 서랍장은 내가 '보물창고'라는 이름을 지어주었고, 그 안을 습작노트북들로 가득 채운 것도, 열쇠의 주인도 모두 나였다. 굳이 열쇠로 잠그지 않아도 습작노트를 누가 가져가랴마는 내게 잠시나마 머물렀던 고마운 영감(靈感)들에 대한 최소한의 예의였다. 빨간 다이어리에는 나에 관련된 정보와 가끔 확인해야 할 내용들이 적혀 있어서 가장 깊숙한 곳에 넣어두었던 거였다.

여하튼, 나는 누가 볼세라 돈 봉투를 빨간 다이어리 사이에 다시 넣고 품에 꼭

껴안았다. 서둘러 보물창고 문을 잠근 뒤 내 방으로 올라와 방문을 잠그면서까지 긴장을 풀 수가 없었다.

Bank of America는 아주 오래전에 이용하던 은행이었다. 그렇다면, 아주 오래전에 현찰이 생길 때마다 모아서 비상금으로 비축했을 가능성에 무게를 실을 수밖에 없는 상황이다. 내 돈이 아닐 수도 있다는 생각이 잠깐 스쳤지만 논리적으로 납득이 되지 않는다. 할머니들이 돌아가시고 나면 집안 곳곳에서 현찰이 담긴 검정비닐봉지가 발견된다더니 나도 그 길을 따라 걷고 있는 것 같아 한숨이 저절로 났다. 테이프를 너무 겹겹이 붙여서 그런지 손톱으로는 떼기가 힘들어서 가위로 아주 미세하게 봉투 끝부분을 잘라내었다. 내용물이 지폐라는 것을 알기에 선물 뜯듯이 봉투를 북북 찢을 수는 없었다. 봉투 안에는 푸른색을 띤 100불짜리 지폐들이 들어 있었다. 사람의 손을 거의 거치지 않은 새 지폐라 그런지 향긋한 잉크 냄새가 났다. 냄새에 예민한 내 코가 웬일로 돈 냄새가 향긋하게 느껴지도록 뇌와 텔레파시를 주고받은 것 같다. 두 손가락으로 지폐를 꺼내들고 왼손 손바닥으로 옮겨지는 동안에도 콧바람에 날아가 버릴까 봐 최대한 숨을 죽여야 했다. 지폐를 세기 시작한 지 몇 초 만에 twenty에서 멈추었다. 2천불! 속으로 기쁨의 환호성을 질렀다.

이 돈이 어떤 이유로 빨간 다이어리 안에 있었을까? 내가 기억을 하고 있었다면 보관이지만 까맣게 잊고 있었으니 방치라고 해야 하나? 이렇게 중요한 일이 기억나지 않으니 마음이 답답해져 오기 시작했다. 장기적 기억력에 자신이 없기에 필기습관이 몸에 밴 내가 2,000불을 보관하면서 아무 기록도 안 했을 리가 없다는 생각이 들었다. 빨간 다이어리를 뒤지기 시작한 지 몇 분 만에 단서를 찾아낼 수 있었다. 대학에서 컴퓨터정보학을 전공한 덕에 중요한 정보일수록 누가 보아도 쉽게 알아챌 수 없도록 기록하곤 했는데 이번에도 여지없이 암호로 쓰여 있었다.

'2020년 4월 이천쌀 싸가지'를 발견한 순간 아래턱에 힘이 빠지면서 헛웃음이

나왔다. 이천쌀은 2,000불을 의미하는 암호였고, 싸가지는 내가 파트타임으로 잠깐 일할 때 나의 수퍼바이저였던 한국여자, K였다. 하루에 수십 번도 더 변하는 K의 다혈질 성격에 나를 포함하여 외국인 동료직원들이 혀를 내두를 정도였다.

"K와 너는 둘 다 한국 사람인데 성격이 정반대야!"

한 외국인 직원이 우리 두 사람을 두고 했던 말이었다. 내겐 칭찬이었지만 왠지 K와 같은 한국 사람이라는 말이 거슬려서 나는 남한사람이라고 되받아쳤었다. 그제야 이해가 된다는 듯 고개를 끄덕였던 그에게, 팬데믹으로 인해 회사가 갑자기 문을 닫는 바람에 농담이었다고 말할 기회를 놓쳐버렸다.

K를 통해서 마지막으로 건네받은 돈 봉투를 테이프로 꽁꽁 싸매서 보물창고 안에 숨겨둔 것이었다. 팬데믹으로 인해 망하는 기업이 늘어나면서 잠시였지만 미국은행도 불안전하다는 생각을 했던 것 같다. 내 돈인데도 도둑질을 하려다가 들킨 것처럼 긴장했었다는 사실이 '웃겼다'. Bank of America 은행을 이용했던 K 때문에 돈 봉투만 보고 내 돈이 아닐 수도 있다는 생각을 했던 거였다. 비자금의 출처가 밝혀져서 속이 후련했다. 기록하는 습관의 덕을 톡톡히 본 셈이다. 생각해 보니 귀하신 임금님표 이천쌀에 '싸가지'라는 단어를 붙여 넣은 건 적절치 못했던 것 같다. 쌀에도 임금님표를 붙이는데, 돈에는 무조건 킹, 왕, 짱 등이 들어간 품위 있는 암호를 만들어 주어야겠다. *신작(2023)

오은정

수필

분단 자매
동생의 마지막 초상

오은정

함경북도 경성에서 태어나 국민학교까지 졸업하고 어머니를 도와 동생을 키우며 살았다. 그 후 어머니의 탈북과 아버지의 사망으로 혼자 살다 2009년 17세 되던 해 어머니가 보낸 브로커를 통해 탈북, 같은 해 대한민국에 입국했다. 검정고시를 거쳐 여명학교를 졸업하고 가톨릭대 식품영양학과를 전공하던 중 응어리진 감정들을 시 비슷하게 쓰기 시작했다. 우연히 쓴 시 「종자」로 '작은 씨앗 채송화' 동인지 통해 등단했다. 그 후 감사한 인연을 만나 시와 수필 강의를 들으며 '잘' 쓰고자 노력하지만 배움이 느려 애먹는 중이다. 지금은 작은 카페를 운영하며 평소 좋아하는 식물 키우기, 그림 그리기, 독서모임으로 바쁘게 살아간다. 소원이 있다면 고향 땅을 밟고 동생을 만나는 것이다. 2024년 남북하나재단 '남북하나통합문화콘텐츠 창작지원 공모전' 선정(출판부문). dhguswjd0326@naver.com

분단 자매

얼마 전 보험을 다시 들었다. 정착 초기에 보험이 뭔지도 모르고 들었던 보장이 낮은 기존 보험을 해지하고 3대 진단비만 기본으로 넣었다. 보험에 대해 아무것도 모르다 보니 일일이 찾아서 공부하고 리모델링하느라 한동안 눈이 아프게 핸드폰을 들여다봐야 했다. 더 이상 손볼 게 없겠다 싶어 보험 신규가입을 신청했다. 설계사가 보험약관을 읽어주더니 키, 몸무게를 받아 적고, 이어 형제자매가 있는지 물었다. 나는 그 질문에 머뭇거리다 "아니오"라고 답했다.

함경북도 끝자락에도 봄빛이 흘러드는 삼월 말 어느 날이었다. 얼었던 땅이 부풀어 오르는 것을 보니 곧 텃밭에 시금치, 배추, 상추 씨앗을 심어도 될 것 같았다. 이따금씩 찬바람이 콧등을 시큰하게 때리고 가면 봄볕이 얼리듯 쓰다듬었다. 그 탓에 코와 볼은 빨갛게 익어가고 태양을 마주한 등과 머리는 따뜻했다.

그날 엄마는 나팔 모양의 짙은 남색 옷으로 배를 가리고 있었다. 우리는 마당에서 쌓여 있던 낡은 그물을 손질했다. 나는 받돌이 있는 아래 밧줄을, 아빠는 봇이 달린 윗부분을 서로 잡아당기며 그물과 밧줄을 엮은 실을 풀어냈다. 그러면 엄마는 실을 잡아 당겨 둥근 봇에 돌돌 감았다. 손이 움직일 때마다 바다 먼지와 비린내가 풀썩거렸다. 아빠는 어딘가 불편한 것 같기도 긴장한 것 같기도 했는데 종종 입가에 웃음이 피었다 사라졌다. 나는 집과 마당에 흐르는 긴장감에 뭔 일이 있을 것 만 같아 눈치를 살피고 엄마는 덤덤한 표정이었다. 마당엔 정적이 흐르고 햇빛은 넘쳐흐를 만큼 찬란했다.

엄마가 일하는 중에 얼굴을 찌푸리며 배를 끌어안더니 손을 멈췄다. 며칠 전부터 출산을 도와주러 와 있던 산부인과 선생님이라는 분이 진통이 시작된 것 같다며 아빠에게 부엌에 불을 지피라고 했다. 엄마는 자리를 옮겨 방으로 들어갔다.

점차 진통 간격이 좁아지고 엄마의 신음 소리도 커졌다. 아빠는 아궁이에 장작을 한 가득 넣고는 부엌을 서성거리다 밖으로 나갔다.

선생님은 안방 아랫목에 이불을 펴고 그 위에 미리 준비해 둔 두껍고 넓은 비닐을 씌었다. 엄마는 비닐 위에서 몇 분에 한 번씩 오는 진통에 배를 안고 고통스러워했다. 그러다 진통이 끊이지 않고 이어지자 나더러 부엌에 나가 있으라 했다. 나는 아무것도 모른 채 엄마의 고통을 지켜보며 공포에 떨었다.

오후 한 시쯤이었다. 엄마의 목소리가 아닌 처음 들어보는 괴상한 소리가 안방에서 흘러나왔다. 꼭 엄마가 죽을 것만 같았다. 열한 살이던 내게 엄마가 이 세상에 없다는 것만큼 큰 공포는 없었다. 꼭 닫힌 문 너머에서 무슨 불길한 일이 일어날 것만 같아 참고 있던 눈물이 터졌다.

"엄마, 죽지 마!"

나는 나도 모르게 울며 소리쳤다. 순간 벼락같은 소리가 문틈을 뚫고나왔다.

"엄마가 죽긴 왜 죽어? 방정맞게!"

순간 두려움은 온데간데없고 엄마가 화를 내는 것이 더 무서워졌다. 뒤이어 엄마는 지금 내게 관심이 없다는 서운함과 또 어떤 일이 일어날지 모른다는 두려움에 문을 열고 밖으로 나와 소리도 못 내고 울었다. 한참 울다보니 눈물이 말라 나오지 않았다. 그때 방안에서 엄마의 신음소리 대신 앵 하고 울음소리가 들렸다.

나는 엄마가 무서워 방문을 열지도 못하고 문 앞에 서서 아기 울음소리와 엄마의 평온한 목소리에 귀를 기울였다. 조금 지나 의사 선생님이 안에 들어와 동생을 봐도 된다 말했다. 나는 팔소매로 콧물 눈물을 닦으며 쭈뼛쭈뼛 문을 열었다. 하얀 면천에 누에고치처럼 쌓인 존재가 보였다. 이마는 볼록하고 뜨지 못한 눈은 가늘게 찢어지고 붉은 얼굴에 계란 흰자 같은 얼룩이 묻어 있었다. 방금 전 괴성을 지르던 엄마는 온데간데없고 동생을 내려다보며 웃는 엄마가 보였다. 그날 그렇게 동생이 태어났다.

동생이 태어나던 날부터 기저귀를 갈고 한 줌도 안 되는 머리를 빗기고 리본을 달아주던 기억이, 고향을 떠나던 날 동생을 두고 떨어지지 않던 발걸음이 아직까지 생생하다. 내게 동생은 파도를 맞을수록 더욱 선명해지는 백사장의 모래알처럼 시간이 지날수록 짙어지는 것이다. 그런 동생이지만 이곳에서 가족관계를 증명하는 서류 어디에도 없다. 내게 동생은 존재하지만 존재하지 않는다. 다음에 또 누군가 형제자매가 있냐고 물으면 나는 뭐라고 답해야 할까. * **신작(2023)**

동생의 마지막 초상

길을 떠나기 전 마지막으로 동생을 보러 외할머니 집에 갔다. 울바자와 콩대에 말라비틀어진 강낭콩 줄기가 그대로 있는 좁은 골목길을 지나 나무판자로 만든 대문을 열고 마당에 들어섰다. 나는 목에 두른 수건을 풀며 동생 이름을 불렀다. 갑자기 놀란 닭이 닭장을 헤집고 날아오르는 것처럼 집안이 부산스럽더니 출입문을 쾅 열리고 "언니야!" 하며 여섯 살 된 동생이 달려 나왔다. 나는 맨발로 나오려는 동생을 보고 서둘러 집안으로 들어갔다. 둘째이모가 웃으며 무슨 계집애 목소리가 대장부 같은지 모르겠다며 동생에게 목소리를 낮추라 했다. 동생은 고개를 끄덕일 뿐 다시 목소리가 커졌다.

동생이 나를 앉혀 놓고 새로 배운 노래를 부르고, 암송한 시를 낭송하고 공책에 오이, 가지, 토마토 이런 단어들을 썼다. 더 보여줄 게 없자 작은 엉덩이를 내 허벅지에 올려놓고 앉았다. 아기 때 말랑말랑하던 살은 어디가고 뼈만 느껴졌다. 동생이 외할머니 집에서 산 지도 3년째인데 그 시간의 세 배는 크고 무거워진 것 같았다. 너무 많이 커버린 동생을 보며 함께 하지 못한 시간이 코끝을 건드렸다. 그런 마음과 달리 살 없는 동생 엉덩이는 아팠다. 나는 더 참을 수 없어 동생을 바닥에 내려앉혔다. 동생이 눈치를 살피며 다시 엉덩이를 내 품으로 들이밀었다.

저녁 내내 찰거머리처럼 붙어 있던 동생은 잘 때가 되니 내 품엔 잘 오지도 않았다. 나는 외할머니와 아랫목에 한 이불을 덮고 누웠다. 동생은 베개를 안고 어디로 갈지 눈치를 보다 외할머니와 내가 이야길 하는 것 같으면 우리 이불속을 들추고 들어왔다. 그러나 금방 실증을 느끼곤 윗방에 있는 둘째이모, 이모부 품으로 갔다. 그날 밤만은 내 품에 오기를 바랐는데 동생은 평소처럼 이모부 품에서 잠들었다.

외할머니의 앙상한 손이 더듬거리며 내 손을 찾고는 한참을 그대로 있었다. 목소리보다 손을 더 떨며 당부의 말을 했다. "못난 부모 만나 고생 많았다. 앞으로 안 좋은 기억은 잊고 잘 살아라. 사람 일은 또 어찌 될지 모르니 몸조심하고." 마른 장작 같은 외할머니 몸에서 소리 없이 눈물이 흘렀다. 매정하던 외할머니의 따듯한 말 때문이었을까, 이제 더 이상 예전처럼 살지 않아도 된다는 희망 때문이었을까, 앞으로 펼쳐질 두려움 때문이었을까. 나는 눈물로 베개를 적시다 잠들었다.

다음 날 아침상에 계란지짐 두 개가 올랐다. 하나는 몸이 약한 둘째이모부 몫이고 하나는 내 밥그릇 위에 올려졌다. 동생이 나와 내 밥그릇에 번갈아 눈길을 보냈다. 내가 계란을 갈라 동생에게 주려고 하자 외할머니 이모가 이구동성으로 동생은 종종 먹으니 너나 먹으라 했다. 눈치를 살피던 동생이 입맛 다시던 입으로 언니는 그동안 못 먹었으니 언니가 먹어야 한다 말한다. 나는 동생에게 계란을 줄 수도, 먹을 수도 없었다. 그러다 빨리 먹어 없애치우라는 외할머니 재촉에 계란을 목구멍으로 우겨넣었다.

식사가 끝나고 둘째이모부는 다녀와서 다시 보자며 출근했다. 전기가 들어오자 동생은 내가 왔을 때처럼 목소리를 높였다. 그리곤 윗방에 있는 TV 앞으로 달려가 능숙하게 전원을 켜고 화면 음악 DVD를 찾아 틀었다. 동생이 TV에 정신을 판 사이 이모와 외할머니와는 풀어진 국수오리처럼 끊기는 말들이 오갔다. 마지막이라 할 수도 없고, 그렇다고 아니라고도 할 수도 없는 헤어짐 앞에 말보다 감정이 먼저 올라왔다. 둘째이모가 웃으며 무사히 다녀올 거라며 눈물을 찍어냈다. 나는 고개만 끄덕거렸다.

나는 더 있으면 눈물을 참지 못할 것 같아 일어나 옷을 입었다. 이상한 분위기를 감지한 동생이 옷을 입는 내 곁을 맴돌며 언제 또 오냐고 묻는다. 나는 생각할 틈도 없이 열 밤만 자면 또 올 거라 말했다. 동생이 작은 손가락을 활짝 펼치고 하나 둘 숫자를 셌다. 목구멍에서 주먹이 올라오는 것 같은 구역질감이 느껴졌다.

나는 급히 동생을 등지고 신발을 신었다. "할머니 말씀 잘 듣고, 공부 잘하고….
알았지?" 내 목소리를 들은 동생이 울음을 터트렸다. 자기도 따라 가겠다며 빨간
동복을 꺼내 들고 나를 따라 나섰다. 나는 바짓가랑이를 붙잡는 동생을 떼어놓고
도망치듯 출입문을 열고 마당으로 나왔다.

"언니야, 같이 가! 가지 마!"

동생이 엉엉 울며 출입문을 열고 맨발로 나오려 했다. 외할머니와 둘째이모가
동생을 붙잡아들이고 출입문을 닫았다. 열 밤만 자면 언니가 또 온다며 달래는 이
모 목소리가 들렸다. 나는 뒤돌아 동생 얼굴을 보고 싶었지만 눈물이 가득 찬 눈
으로 아무것도 볼 수 없었다. 누군가 보기라도 할까 봐 주변을 살피며 대문을 나
섰다. 순간 소나기처럼 눈물이 후드득 떨어지고 땅이 일렁거렸다. 집안에선 언니
가 정말 열 밤만 자면 오냐고 묻는 동생 목소리가 울먹울먹 들렸다.

나는 한참 뒤에야 그날 그렇게 모두와 이별이었다는 걸 알았다. * **신작**(2023)

유금란

시

수국의 造化

안개 낀 에핑 로드, 모닝 빵을 사러 가는 길에

수필

우는 벚나무

유금란

호주 시드니에서 살고 있다. 강화에서 출생했고 인천에서 성장했다. 국어국문학을 전공했고 결혼 전까지 잡지사에서 일했다. 2000년 호주로 이주해서 아이들이 성장하기까지는 전업주부였다. 2015년부터 DSA(Disability Services Australia)에서 일하고 있다. 2008년 『조선문학』 신인상에 수필로 등단했다. 2015년 산문집 『시드니에 바람을 걸다』, 2022년 해외 한인5인 공저 『바다 건너 당신』을 출간했다. 2009년, 2014년에 재외동포문학상 수필 부문에 입상했다. 2021년에 동주해외신인상을 받으면서 『시산맥』으로 시 등단을 했다. 현재 '문학동인 캥거루'와 '수필U시간' 동인으로 활동하고 있으며 『문학과 시드니』 편집주간을 맡고 있다.

geumlanyu@gmail.com

수국의 造化

점잖게 안달 난 꽃 색이야
초록 바다에 떠 있는 하얀 무덤들을 봐
천년을 지켜온 한 떨기 弔花 같아

네가 처음으로 뿌리내린 흙에서는
분홍이 올라왔지

어느 날 흐려진 꽃대 툭 잘라내자
계절은 부푸는 색을 그냥 놓아두지 않았어

위태로운 소리를 삼킬 때마다 잎이 마르는 건
용도가 파기된 꽃말의 처세
저기 저 파랑 엉덩이를 봐
붉게 피던 절기가 겹겹 색을 바꾸고 있어

분홍 떨기로 다시 돌아가게 해주세요
만년의 기도는 땅속으로 스미고
초록의 내력을 아는 흙은 보랏빛으로 냉정했지

그래, 이것이 너와 나의 사랑이었던 게야
분홍으로 와서 파랑으로 번지고
보라로 가라앉더니 하양으로 지고 있어

우리 뜨거움의 온도가 달라지고 있는 게야

그래, 이 모든 색의 조화가
자주 변하는 내 배꼽의 농도 때문이었던 게야

* 『시와 문화』 2023년 봄호

안개 낀 에핑 로드, 모닝 빵을 사러 가는 길에

느리게 활공하는 새가 보였다

어떻게 알았을까
셔터 스피드 60분의 1로 잡은 안개 속 아침
겨울 햇살만큼 헐렁해진 거미줄에 걸려
깊이를 몰라도 찍히는 기분들

길 끝을 더듬지 않고도 알 수 있는 빵집 풍경에는
그리움이 닿은 곳에서 더 발광하는 불빛이 있었다

이름을 갖지 못한 신생아처럼
이름 없이 진열된 밀의 분신들
그리고 속을 알 수 없는 당신의 데칼코마니

익숙한 것이 함정일 때가 있다

은밀하게 들어간 팥과 녹두는
눈먼 입술이 닿기에 너무 닮은 사랑이었을까
크루아상 데니쉬 바게트 그리고 모카
속을 아는 빵만 바구니에 넣는다

가운데를 갈라야만 걸어 나오는 당신은 이제 그만
굽지 않은 밀반죽 속에 모셔 두기로 한다

안개 속에서 활공하는 새는
당신 속을 보려다 팥 빛이 된 심장은
알지 못하므로

* 『시와 시학』 2022년 가을호

우는 벚나무

어김없이 봄이다. 나는 지금 앞마당에 서 있는 위핑체리 한 그루를 안타까운 마음으로 바라보고 있다. Weeping Cherry, 한국말 검색어에 넣어보니 '처진올벚나무'라고 나온다. 곧이곧대로 해석하면 '우는 벚나무'가 되겠다. 축축 늘어진 가지를 타고 피고 지는 꽃잎이 눈물처럼 보여 얻어진 이름일 테다. '나무가 흘리는 꽃눈물'은 상상만으로도 가슴 한쪽이 저릿해진다. 이렇게 감정이 담긴 이름을 가진 나무를 집 마당에 들이기로 마음먹은 건 3년 전 어느 봄날이었다.

카툼바에서 에어비앤비를 하는 지인 덕에 블루마운틴에 자주 들락거릴 때였다. 문우 김 선생, 공 선생과 함께 봄나들이 겸 올라간 길이었다. 마을을 산책하던 중에 길 끝 모퉁이 집 앞에서 문득 발을 멈추었다. 입구에 쌍둥이처럼 서 있는 두 그루 꽃나무 때문이었다. 얼핏 보기에 벚나무인데 그냥 벚나무라고 하기엔 수형이 사뭇 달랐다. 키가 일반 벚나무보다는 작고, 굵은 기둥 끝에 자잘한 꽃이 커다란 반원을 그리며 무더기로 피어 있었다. 꽃을 타고 뿜어나오는 기운이 얼마나 화사하던지 온 누리에 퍼붓고 있는 햇살을 뚫고도 남았다. 김 선생은 내 옆에 바싹 붙어서는 마치 활짝 펼친 양산 같지 않냐며 감탄사를 연발했다. 그런데 내 눈에는 이상하게 그 양산이 무덤처럼만 보였다. 오묘한 아우라를 내며 공중에 떠 있는 모양새가 영락없이 꽃무덤이었다. 동쪽 바다로 가는 길에 도화가 만발한 과수원에서 색을 탐했다던, 온 마음을 모아 색을 쓰는 도화가 어여뻐 요절을 꿈꾸던 청춘이 갔음을 알았다던, 김선우의 시 「도화 아래 잠들다」가 그림처럼 그려졌다.

이 시를 내 집 마당으로 들이고 싶었다. 요절을 꿈꾸진 않았어도 온 마음을 모아 색을 쓰던 시절을 내 집 마당으로 들여 해마다 보고 싶은 욕심이 생겼다. 그즈음 내 몸에서는 생물학적인 여성성이 사라지던 중이었으니 요즘 유행하고 있는 반려식물쯤으로 삼고 싶었는지도 모르겠다.

화원으로 달려갔다. 이미 꽃을 피우느라 한창인 계절에 묘목을 구하는 것은 거의 불가능했다. 그해 겨울을 기다리라는 조언을 듣고 두 계절을 넘겨야 했다. 그렇게 겨울이 왔다. 그런데 묘목은 쉽게 눈에 띄지 않았다. 화원에 문의해 보니 나무의 북방한계선에서 걸려 지역을 탄다는 정보를 주었다. 호주는 적도 아래에 위치에 있으니 남방한계선이라 해야 맞을 것 같다.

위핑체리는 겨울잠을 충분히 자 두어야만 하는 종에 속하는 식물이었다. 최소한 섭씨 7도 이하에서 일정 시간을 기다려야만 발아가 되는 나무였다. 온난성 기후인 시드니 근교에서 그 한계선에 들어 있는 지역 중 하나가 블루마운틴이었다. 다행히 내가 사는 체리부룩도 아슬아슬하게 한계선 안에 들어갔다. 나는 언제 나올지 모르는 위핑체리 묘목을 사기 위해 수시로 화원을 들락거렸다. 사실 내가 찾는 크기는 수형이 잡혀 2차 생장을 준비하는 나무였으니 묘목이라 하기엔 정확하지 않은 면이 있다.

그렇게 겨울을 보내던 중에 그날도 블루마운틴으로 가는 중이었다. 지인이 에어비앤비를 정리하면서 몇 가지 가구를 가져가라 해서 밴을 빌려 올라가고 있었다. 스프링우드 과일 가게 앞을 지날 때였다. 길거리 좌판 앞에 두 줄로 열병식을 받는 군인처럼 도열해 있는 위핑체리가 보였다. 급하게 차를 멈추었다. 대부분 우듬지가 정리되어 있고 기둥이 말끔했다. 몇 개 안 되는 가지였지만 축축 늘어져 있는 것이 위핑체리가 분명했다. 그런데 사방으로 예쁘게 가지가 뻗어 내린 건 한 그루뿐이고 나머지는 가지가 지나치게 한쪽으로 쏠려 있었다. 우선 한 개를 먼저 차에 싣고 나머지 중에 비교적 모양이 좋은 놈을 골라 실었다. 이런 걸 두고 운명이라고 하는 것이다. 그날 나는 마침 밴이 있었고, 그 시간에 누군가 위핑체리 묘목을 과일 가게에 가져다 놓았고, 마침 내가 그 앞을 지나가게 되었고, 차가 그리 쌩쌩 달리는 도로에서 나는 그들을 놓치지 않았다. 이렇게 해서 '우는 벚나무' 두 그루가 운명처럼 내 집으로 왔다.

잘 키우고 싶었다. 내 몸에서 빠져나가고 있는 여성성에 대한 아쉬움 때문이었을까. 마음이 매이는 것이 싫어서 동식물에 의식적으로 정을 주지 않는데 이번에는 달랐다. 집착처럼 몰두했다. 전문 정원사까지 불러 나무 심기를 거행했다. 자리를 잡고 땅을 파고 영양제를 넣는 동안 문안에서 살금살금 엿보기만 했다. 혹시나 참견해서 잘못될까 조심스러웠다. 식재 의식은 길지 않은 시간에 끝이 났다. 작업한 시간에 비해 비용이 좀 과하다고 생각했지만, 입 밖으로 내진 못했다. 그저 봄이 되면 이 마당을 환하게 빛내 줄 꽃만을 생각했다.

가지가 예쁘게 늘어져 먼저 집었던 녀석을 거실에서 더 잘 보이는 쪽에 두었다. 더 많이 기대하는 마음이었다. 그런데 세상사가 바람대로만 된다면야 무엇이 문제일까. 수형이 맘에 들지 않아 조금 구석진 쪽으로 배치한 놈은 나날이 물이 오르는데 특별히 눈길을 사로잡았던 녀석은 가지가 점점 마르더니 잎이 퍼지질 않았다. 꽃은커녕 살아주기만 해도 좋을 지경이었다. 열심히 물을 주고 잎도 따주고 하면서 정성을 들였건만, 봄이 다가오는데도 칙칙하고 옹졸해 보이는 모양은 그대로였다. 한날한시에 이식된 두 나무가 어떻게 이리 다른지 알 수가 없었다. 조바심으로 속이 탔다. 기대와 불안이 뒤얽혔다. 그동안 나는 수도 없이 식물 키우기에 실패한 경험이 있다. 대부분이 물과 영양제를 과하게 주어서였다. 어쩌면 나무도 지나치게 살피고 안달하는 내가 부담스러울 수 있겠다 싶었다.

그래, 사는 것도 네 운명, 죽는 것도 네 운명이다. 예쁘게 모양을 잡느라 거세당한 수관의 깊이가 얼마나 깊었겠는가. 불편한 몸으로 낯선 환경에서 버티려면 힘은 또 얼마나 들겠는가. 내 몸에서 빠져나가는 색을 어찌할 수 없듯이 내 힘으로 불가능한 것이 있음을 인정하기로 했다.

그렇게 속절없는 봄이 깊어가던 어느 날 아침이었다. 정말 하룻밤 사이에 일어난 빅뱅이었다. 출근하려고 현관문을 여는데 흰빛에 가까운 연하디연한 분홍 꽃송이 두어 장이 아침 햇살을 받으며 반짝이고 있었다. 앙상한 가지 끝에 매달려 흔들거리고 있는 실눈만 한 청춘의 색이었다. 꽃무덤을 만들기엔 너무 작은 양이었지만 그 시작을 알리는 밑그림쯤은 되어 보였다. 안도의 기쁨으로 가슴을 쓸어내렸다.

그런데 어쩌자고 기쁨의 절정은 그리 짧은 것일까. 꽃은 피는가 싶더니 이내 스러졌다. 꽃진 자리에 초록 잎이 돋아야 하는데 그 잎마저도 돋는가 싶더니 금세

말라버렸다. 봄이 가고 여름이 되어도 이파리들은 초록빛을 제대로 품지 못했다. 다음을 기약하기엔 모든 것이 답답했다.

어느새 벚나무를 들인지 세 번째 봄을 맞고 있다. 주인의 안타까운 마음을 아는지 모르는지 나의 벚나무는 지난해에도 겨우 서너 장의 꽃잎만 틔우고는 큰 진전이 없었다. 혹여, 공중에서 흩날리는 꽃 눈물이 이렇게 기다림으로만 끝날까 걱정스러운 나는 지금, 제구실을 못 하는 나무 앞에서 내가 울고 싶은 것이다.

운다는 행위는 생명의 강력한 몸짓 중의 하나이다. 돌이켜보니 젊음이 마르면서 눈물도 말라갔다. 앞으로 내게 남아 있는 눈물이 얼마나 될지는 가늠할 수 없다. 그저 받아들일 수밖에 없는 상황에서 꽃나무 한 그루에 기대서라도 남아 있는 열정을 확인하고 싶은 간절함이 있을 뿐이다. 단념하거나 포기하지 않을 때 그 기다림은 이루어진다고 했다. 그러니 기다리자. 꽃을 피우지 못하면 못하는 대로, 꽃이 피면 피는 대로 이 시간은 떨림이고 희망일 테니까. 조용히 나무를 어루만진다. 그래, 이만하면 되었다. 이렇게라도 버텨만 다오. 얼마 남지 않은 내 욕망의 눈물처럼. * 『한국산문』 2023년 10월호

윤국희

수필

차가는 달이 보름달이 될 때

도서관 옆 공원묘지

윤국희

부산에서 나고 자랐다. 2022년 50대 후반 직장을 그만둔 후 도서관을 자주 찾았다. 그러다 우연히 글쓰기 공모전에 대한 포스터를 봤다. 뭔가에 홀린 것처럼 무모한 도전을 했고 인생의 전환점이 찾아왔다. 상상하지도 못한 뜻밖의 결과를 받아 당황스러웠다. 한 곳은 제13회 '달서 책사랑 전국 주부 수필 공모전'에서 은상을 받았고 다른 한 곳은 제16회 '삶의 향기 동서문학상'에서 금상을 수상했다. 인생이 나에게는 관대하지 않다고 투덜거리다 뒤통수를 세게 맞은 느낌이었다. 갑자기 찾아온 행운에 정신이 번쩍 들었고 단발성 운으로 끝내고 싶지 않았다. 그 때부터 글쓰기 공부를 시작했다. 그리고 지금까지 한 번도 꾼 적이 없는 꿈을 갖게 되었다. 꿈을 향해 나아가는 길이 어떤 길인지는 아직은 잘 모른다. 하지만 능력 없다고 여겨 포기했던 지난 시간보다 아등바등거리며 꿈꾸는 지금이 행복하다. hope4238@naver.com

차가는 달이 보름달이 될 때

아파트 현관문 앞에만 서면 가슴이 두근거리고 호흡이 가빠진다. 집에 들어가야 하는데, 잠시 머뭇거리다가 큰 숨 한 번 뱉어내고 비밀번호를 꾹꾹 눌렀다. 아이들이 먼저 알고 뛰어나온다. 막내 얼굴에 그리움이 묻어 있었고 아이들의 눈을 보니 마음이 시렸다. 막내가 안기면서 "엄마, 방금 언니가 나 놀렸어.", "아이고, 그랬어, 왜 너는 동생을 놀려?" 하면서 일상의 대화를 안고 거실로 들어왔다. 그 순간 눈을 사로잡은 것은 베란다에 가득 쌓여 있는 배추들. '앗, 김장이다!' 순간 온몸이 얼어버려 막내를 잡고 있던 손을 놓아버렸다. 큰딸은 순식간에 차가워진 엄마의 표정을 감지하고 조용히 동생들을 데리고 방으로 들어갔다. 예민하게 엄마 마음을 알아채는 아이들과 달리 시어머니는 오히려 며느리의 늦은 귀가에 역정을 냈다. "김장해야 되니까 오늘 밤에 베란다에 있는 배추들 다 다듬고 절여야 한다." 불만 가득한 메마른 목소리가 소금이 되어 피곤한 나를 절였다.

해마다 김장철이 되면 시골에서 농사짓는 시이모가 배추를 갖다준다. 그 자체로만 생각하면 감사한 일이지만 내 입장에 선 결코 만만한 일이 아니었다. 시어머니는 거실 소파에 앉아 정이 흠뻑 묻어나는 목소리로 그런 착한 동생 없다면서 작년에도, 재작년에도 했던 말을 올해도 했다. "밥 먹었나?" 말 한마디 물어보지 않는 시어머니 마음에 '내가 당신 딸이라면 이럴까?' 싶어 왠지 모를 서러움이 한 발짝 다가왔다. 시어머니께 "김장하면 한다고 미리 알려달라고 작년에 제가 하지 않았어요?" 뾰로통하게 한마디 했지만 답답한 마음은 풀릴 길이 없었다. 시어머니는 내 말을 모른 척하고 방으로 들어갔다.

늦은 저녁이라도 먹어야지 했던 생각은 이미 사라졌고 조금이라도 일찍 일을 끝내고 싶은 욕심에 베란다로 향했다. 밭에서 그대로 뽑아 온 배추들은 옮기는 과정에서 거실 여기저기 흙을 뿌렸다. 더럽혀지고 얼룩진 거실이 그대로인 것을 보니 배추를 나르면서 아마 시어머니는 늦게 들어오는 며느리에 대한 원망을 시이모에게 한 것 같았다. 베란다로 가기 전 거실 바닥을 닦으면서 밥 한술 편하게 먹지 못하는 상황에 머리가 찌근거렸고 가슴이 답답했다.

상심한 마음을 가슴에 묻고 배추를 들여다보았다. 널브러져 있는 배추들은 빨리 다듬어 달라 시위하듯 했고 아슬아슬 불안하게 쌓여 있는 배추들은 성마른 나의 마음을 휘저었다. 절인 배추를 담을 붉고 큰 고무통은 엉덩이를 치켜들어 베란다를 밝히는 동그란 작은 주황색 전구를 겨냥했다. 바람도 불지 않는 초겨울 밤인데도 냉기는 온몸에 스며들었고, 무심하게 바라본 하늘엔 차가는 달이 홀로 밤을 밝히고 있었다. 밤하늘에 홀로 떠 있는 달이 내 모습과 비슷해 위로가 될 법도 하건만 지쳐 있던 나는 오히려 투정하고 반항하고 싶었다. 둘 곳 없는 마음은 겨울 밤과 함께 얼어갔다.

아이들은 엄마 얼굴을 본 후 아무 말도 하지 않고 자기들끼리 조용하게 속닥거렸다. '시부모에게 며느리 마음 같은 것이 중요할까? 며느리도 피곤하다는 것은 알까?' 의미 없는 물음 앞에 두 무릎이 그 답을 먼저 알고 꿇었다. 창문 틈 사이로 안방에 계신 시부모님들이 나지막하게 이야기하는 소리가 날카로운 고드름이 되어 귀에 꽂힌다. 남편은 오늘도 귀가가 늦고, 혹시나 하는 마음에 얼어붙은 현관을 바라보면서 차가운 한숨을 내쉰다. 짜증 섞인 큰 목소리로 "아빠에게 전화해, 빨리 들어오시라고." 거실을 가득 울리는 앙칼진 목소리엔 차가운 냉기가 서려 있고 아이들은 동시에 "예" 하고 답을 한다. 갑자기 안방에서의 소리가 사라지고 조용해졌다.

화난 마음을 안고 배추 한 통을 집어 들었다. "언제 김장할 것이라 미리 이야기하는 게 그리 힘든 일인가, 며느리 사정은 안중에도 없고, 아이고, 배추는 또 와 이리 많노.", "이왕 주실 것이면 이모는 좀 다듬어 주지 않고 이게 뭐람, 자기 딸들은 김치까지 다 담가 주면서." 표출할 수 없는 억울함이 구시렁구시렁 흘러나왔다. 망나니 칼춤 추듯 배추의 전 잎을 가차 없이 날렸다. 날아가는 잎들이 무참히 떨어졌다. 칼을 다시 호기롭게 잡고 배추 심장부에 날카롭게 칼집을 내었다. 배추는 온 힘을 다해 버텼으나 불만 가득 찬 내 양손의 힘을 막아 낼 수 없었다.

"휴" 하는 나의 한숨 소리와 쫙 하고 갈라지는 배추의 절규가 동시에 튀어나왔다. 마침내 배추의 노란 심장부를 싸고 있는 속살들이 미끈한 자태를 뽐내면서 드러났다.

그 밤 구메구메 쌓인 곡절 많은 내 마음은 흐트러진 배추 더미와 씨름하면서 갈 길을 잃었다. 끊어질 것 같은 허리 통증을 차라리 온몸으로 느끼는 것이 불편한 마음보다 편했다. 시간은 흐르고 허리 한 번 펴지 않고 배추와의 싸움을 계속했다. 길 잃은 마음은 허공에서 춤을 추었고 달빛은 장단 잃은 내 춤사위를 안았다. 어느새 휘몰아치던 감정도 절인 배추처럼 숨을 죽였고 들끓었던 마음도 침잠해졌다, 오래된 벽시계 추는 세월의 무게만큼 느리게 움직였고 시간을 알리는 괘종소리는 맥없이 늘어진 채 청승스럽게 거실을 채웠다.

불만의 세례를 받은 배추가 김치가 되었으니 이 김치가 나에게 맛이 있을 리가 있겠는가. 결혼 후 시부모와 함께 살았지만 나는 멸치젓갈의 맛이 너무 강한 시어머니 김치에 적응하지 못했다. 아무리 나의 노고가 담겨 있는 김치라 할지라도 내 입맛에는 맞지 않았다. 다른 이들이 다 맛있다 하더라도 고집스럽게 그 맛을 거부했고 대신 내 어머니 김치만을 그리워했다.

김장이 끝나면 시어머니는 시누이들에게 김치를 나누어 주었고 그들은 모녀의 정을 나누었다. 내 노동의 무게는 솜사탕처럼 가벼웠고 그들은 친정엄마 손맛에 환호했다. 하긴 결혼했어도 친정엄마의 김치를 당연하게 가져다 먹고 환호하는 사람들이 어찌 내 시누이들뿐이겠는가? 내가 아는 지인들 대부분 그랬다. 그러나 그 당연함이 때론 어떤 이에게 말할 수 없는 부러움이었다는 것을 그들은 알았을까? 받는 게 당연한 이들에게 타인의 슬픔은 배려 대상이 아니었다.

그 시절 나에게 김치는 단순한 음식이 아니라 외로움의 상징이었다. 김치를 누군가에게 받는 것은 사랑을 받는 것이었다. 어린 시절부터 엄마 김치는 항상 밥상에 놓여 있어 엄마의 존재를 입증하는 것이었기에 언제까지나 먹을 수 있을 것이라 여겼다. 그런데 엄마 김치가 어느 날 사라졌다. 나는 김치를 좋아하지 않는다는 이유를 찾아 아무렇지도 않은 척, 강한 척하면서 슬픔을 숨겼다. 그러나 시간이 지나면서 친정엄마 김치에 관한 이야기가 친구들이나 이웃에서 들려왔고 누군가가 "친정엄마가 김치 보냈어."라는 말에도 마음은 서늘해졌다. '그깟 김치가 뭐라고…' 말이 입으로 삼켜지는 날들이었다. 너무나 갖고 싶고 맛보고 싶은 김치인 동시에 담그고 싶지도, 먹고 싶지도 않아 외면하고 싶은 김치이기도 했다. 존재하지 않는 이에 대한 그리움은 외로움의 반증이었다.

　김장과 김치에 대한 기억이라는 것이 뒤돌아보고 싶지 않은 추억이지만 여전히 김장철이 오면 김치를 담근다. 나를 경악하게 했던 배추 더미도 없고, 일방적인 명령을 내리던 분도 이젠 계시지 않는데 김장을 포기할 수 없었다. 습관이 되었기 때문일까? 그것은 아니다. 사실 김치 담그는 일에 자신이 없었다. 시어머니와 함께 김장하고 김치를 담았지만, 시집살이에 대한 반항심으로 일체 그 맛을 배우지 않았다. 시어머니가 돌아가신 후로는 직장생활이 바쁘다는 핑계로 시중에 파는 김치를 사 먹었다. 하지만 일상의 식탁에서 김치가 없는 것은 아쉽고 사서 먹는 김치는 비싸기만 했다. 그렇다고 가족들이 김치에 대한 불만을 표현하는 것은 아니었다. 그러나 겨울철이 되면 고민이 되었다. 김치찌개를 좋아하는 딸들에게 푹익은 김치로 돼지고기나 참치를 넣은 김치찌개를 마음껏 해주고 싶은데 사서 먹는 김치로는 감당이 어려웠다. 점점 김장에 대한 압박감이 깊어졌다.

　그때 문득 내 마음이 달빛 춤을 췄던 그 겨울밤에 내가 갈구했던 것은 과연 무엇이었을까? 하는 질문이 다가왔다. 너무나 추웠다고 기억되는 그 밤이 진짜 추웠는지 아니면 외로움과 고달픔이 그런 느낌을 주었는지 알 수는 없다. 하지만 끝내 김장을 포기하지 못한 이유는 나의 슬픔에 빠져 딸들에게 전하지 못했던 그 시절의 사랑을 지금이라도 전하고 싶은 마음 때문이라는 것을 알았다. 엄마의 허덕거림을 이해하기엔 너무 어린 딸들에게 내 외로움만 보이고 살았던 것이다. 가슴 깊은 곳에 숨어 있던 그 밤의 차가운 달이 어느새 보름달이 되어 마음에 빛을 밝히고 다시 배추 앞에 앉게 했다.

　초록 배추 한 포기를 절이고 빨갛게 양념한 김치를 식탁에 올리던 그날, 딸들이 보여준 환호는 생생하다. 맛있다고 할 수 없는 김치를 칭찬하고 환호했던 딸들 모습에 울컥했다. 내가 딸들에게 사랑을 준다고 여겼는데 오히려 내가 사랑을 받고 있다는 사실은 온몸에 전율을 일으켰다. 온전히 나를 향한 사랑이 가슴에 들어온 그날, 나처럼 외로움을 오롯이 안고 살았던 동생들이 처음으로 눈에 들어왔다. 내 불행에만 눈이 멀어 아무것도 보지 못한 내가 눈먼 자였다.

김장철이 되면 이젠 내가 배추를 절이는 대신 다른 이의 노고가 담긴 절인 배추를 주문한다. 김장하는 날 주문한 절인 배추는 새로운 변신을 향해 숨죽여 기다리고 있다. 매번 양념의 맛이 달라지는 신묘한(?) 재주를 가진 나는 올해도 김치 장인의 비법을 모아 열심히 김장 양념을 만들었다. 어렵게 구한 태양초 고춧가루는 마늘, 생강, 육수, 액젓, 찹쌀풀, 배즙, 청각 등 모든 재료를 삼켜 자신의 색을 더 붉게 토해내었다.

30년 가까이 고아로 살았다고 우스갯소리를 하는 미혼인 여동생은 김장 후 다 함께 먹을 수육용 돼지고기를 준비해 온다. 동생은 앞치마를 두르고 배추에 양념을 치대면서 양념 색깔을 보고 "와, 너무 예쁜데 이번 김장 맛있겠다." 덕담한 후 "나는 어릴 적에 엄마가 김치 양념한 것을 보고 고추장으로 하는 줄 알았어. 엄마에게 그 말 했다가 한 소리 들었지. 모르면 알려주면 될 텐데 우리 엄마 왜 그랬을까?" 하면서 옛 추억을 이야기했다. 이젠 성인이 된 딸들은 심부름하면서 이모 이야기에 웃음으로 화답하고 할 일 없이 바쁜 남편은 배추를 옮겼다가 쉬었다가 하기를 반복했다.

달빛 대신 오후 햇살은 거실을 따뜻하게 비추고 김치 치대는 소리, 수다와 웃음 가득한 오후의 북적거림은 멋진 하모니가 되어 거실을 채웠다. 허리가 아파 휴식을 취하려 잠시 일어나 고개를 드니 사랑하는 이들이 보였다. 혼자가 아니었다. 함께 하기에 느끼는 존재감 앞에 마음이 뭉클해졌다. 이렇게 만든 김치를 타향살이하는 큰딸에게 보낸다. 엄마 김치라고 환호하는 딸 얼굴을 생각만 해도 뭉클해진다. 그 김치 한 포기가 딸의 고단함과 외로움을 잠시나마 잊게 할 화수분이라 믿는다.

재주 없어 맛이 없다고 여겨졌던 김치도 해가 갈수록 김치 맛을 내고 깊어지기도 한다. 인생도 담그는 김치처럼 익어가고, 깊어 가는 것인지도 모른다는 생각이 든다. 김치 맛을 알기도 전에 외로움과 고달픔을 먼저 알았던 지난 시절이지만 그래도 뒤늦게라도 김치 담그는 것을 익힐 수 있어 다행이라 여긴다.

하지만 이젠 김장과 김치담그는 것이 점점 줄어들고 밀키트가 인기를 누리는 시대이다. 노동과 시간을 요하는 김치가 어쩌면 사라지는 우리의 수많은 음식 중 하나가 되지 않을까 하는 생각은 기우일까? 익히지 않고 숙성되지 못한 날것들이 유행을 선점하고 이끄는 이 시대에 '생김치, 익은 김치, 묵은 김치' 등 우리 인생과 비슷한 김치가 앞으로도 계속 이어지기를 바라는 것은 욕심일까? 딸들은 일찍 돌아가신 외할머니에 대한 추억이 전혀 없다. 그러나 김장하거나 김치를 먹을 때 한 번씩 들었던 내 엄마의 이야기는 딸들에게 외할머니의 존재를 느끼게 한다. 죽음이 육체의 사라짐이라면 기억은 죽은 이들을 부활시키는 단초이다. 힘든 노동과 오랜 시간을 통해 만들어진 김치가 산 자와 죽은 자를 연결하고 기우 너머에 존재하는 희망이 되기를 기원한다.

* 2022년 제16회 '삶의 향기 동서문학상' 수필 금상. 『월간문학』 등단

도서관 옆 공원묘지

2023년 1월 어느 일요일 오후 금정도서관을 방문했다. 간단한 열람을 마친 후, 날씨가 따뜻해 도서관 가까이 있는 영락공원을 산책했다. 바람도 불지 않고 햇살이 고와 거닐기엔 안성맞춤이었다. 벚꽃 피는 계절이면 도서관에서 영락공원까지의 길에 분홍색 벚꽃이 올망졸망 모여 군락을 형성하고, 바람이 불면 꽃잎이 색종이 조각처럼 아름답게 흩날린다. 특히 4월의 밤은 달과 벚꽃, 가로등이 만나 인간을 현혹하는 고운 빛을 뿜어내고 죽은 자와 산 자를 나누지 않고 공평하게 품어준다.

1996년에 개관한 '금정도서관'은 근처에 공원묘지가 있지만 지역 주민들이 자주 이용하는 공공시설이다. 도서관을 이용하는 주민들은 가까이 공원묘지가 있다는 사실에 대해 별 거부감이 없다. 하지만 도서관이 들어서기 전, 지금 도서관 자리와 가까운 곳에 화장장이 들어선다는 사실에 지역 주민들 반발이 심했다. 갓 결혼해 금정구에서 살았던 나는 당시 화장장이 들어오면 금정구는 더 이상 발전할 수 없다면서 큰소리로 화를 내던 집주인 내외와 이웃들을 기억한다. 그때나 지금이나 쓰레기 처리장, 교도소, 장애인 학교 등 꼭 필요한 시설임에도 불구하고 혐오시설로 인식해 자신들이 사는 지역에는 절대 안 된다는 님비현상은 강력했다. 결국 지역 주민 반발을 완화하기 위해 도서관 설립이 추진된다는 소문이 나돌았다. 그리고 실제로 도서관은 영락공원 화장장보다 1년 늦게 개관했다.

도서관을 지나 100미터 정도 걸으면 영락공원 내의 묘지들이 눈에 들어온다. 햇볕은 모든 묘를 구석구석 따뜻하게 비춰주었다. 묘지들이 종(縱)과 횡(橫)을 잘 맞춰 질서 정연하게 안치되어 있어 마치 열병식을 하듯 지나갔다. 누런 겨울 잔디를 이고 있는 묘지는 흐트러짐 없이 각이 잡혀 있고, 묘지 옆에 세워 둔 화병에는 빨갛고 노란 조화가 보초를 서고 있었다.

추모 공간에 자리 잡은 묘지를 보면서 여기서 쉬는 이들은 이웃이 많아 외롭지 않을 것 같았다. 시골 선산에 외롭게 계신 부모님이 생각났다. 2년 동안 찾아가 보지 못했는데 오롯이 하늘, 바람, 구름, 새, 나비만이 방문했을 텐데 외롭지는 않았을까? 기다리고 있을까? 한때는 양반 가문의 자존심인 양 선산을 고집하여 장지를 정했지만, 세월의 흐름과 세태 변화는 오히려 가까이 있는 공원묘지에 모신 것보다 못했다. 살아가는 내내 마음의 짐이다.

큰 나무들이 망자들의 쉼터를 둘러싸고 있어 공원묘지는 고즈넉하고 포근했다. 지나가는 소음조차 삼킨 적막함은 자유로이 활개를 쳤다. 조금 전까지 도서관 서고에 쉬고 있던 책 속의 문장들이 햇살 아래로 뛰쳐나와 발길을 이끌었다. 그러다가 '태평양전쟁 희생 한국인 위령비'를 발견하고 일순간 의아해졌다. 영락공원에 그런 장소가 있다는 이야기를 들어보지 못했다. 몇 번이나 들러보면서도 공원을 제대로 훑어보지 않았는지 그날에서야 눈에 띄었다. 궁금함이 일어나 발길을 멈추고 추모비 근처로 다가갔다.

일본은 1939년 중일전쟁, 1941년 태평양전쟁에서 한국인을 탄광, 군수공장, 전쟁터에 강제로 끌고 갔다. 그 당시 사망하거나 전쟁터에서 전사하여 고국으로 돌아오지 못한 한국인이 꽤 있었다. 그분들을 위해 '정기영'이라는 분이 사재를 털어 1999년 5월 13일에 위령비를 건립했다. 이곳에 안치된 유골과 위패는 그분이 28년 동안 일본을 왕래하면서 일본 내 사찰 등지에서 발굴 작업한 결과였다. 나라 잃은 백성, 잊힌 존재였던 이름들이 '정기영'님에 의해 기록되었고, 역사가 되었다. 그분의 노력으로 영락공원은 단순한 공원묘지를 넘어 역사의 기록 저장소가 되었다.

위령비를 보면서 역사의 수레바퀴에 깔려 힘들게 사셨던 시고모님 일생이 생각났다. 일제 강점기 말에 시고모부는 태평양전쟁에서 전사하셨다. 그 후 시고모는 궁벽한 시골에서 시부모를 평생 봉양하면서 두 딸을 키웠다. 남편 없는 집안에서 며느리 노릇은 쉬운 일이 아니었다. 아들을 잃은 시부모는 며느리가 도망갈까 두려워 일거수일투족을 감시했다고 한다. 가장으로 가난한 살림을 책임졌던 시고모는 경남 고성 바닷가에서 꼬막을 캐고 조개를 팔아 살림을 유지하였다고 했다. 아버지 얼굴도 기억하지 못하는 사촌 시누이는 그들의 선택과 상관없이 주어진 환경으로 인해 교육 기회마저 빼앗겼다. 그들은 가난이라는 멍에를 평생 짊어지고 평탄치 못한 삶을 살았다.

시고모는 구십 넘게 사셨다. 하지만 말년에는 치매로 딸들조차 알아보지 못했다. 시고모는 평생 누워 계신 날보다 쪼그려 앉아 일했던 날이 많았다. 그래서일까? 시고모는 요양원에서 몸을 달팽이처럼 말아 앉아 계셨고 때론 주무실 때도 눕기를 거부했다고 한다. 돌아가시기 몇 해 전에 시고모를 뵙기 위해 요양원을 방문했다. 그곳에서 만난 시고모는 평생 당신이 짊어졌던 고통과 무거운 짐을 망각의 늪에 던져버리신 후 말문은 닫은 모습이었다. 해맑은 얼굴에는 갈색 눈동자만 반짝거렸다. 시고모와 시고모 가족을 밟고 지나간 역사의 상흔은 지금도 살아 있는 이들의 삶을 짓누르고 있다.

어수선한 마음을 달래며 걷는 길엔 사람 소리는 들리지 않고 스산한 겨울 공간엔 새 소리만 가끔 지저귀었다. 드문드문 가족을 찾아온 이들은 비석을 쓰다듬고 잔디를 어루만지면서 그리움을 달랬다. 말없이 하늘을 바라보는 그들 얼굴에 애달픔과 구슬픔이 서리서리 내렸다. 그들 모습을 뒤로 하고 헛헛한 마음을 밟으며 걸었다. 그때 갑자기 "자동차 운전 연습 금지"라는 표지판이 눈에 띄어 황당했다. 조문객을 위해 마련한 넓은 주차장은 명절을 제외하고는 떨어진 낙엽의 놀이터이거나 바람만이 간간이 스쳐 지나간다. 한때는 화장터가 들어선다는 이유로 혐오 시설로 취급되다가 이젠 사람들의 이기적인 욕심을 만족시키는 운전 연습 장소로 소문난 것이다. 민망한 헛웃음이 새어 나왔다. 나는 추모 공간이 존중되고 함부로 이용되지 않기를 염원했다. 단순한 방문을 넘어 추모 공간이 산 자와 죽은 자가 소통하고 추억을 나눌 수 있는 장소가 되기를 소망했다.

도서관을 방문할 때마다 도서관 옆 공원묘지를 걸었다. 도서관 열람실에서 책을 읽고 공원묘지를 거닐면서 인생을 읽었다. 삶과 죽음이 수런거리는 소리가 들렸다. 천천히 아주 천천히 느리게 걸었지만, 발걸음은 어느 날보다 묵직했다. 몽테뉴는 『에세』에서 "철학을 한다는 것은 죽는 것을 배우는 것이다."라고 했다. 한때 죽음은 두려움과 슬픔을 잉태한 이별이라 삶의 영역 밖에 있기를 갈망했다. 30대 초반에 맞이한 사랑하는 가족과의 이별은 생활을 짓이겨 버릴 만큼 고통스러웠다. 피할 수 없는 슬픔은 부지불식간에 찾아와 마음을 으깼다. 그 모든 순간이 쌓여 죽는다는 것이 태어남의 증거이며 언젠가는 모두가 맞이해야 하는 삶의 일부라는 것을 알게 되었다. 죽음은 미래의 슬픔이 아니라 과거에 대한 용서와 위로이며 현재의 소중함을 깨닫는 얼굴이다. * 신작(2023)

윤희경

시

초록 뱀이
꿈을 수선하다

수필

물길을 잇다

윤희경

시드니로 터전을 옮기기 전까지, 두 번의 이동이 있었다. 초등학교 때 고향을 떠나 부산에서 성장한 것과 결혼을 해서 십여 년을 서울에서 지낸 일이다. 그때까지 詩의 어머니를 만날 기회가 없었다. 하루하루가 바람개비처럼 정신없이 돌아갈 뿐이었다. 이민 이후, 남편 사업을 맹렬하게 돕던 중, 아이들이 이십 대를 넘은 어느 날, 뒤를 돌아보니 나의 해진 바람개비는 전봇대꼭대기에 간신히 매달려 있었다. 그때, 가족들을 다 모아놓고 절박한 심정으로 선전포고를 했다. 문학에로 탈주가 그렇게 시작되었다. 다 늦게 안간힘을 쓰는 걸 보고 식구들도 내버려 두는 눈치다. 내 속의 가이아를 이제야 만난 셈이다. 염전의 바람과 눈물과 질투와 투쟁도 나의 것이 되었다. 시집 한 권이 난산 끝에 나온 것도 갯벌을 터전으로 삼은 덕일 것이다.

2015년 『미네르바』 신인상 등단. 시집 『대티를 솔티라고 불렀다』. 전자시집 『빨간 일기예보』, 2022년 재외동포문학상 시 수상, 제10회 경북일보문학대전 수상. kyun7884@gmail.com

초록 뱀이

풀 냄새다 날 것의 냄새 풀의 핏줄 냄새

라면을 끓이면 자정이 깔리고
생선을 만지면 사후에 레몬향기가 필요해

알고 있었어? 너에게서는 녹나무 냄새가 나

우리가 모르는 새, 초식이 무성하던 밭
얼굴이 떠오를 때는 거기가 아늑한 처(處)였지

곁을 주세요 입안을 보여주세요
구불구불 기어가 당신을 맡을 수 있도록

감정이 칼집이고 홀수며 착각일 때, 가운데 토막을 놓칠 때
차가운 판단이 필요한가요

풀냄새를 파는 가게, 그곳에 들려 내게 소포를 보낸 적이 있지요. 잘 맡아보라
는 쪽지까지, 당신이 풀 냄새로 내게 달려온 단서였는데. 초록이 다 벗겨지도록
큼큼 대기만 했어요

그거예요 바로 그거예요 풀냄새는 꾸밀 수 없고요 빌려올 수도 없어요 풀이 자
라지 않다니요 변명하면 잘 못 읽게 돼요 뜯어봐도 불가능이고요

〈

왜 차가울까요 왜 수선하지 않을까요
초식이 사라진 풀밭을

풀 깎는 소리 그쳤다 창문 밖을 내다봤다
천지에 휘파람 냄새다

* 『미네르바』 2023년 겨울호 '신작소시집' 발표

꿈을 수선하다

내 안에 비가 내리고, 나는 그 비에다 물을 주는 중이다

자기 전엔 사막을 걷지 말라는 말
잠덧은 모래알이라서
손가락 사이로 흘러내려서
잠이라고만 볼 수는 없지

꿈은 올라갈 수 없는 나무라는 말
무른 무릎으론 엄두가 안 나서,
꿈이라고만 볼 수는 없지

떨지 마, 추위도 부풀어 올랐다가
털썩 꺼지기도 해,
꿈을 둥지라고 불러볼까

머리맡이 환해지게

어떤 마을은 액자로 걸어 두었어
벽을 두드려도 모른 척해서,
오래된 약속들이 떠나버려서,
참, 그때 누가 꿈을 찍어두었더라

떫은맛이 계단 꼭대기에서 툭!
데구루루루,
작은 꿈들이 채 익기도 전에 깨져버렸다
잠들어 있는 조각은 조심해야 해!

꿈의 소매를 꿰매고, 꿈의 밑단을 잇대어
다시 일구자고 했더니,
뜯어진 잠들이 달려와
꿈속을 꼭꼭 주무르기 시작했다

꿈을 수선하려고, 비는 며칠째 박음질 중이다

* 『**연두빛 행성**』(『빈터』 연간지)**에 발표**

물길을 잇다

구석에 던져 놓았던 신발을 찾아서 털었다. 오랜만에 봄나들이다. 운동화 속에는 묵은 거미줄과 먼지가 잔뜩 끼어 있었다. 바깥벽에 대고 탁 탁 터니 마른 벽조차 숨을 몰아쉬듯 밝아졌다. 달걀 속껍질 같던 머릿속이 좀 개운해졌다. 지갑을 잘 챙겼다. 화원에 가려고 나설 때마다, 살랑거리는 봄바람을 따라 이리저리 날아다녔을 지폐 한 장, 그 출렁거리는 기억 속에 고운 한 사람이 생각나기 때문이다.

그날도 이맘때쯤이었던 같다. 집에서 한 시간이 조금 너머 걸리는 마운트 월슨(M. wilson)이 불현듯 생각났다. 조금 멀지만 오랜만에 가보자고 나섰다. 블루마운틴 자락이니 왠지 봄이 먼저 도착해 있을 것 같았다. 가는 길은 생각보다 다정했다. 어떤 집은 봄단장을 이미 끝냈다. 붉은 철쭉이 담벼락 밑에 띠를 두르고 피어 있었다. 마른 풀이 뒤덮인 쿠라종 언덕을 오르고 연초록 눈망울들이 막 트기 시작한 빌핀 사과농원을 지났다. 물이 오른 초록에 취해 몇 번인가 탄성을 지르다 보니 벌써 목적지가 보였다. 두세 명씩 무리지어 한적한 동네 길을 걷고 있는 사람들이 눈에 띄었다. 집안에서 뭉개고만 있던 겨울을 털어버리고 싶은 나 같은 사람들일 것이다. 길 끝에 자리 잡은 널찍한 화원 앞에 차를 세웠다. 주차장에는 차가 몇 대 보이지 않았다. 핸드백에서 50불짜리 한 장을 꺼내 주머니에 쿡 찔러넣고 차에서 내렸다.

화원은 손님 맞을 준비가 덜 되었다. 봄 설거지는커녕 일손이 부족했는지, 깨진 화분과 미처 걷어내지 못한 잡초들이 무릎까지 차오른 곳도 군데군데 보였다. 맘에 드는 화초가 눈에 들어와도 어지러운 화분 사이를 이리저리 비집고 들어가야만 만질 수 있었다.

그중 하나가 멀리서 눈에 띄었다. 불끈 들어올려서 보니 작은 진주알 같은 꽃망울들이 젖니처럼 막 돋아나고 있었다. 여린 숨소리가 새근새근 들리는 듯했다. 나중에 알았지만 후크시아라는 꽃이었다. 30불이라고 붙어 있어 차에서 가지고 내린 돈으로 충분했다. 품에 안고 입구에 있는 계산대 앞으로 오니 연한 핑크색 스웨터 위로 금발머리를 틀어올린 여자가 미소로 맞아주었다. 영락 꽃집 주인일 것 같은 인상이었다.

꽃 이름과 물을 어떻게 줘야 하는지 찬찬히 일러주었다. 꽃봉오리가 더 많이 터진 것도 있다며 화분 몇 개를 계산대 쪽으로 직접 가져왔다. 어떤 게 나을지 눈으로 훑으면서 주머니에 손을 넣었다. 주머니가 비었다. 속주머니까지 다 뒤집었는데 50불짜리 지폐가 보이지 않았다. 화분을 슬그머니 내려놓고 돌던 자리로 얼른 가서 다시 한 번 돌았다. 사람들이 북적대지 않았으니 다니던 길 어딘가에 꼭 떨어져 있을 텐데, 두어 바퀴를 더 돌았는데도 숨어버린 지폐는 찾을 수가 없었다.

기다리고 있는 계산대로 돌아와, 미안하지만 다음에 오겠다고 했다. 그러자 그녀는 자기 집에서 돈을 잃어버렸으니 꽃을 그냥 가져가라고 했다. 무슨 소리냐고 그럴 순 없다고 했더니 괜찮다며 활짝 웃었다. 나 역시 당황해서 손사래를 치며 사양했다. 금발 여인은 더 환히 웃으며 포장을 시작했다. 화원에서 혹시 돈을 찾게 되면 연락을 하겠다고 했다. 내 영어실력으로는 그녀의 고집을 이길 수가 없었다. 이름을 물으니 자넷이라고 했다. 내 이름과 전화번호를 남기고 찜찜한 마음으로 차로 돌아왔다. 화분을 품에 안고 왔지만 마냥 좋아할 수만도 없는 어정쩡한 기분이었다. 내가 그녀였다면 어떻게 했을까. 나도 그녀처럼 한순간조차 망설임 없이 그렇게 할 수 있었을까.

돌아오는 길에 빌핀(Bilpin) 사과농장 근처에 차를 세웠다. 애플파이와 사과주스를 시키려고 긴 줄에 서 있을 때도, 나무 테이블에 앉아 기다릴 때도, 화분을 내게 건네주던 자넷이 눈앞에 어른거렸다. 환한 이마며 흘러내린 머리며 고개 숙일 때의 다소곳한 자태는 딱 후크시아 한 송이었다.

그 봄이 쏜살같이 지나갔다. 성급한 초여름 날씨에 땅바닥이 후끈할 때도 있었다. 부엌 창문 앞에 둔 후크시아는 쉬지 않고 꽃대를 밀어 올려 꽃망울을 연신 터트렸다. '열렬한 마음'이라니, 꽃말도 예뻤다. 매일 물주는 것을 게을리 할 수 없었다. 발레복을 입은 작은 소녀들이 양팔을 들고 춤을 추는 모습을 바라보는 것만으로도 하루가 행복했다. 행동이 굼뜬 나 같은 사람도 키우기에는 무리 없는 꽃, 후크시아와 나의 시절인연은 그렇게 흘러갔다.

그러던 중 어느 날, 전화가 왔다. 모르는 번호였다. 이름조차 가물거리는 자넷이라고 하며 마운틴 윌슨 화원이라고 했다. 후크시아를 닮은, 바로 그녀였다. 화원을 대청소하던 중에 화분 틈에서 50불을 발견했다 한다. 언제든지 남은 20불을 찾아가라는 것이다.

– 그레이스, 제발 찾아가요.

– 자넷, 정말 괜찮아요.

찾아가라, 괜찮다, 찾아가라, 괜찮다, 몇 번 같은 말이 오가다가 다음에 만나면 커피 한잔 하자는 걸로 합의를 봤다. 전화를 끊었는데도 한참 동안 얼굴이 식지 않았다. 차 유리문을 내렸다. 바람이 좋은 건지, 사람이 좋은 건지 그저 웃음만 나왔다. 일부러 그 곳까지 갈 일이 없어서 그녀와 차 마시자는 약속은 먼 훗날로 묻어두었다.

'물길을 항상 맑게 고집하는 사람'을 누가 좋아하지 않겠는가, 가끔 시 모임에서 '우화의 강'을 낭송할 때가 있는데, 이 구절이 나오면 나도 모르게 눈을 질끈 감곤 했다. 양 어깨를 으쓱하며 환하게 웃던 그 고운 사람, 차마 잊을 수 있겠는가. * 2022년 (주)엠코 사보 발표

이경훈

수필

비가 그린 풍경화
보자기에 소원을 담던 그 날

이경훈

대전 출생으로, 경기도에서 중등교사로 지냈다. 2017년 『월간문학』 신인상으로 등단했다. 경북일보 문학대전 동상, 경기한국수필가협회 우수상, 신정문학 대상, 김해일보 남명문학상 우수상, 계간 『문학과 비평』 작가상 등 수상. 수필집 『뜻밖의 축복』(2024. 4) 발간. 한국문인협회, 경기한국수필가협회, 계간 『문학과 비평』 회원으로 활동 중이다. leekh1477@naver.com

비가 그린 풍경화

종일 비가 내린다는 예보가 맞았다. 사방이 어둑하니 낮게 가라앉아 있다. 이런 날엔 혼자 따뜻한 차를 마시는 것이 좋다. 비가 허락해 준 오래된 기억들을 만나며 시간을 잊어보는 것은 더 좋다. 처연하고 애잔한 음악의 볼륨을 높인다. 조수미의 'Moon Flower'를 반복하여 듣다가 문득 비가 오는지 확인도 안했다는 데 생각이 닿는다. 내리는 비를 바라보고도 싶다. 창밖의 허공으로 보이는 비는 어룽거리기만 한다. 베란다로 나가 아래로 시선을 돌리니 우산을 쓰고 급히 거리를 걸어가고 있는 사람들이 보인다. 거리는 온통 물투성이다. 귓전으로도 느낌으로도 비를 감지 못한 채 앉아 있을 땐 평온한 안식이었는데 우산의 행렬을 본 것만으로 이미 물 젖은 스펀지 같은 마음이 된다.

비를 마중하러 가기로 한다. 오후의 정원엔 어느새 하얀 목련이 활짝 펴서 가로등을 켠 듯 환하다. 봉오리가 맺히는 것도 몰랐는데 언제 저리 개화했을까 조금 서운한 마음이 든다. 한편 매일 오가며 지나쳤으면서도 그 어여쁨을 못 본 스스로의 무심에 미안하기도 하다. 비에 젖은 보도블록에서는 흙 섞인 시멘트 냄새가 올라온다. 오랜만에 맡아보는 이 냄새는 신문을 펼쳤을 때 훅 맡아지는 그것처럼 좋다. 심호흡하듯 깊게 들이마시니 상큼한 기운이 가슴으로 스민다. 산책로에는 분홍 매화와 흰 벚꽃이 가지를 맞대고 함초롬히 자태를 뽐내고 있다. 노란 개나리들은 무질서하게 섞여 서로 키재기를 하고 있다.

밖으로 나오기를 역시 잘했다. 비 뿌리는 거리에는 어디서 나온 사람들인지 알 수 없지만 언제나처럼 여전히 많은 사람들이 분주히 오가고 있다. 사람들의 움직임이 소란스럽지 않게 느껴진다. 비가 소리를 숨겨버렸기 때문이다. 조금 간격을 두고 바라보니 마치 팬터마임을 하는 듯하다. 고요한 상태의 팽팽한 긴장감이 쾌적하게 느껴진다.

버스에 오르니 우산에서 흘러내린 빗물로 바닥이 젖어 있고 의자에도 물방울이 흩어져 있다. 닫힌 창문 때문인지 유난히 꿉꿉한 냄새도 난다. 버스기사는 승객들을 춤추게 하며 미끄러운 길을 이리저리 빠르게 달린다. 뒤쪽에 자리를 잡고 앉아, 젖은 채 흐드러지게 피어 있는 봄꽃 풍경을 내다본다. 여러 개의 사진이 빠르게 지나가며 마치 움직이는 것 같아 보이는 게 제법 운치가 있다.

버스를 타고 한참을 갔다. 차창 밖으로 가까운 거리의 표지판에 '봉녕사 100㎡'라는 글이 눈에 띈다. 마치 가려던 장소인 양 급히 내려 걷다보니 절로 들어가는 입구가 보인다. 이 지역에 30년 가까이 살았는데도 도심 한가운데에 이런 절이 자리 잡고 있는 줄은 몰랐다. 사람 손이 많이 간 듯 깨끗하고 정성을 드린 흔적들이 군데군데 보인다. 아주 조금만 벗어나면 복잡한 도시인데도 비밀을 간직한 성처럼 깊은 산속의 사찰과 같은 분위기를 뿜어내고 있었다. 복잡한 속세 따위는 생각한 적 없다는 듯 한적하고 말간 얼굴을 하고 있는 것이 신기하다. 불쑥 떠오르는 그런 얼굴의 사람과 어느 날 함께 이곳에 오고 싶다. 이야기 없이 군데군데 놓인 나무의자에 나란히 앉아만 있어도 좋을 것 같은 풍경이 마음을 끈다.

행사가 있는지 빗속에서도 여러 가지 준비가 진행되고 있다. 도량을 위한 경내는 화사한 색깔의 봄꽃들이 앞을 다투어 지천으로 만개해 있다. 그런 탓에 엄숙하고 진중한 분위기에다 환하다는 느낌까지 더해 주어 오묘하고도 편안하다. 아름답고 청정한 절이다. 비구니들의 수행 도량지라는 말이 잘 어울리게 깨끗하고 영적인 느낌이 충만한 곳이다. 문득 이 세상에서 가장 중요한 것은 '내가 어디에 있는가가 아니고 어느 쪽을 향해 가고 있는가이다'라는 말이 떠오른다. 남은 삶을 어떻게 살아가야 하는 건지 정답 없는 의문을 스스로에게 던져본다. 그리곤 곧바로 간단한 결론을 낸다. 하늘을 향해 높게 뻗어있는 푸른 나무를 보는 청량한 마음이면 충분한 것이리라. 한결 맑아진 가슴으로 잘 가꾸어진 산책로를 우산을 쓴 채 천천히 걸어 내려왔다.

마침 근처에 있는 중학생들 하교시간이었다. 남학생들은 빗속에서도 아랑곳하지 않고 거리에 굴러다니는 깡통을 차대면서 뛰어다닌다. 여학생들은 무슨 이야기인지 소곤거리면서 한꺼번에 합창하듯 까르르 웃어댄다. 아이들의 수런거림은 영화의 화면이 갑자기 환해지는 것처럼 거리를 활력으로 그득하게 한다. 불현듯 이야기라도 한마디 걸어보고 싶지만 이방인일 뿐이라는 자각이 작은 욕망을 자제하게 한다. 그들을 바라보는 마음은 언제나 내 쪽의 드러낼 수 없는 일방적인 친근감, 그뿐이다.

늦은 오후가 되니 빗줄기가 약해졌다가 잠깐 그치기를 반복한다. 나뭇가지의 물방울들이 바람에 실려 도보 위로 분산된다. 사람들의 머리와 어깨 위로 비처럼 떨어지고 있다. 예전 언젠가는 그랬는데, 오늘은 한참을 걷고 난 후에 엄습하는 마음의 허허로움이 없다. 무심코 반가운 얼굴을 만나 허물없이 많은 이야기를 나눈 듯하다. 그 이야기들이 날개를 달고 번져나가도 괜찮을 것 같은 유쾌한 분위기로 마음이 가볍다. 사뿐거리는 발걸음으로 집으로 돌아가는 사람들의 행렬에 급히 섞인다. 덩달아 빠르게 걷는 동안 비가 어느새 사라졌다. 마치 하루가 지나버려 흘러간 시간을 어디에서도 찾을 수 없는 것처럼 말이다. 그런 날들의 어슴푸레한 저녁 무렵이면 가끔씩 다가드는 불안감이 살짝 스민다.

제약이 있어 마음대로 할 수 없는 직장인으로 오랜 시간을 보냈다. 부족한 손길의 안타깝던 시간 속에서, 어렸던 아이들은 자라 성인이 되었다. 늘 그런 건 아니었지만 자아실현이 되고 있다는 착각인지도 모를 충만함으로 살기도 했다. 이제는 자유로운 사람이 되었다. 아이러니하게도 통제 없는 시간을 스스로 운용하는 일이 결코 쉽지가 않다. 느닷없이 비가 뿌려도 두렵지 않은 가방 속 우산처럼, 확고한 내 것을 준비해야 허전함 없는 자유를 누릴 수 있을 것 같다. 아직 끝내지 못한 숙제로 다가온다.

이런저런 상념을 오가는 동안 사람들로 인한 소란들이 거리를 조금씩 채우기 시작한다. 성급한 사람들은 우산을 접고 횡단보도를 건너고 있다. 나뭇가지에서 떨어지는 빗물 때문에 우산을 계속 쓰고 있을까 갈등하며 두리번거리고 있었다. 바로 그때 쏜살같이 달리던 버스가 차도 가장자리에 고여 있던 물을 대각선 방향으로 세게 튀기면서 황급히 떠났다. 전신에 물벼락을 맞았다. 화들짝 놀라며 정신이 번쩍 든다.

비와 버스 중 누구에게 화를 내야 하는지 잠시 황망해하다가 결국 너그러워진다. 우산을 썼어도 바람에 날리는 비 때문에 이미 절반은 젖었던 옷이지 않은가. 비에 씻긴 공기가 조금은 맑아져 숨쉬기가 편해졌다는 과장된 마음도 들고 게다가 거리의 나무들이 한층 반짝이며 초록을 발하고 있으니 이 상황쯤은 용인하기로 한다. 조금 피곤한 몸에 여유 있게 이완된 마음으로 '빗방울 떨어지는 그 거리에 서서 그대 숨소리 살아 있는 듯 느껴지면⋯' 오래전 가요를 떠올린다. 소리 내어 노래하고 싶지만 그럴 수가 없다. 입가에 맴도는 가사를 떨쳐버리지 못하고 작게 허밍한다. * 2017년 『월간문학』 신인상

보자기에 소원을 담던 그 날

열린 격자무늬 창 사이로 내다보이는 바느질 공방 밖의 풍경에는 가을이 그득하다. 짙푸른 물이 뚝뚝 떨어질 것 같은 맑은 하늘 위로 방금 틀에서 만들어 낸 솜사탕 모양의 흰 뭉게구름이 둥실둥실하고 있다.

바람에 조금씩 흔들릴 때마다 나뭇잎들의 수런거림으로 정원이 부산스럽다. 순간 일정한 방향도 순서도 없이 무질서하게 쏴아, 긴 비명을 지르며 떨어져 내린다. 하염없이 바라보다 창틀에 부딪혀 옴짝달싹 못하는 붉은 단풍잎 하나의 몸짓을 본다. 어느 시절의 내 마음 같아 눈길을 멈춘 순간, 들고 있던 바늘에 살짝 찔리면서 화들짝 놀란다.

어머니에게 규방공예를 배운다는 말을 하자마자, 손사래까지 치며 만류하셨다. 젊어서부터 하던 사람도 그만둘 때가 되었는데 눈 나빠지면 어쩌려고 웬 바느질이냐는 것이었다. 초급단계를 시작하여 꾸역꾸역 없는 솜씨로 고급단계를 다 끝낼 즈음이었다. 시간은 그저 흐르는 게 아니어서 기억에게는 망각을 주기도 하지만 반복의 작업에는 숙련된 능력을 주기도 하였다.

힘겹게 떠날 채비를 하는 어머니를 바라보며 나는 배웅하는 것 말고는 달리 할

수 있는 게 아무것도 없는 나날이 계속되던 시간이 있었다. 조금씩 사위어가는 어머니의 모습은 볼 때마다 눈언저리를 아프게 했고 끝내 절망에 빠지게 했다. 앙상한 팔다리를 주무르며 이렇게 만지는 것이 마지막이 되면 어쩌나 하며 두렵기만 했다. 희망 없는 육친의 모습을 속수무책으로 바라보는 것은 실로 암담한 형벌이라고 매번 생각했다.

만드는 동안 마음속으로 기원하는 소원이 이루어진다는 여의주문보는 여러 개의 조각을 손바느질의 시침질로 붙여서 만드는 보자기이다. 이 조각보는 일정한 크기의 원의 호가, 각각 같은 크기로 네 군데가 모여 모양을 이룬다. 꽃잎처럼 생긴 한 개씩 네 개가 모이면, 꽃잎이 네 개인 꽃같이 보이면서 동시에 겹쳐져 보이기도 하는 신비한 문양으로 완성된다. 바느질 순서가 복잡하고 바늘땀이 모퉁이에서 서로 딱 맞아야 하기 때문에 더욱 신중한 정교함이 요구된다.

여의주문보를 만들기 시작한 것은 아들의 군 입대 다음 날이었다. 국방의 의무라지만, 어리게만 여겨지는 아들을 군대에 보내며 불안한 마음은 그것이 무엇이든 의지할 힘을 빌리고 싶었다. 보라색과 연보라색, 연한 노란색을 조합하여 49개의 정사각형 조각을 이어 보자기를 만들기로 결심한 것은 그저 아들의 안녕을 빌어보자는 어미 나름의 몸짓이었다.

한 보름 남짓 되었을까, 몇 개의 조각이 만들어졌을 때 위태롭던 어머니의 건강이 급속도로 악화되어 결국 의식을 잃은 상태가 되었다. 서울의 병원을 오가며 심신이 파김치가 되는 저녁에도 잠은 오지 않았다. 늦은 밤, 꼭 해내야 하는 숙제처럼 바늘을 잡으면 머릿속은 혼란스러웠고 손놀림도 제대로 되지 않았다. 멍하니 벽면을 응시하기도 하고 실에 꿰어놓은 바늘을 바닥에 놓고는 계속 찾기 일쑤였다.

이성과 감성 사이를 복잡하게 넘나들던 어느 순간 소원을 하나 더 빌고 있는 자신을 발견했다. 옳고 그름을 가리기는커녕 입밖에 낼 수도, 결코 용서받을 수도 없는 그런 기원이었기에 쓰린 마음을 주체할 수 없었다.

그날 어머니는 눈가엔 눈물이 맺히고 입술은 마르고 터진 채 눈을 감고 그저 견디고 있었다.

"이제 그만 놓아버리세요, 너무 힘들잖아, 이렇게 말할 수밖에 없어서 정말 미안해요, 엄마!"

혈관 주사액이 새어 바람 가득 찬 고무장갑처럼 퉁퉁 부은 손을 잡고 걷잡을 수 없이 쏟아지는 눈물사이로, 지난밤 수도 없이 기원했던 말을 어머니 귓전에 전했다. 아들이 훈련 5주를 끝마칠 무렵, 어머니는 가쁜 숨 한번 몰아쉬지 않고 그저 잠자는 것처럼 조용히 떠나셨다.

다시 가을이다. 그동안 어머니의 부재는 심한 외로움에 젖게 하였으며 언제 어디서든 불쑥불쑥 떠올라서 목을 메이게 하곤 했다. 서랍장 깊숙한 곳에서 나프탈렌 냄새를 풍기고 있던 완성된 여의주문보를 꺼내어 손바닥으로 쓸어본다. 이성뿐인 생각을 하는 게 불가능하여 기계적으로 꿰매기만 했던 당시의 스산한 마음이 그대로 되살아난다. 이걸 어떻게 완성했을까, 다시는 만들 엄두를 낼 수 없을 것 같은 마음은 곧바로 애달픈 상실감과 만나 저린 가슴이 된다.

그때 여의주문보를 만들며 한 가지 더해진 진심 어린 소원은, 원래 기원했던 아들의 안녕 못지않게, 어머니의 고통 없는 귀천(歸天)이었다. 떠나시던 어머니는 그런 나의 진심을 헤아렸을까. 부디 그랬으면 좋겠다.

'시간을 병에 담아 모을 수 있다면 매일매일을 모아두고 싶다'는 가사의 노래가 라디오에서 흘러나오고 있다. 어머니와의 시간을 그렇게 모아두었다면 느닷없이 찾아드는 이런 그리움을 해소할 수 있으려나, 간혹 그런 허망한 생각을 해본다. 이제는 거역할 수 없는 순리에 순응하는 방편을 삶의 지혜라 여기면서도 더욱 간절하게 모순된 심정이 되는 것이다.

공방 밖으로 나서니 형형색색의 낙엽들이 정원 바닥 가득 흩어져 있다. 올려다본 하늘에는 목하 낙하 중인 커다란 느티나무의 황금색 잎들이 바람 따라 무질서하게 마구 뿌려진다. 그 사이로 노란 은행잎이 왈츠를 추는 것처럼 천천히 하강하는 소리가 사부작사부작 들려온다. 나무에도, 정원에도, 젖힌 내 어깨 위에도 조심스럽게 내려앉는 자태가 마치 눈송이가 흩날리는 것 같다.

야단법석 없이 생로병사를 흔쾌히 치르면서 환생을 예비하는 자연의 민낯이다. 아! 또렷하게 끊기는 스타카토 연주 같은 단호함으로 지상의 만물은 이렇게 순환하고 있구나, 감탄사를 내어본다.

　지금 이 순간을 병에 담고 싶다. *** 2023년 신정문학상 대상**

이광순

수필

모든 이의 아침
발자국

이광순

1956년 서울 마포에서 태어나 결혼 전까지 서울에서 살았다. 교육대학원에서 상담심리를 공부했다. 27년 교직생활을 하면서 문득 가정과 직장에서 시간을 쪼개가며 살고 있는 나를 발견하고, 일찍 명퇴를 선택했다. 퇴직 후 그동안 못해 본 일들을 하며 살고 있다. 2011년『문파문학』신인상을 받고 등단하여 시를 쓰다가, 시를 쓰면서 미처 하지 못했던 이야기를 해보고 싶어 '삶의 향기 동서문학상'에 수필을 응모했는데 당선이 되어 그 이후로 수필을 쓰고 있다. 수필을 쓰면서 수필은 비문의 시간과 화해하는 일이라는 생각이 든다. 엉킨 시간이 정화되기도 하지만, 그 시간들이 너무 미화되고 있는 것 같아 요즘 글쓰기를 주춤하고 있다. 음악도 좋아해서 퇴직 후 꼭 해보고 싶었던 악기, 플루트를 10년째 배우고 있다. 2020년『월간문학』수필 등단. 2016년 동서문학상 수필 동상 수상, 2022년『매일신문』시니어문학상 수필 부문을 수상했다. 한국문인협회, 동서문학회, 대표에세이 회원으로 활동 중이다. anatta56@hanmail.net

모든 이의 아침

러시아 여행 중에 모스크바에서 상트 페테르부르크로 가는 시베리아 야간열차를 탔다. 우리가 머문 곳은 2등 칸이었다. 한 칸에 2층 침대가 양쪽으로 놓여 있어 네 명이 잘 수 있었다. 실내는 생각보다 깨끗하고, 침대는 하얀 시트가 씌어져 있었다. 테이블에는 흑색 빵과 러시아 맥주 발티카도 놓여 있었다.

친구와 나는 한쪽에 놓인 2층 침대를 쓰기로 했다. 맞은편 침대는 젊은 금발의 외국인 한 쌍이 쓰고 있었다. 침대칸 문을 열고 나가면 긴 복도가 있고, 밖으로 창이 나 있어 바깥 풍경을 볼 수가 있다. 밖은 가도 가도 구릉 하나 보이지 않는 들판이다. 자작나무 숲이 시작되었나 하면 그 숲도 한참을 지나야 끝을 볼 수가 있다. 열차는 쉬지 않고 잠자는 땅을 향해 열심히 달아나고 있었다.

어둠이 내려앉는 자작나무 숲은 며칠 머물던 이르쿠츠크 통나무집 자작나무 숲과는 또 다른 풍경이다. 한여름이어도 아침저녁으로는 10도 안팎으로 떨어지는 그곳의 자작나무 숲에서는 하루 종일 하얀 나무줄기에서 일어나는 잉잉거리는 바람소리를 들을 수 있었다. 숲을 거닐면 햇빛이 떨어지는 나뭇잎 사이로 하늘하늘한 향기가 났다. 그런데 달리는 열차 안에서 빠르게 지나가는 자작나무 숲은 왠지 모를 슬픔을 자아낸다.

열차 안에서의 밤은 길었다. 친구와 거칠지만 구수한 맛이 나는 흑색 빵을 안주 삼아 마시던 발티카의 맛은 기대 이상이었다. 평소 마시던 맥주보다 도수가 높은 발티카는 마실수록 새로운 맛이고, 한 캔만으로도 이미 가슴이 출렁이고 있었다. 그때 연신 팝콘처럼 터지던 친구 영희의 웃음을 기억하면 지금도 혼자 웃곤 한다. 맞은편 자리의 젊은 연인들은 스웨덴에서 왔단다. 밤새 아래 위로 헤어져야 하는 것이 못내 아쉬워 자꾸만 침대 위를 오르내리는 그들의 모습을 보고 우리의 웃음은 그칠 줄 몰랐다.

다음 여행 일정을 위해 잠들어야 하는 시간이 왔다. 2층 침대 위로 올라와 누웠다. 하얀 베갯잇에 얼굴을 묻으니 낯선 냄새가 밀려오고 멀리 이국에 와 있다는 느낌이 서글픔을 몰고 온다. 수런거리던 주변도 조용해지고 이따금씩 덜컹대는 열차 바퀴소리를 들으며 잠이 들었다.

설핏 잠을 잤을까? 밖에서 어수선한 소리가 들리는 듯해 잠에서 깼다. 나도 모르게 벌떡 일어나 복도로 나왔다. 넓은 창문 앞에 사람들이 서 있었다. '무슨 일이지?' 하고 나가보니, 아! 달리는 초록 숲에 걸쳐진 안개 띠 위로 붉고 큰 해가 떠오르고 있었다. 순간 덜 깬 잠으로 멍했던 정신이 확 깨었다. 안개를 헤치고 서서히 하늘에 자리 잡는 해오름이 파노라마 영상으로 가슴을 태웠다. 이런저런 모습으로 떠오르는 해를 본 적이 있지만 그저 '멋지다' 정도의 느낌이었는데 달리는 열차 안에서 마주한, 광활한 들판에서 떠오르는 해는 지금까지 내가 경험한 최고의 장면으로 그 순간 나도 모르게 뭉클한 감동으로 울컥 눈물이 흘렀다. 여여 (如如)한 자리. 빛의 귀환으로 어둠에 감추어졌던 주변의 형상들이 살아나는 모습을 지켜보았다. 늘 그대로의 모습으로 해가 하늘에 자리를 잡자 애초에 빛만 존재했을 뿐 어둠은 없었던 듯 환한 숲들이 휙휙 달려가고 있었다.

한동안 해오름을 바라보며 혼자만의 생각에 빠져 있다가 정신을 차리니 열차 복도에는 많은 사람들이 웅성거리고 있었다. 모두 이 황홀한 광경을 보고 있었던 것이다. 그 사람들, 얼굴색도 다르고 언어도 다른 우리는 함께 이 광경을 보았다는 사실만으로 와우 와우~ 손을 흔들었다. 전혀 본 적이 없었던 사람들이 마치 함께 여행을 해온 사람들 같은 그런 가벼운 사이가 되어 있었다.

아침이 게으른 나는 여행을 다녀도 일찍 일어나서 움직이는 일을 아주 싫어한다. 당연히 해돋이를 보기 위해 일부러 여행을 간다든지 아니면 여행 중에 해돋이를 보기 위해 일찍 서두르는 일은 한 번도 해본 적이 없다. 해는 매일 떠오를 것이고, 굳이 의미를 부여해 가며 해돋이를 봐야 할까 싶었던 것이다. 그런데 러시아에서 그것도 열차를 타고 가다가 우연으로 마주한 해돋이를 본 이후에는 일부러 해돋이를 보러 떠나는 일정이 특별한 의미가 될 수 있겠다는 생각이 든다.

하룻밤을 지낸 열차 안에서의 시간은 내게 앞선 며칠 동안의 여행 시간만큼 길게 느껴졌다. 특히 광활한 지평선에서 떠오르는 해를 마주하고 이방의 사람들과 서 있던 자리에서 느꼈던 그 느낌은 특별했다. 세상 모든 사람들의 아침은 매일 이렇게 숭고하게 뜨고 있었다는 것을, 그 빛이 소중한 하루를 만든다는 것을 알게 되었다. 그리고 여행 오기 전에 애면글면 살고 있었던 시간들이 얼마나 하찮고 사소한 것인지, 끊어진 인연으로 며칠 동안 가슴앓이를 했던 시간이 얼마나 부질없는 것인지 깨달으라는 해의 우렁우렁한 소리를 들은 듯하다. 소유하려 하지 말고 그저 스쳐 지나칠 수도 있어야 한다는 것을….

한나절을 더 달려 마침내 우리는 내릴 때가 되었다. 같은 칸을 썼던 사람들과도 복도에서 만났던 사람들과도 나머지 여행 무사히 즐겁게 보내라는 인사를 나눴다.

풀어놨던 짐 속에 하룻밤 인연들을 쟁여 넣고 배낭을 쌌다. 어깨에 짊어진 무거운 배낭의 무게가 가벼워진 것 같았다. *** 대표에세이 『모든 이의 아침』(2021)에 발표**

발자국

4월인데 아침에 일어나니 바깥이 하얗다. 밤새 눈이 내린 것이다. 마당으로 향하는 미닫이문을 열고 나갔더니 하얀 눈 위에 새의 발자국이 나 있었다. 작년 5월, 딱새가 단풍나무 위에 집을 짓더니 그 안에 알을 낳고 열심히 먹이를 물어다 새끼를 키웠다. 새끼가 어미새만큼 자란 날 어미는 새끼들을 데리고 집을 떠나 날아갔다. 그래서 딱새가 제 집을 다시 찾아온 것인가 보다 싶었는데 자세히 보니 딱새의 발자국 치고는 크기가 컸다. 깍, 깍, 더 높은 나무 위에서 까치가 운다. 이 발자국의 주인공은 아마 저 녀석인 듯싶다.

'반가운 손님이 올려나?' 혼잣말을 하며 까치 발자국을 따라가 보았다. 발자국이 멈춘 곳에 노란 수선화가 하얀 눈 속에 피어 있었다. '어머나! 언제 피었을까?' 언 땅을 뚫고 핀 노란 꽃 세 송이가 대견했다. 오늘의 손님은 수선화였다. 몇 해 전에 수선화 구근을 하나 얻어 심었는데 어찌나 번식력이 좋은지 여남은 포기에 싹이 올라와 있다. 까치도 눈 속에 묻힌 수선화가 궁금하여 시린 발로 마당을 돌아보았나 보다. 까치가 남긴 발자국 덕에 눈 속에서 싹트고 있는 봄을 만났다.

어릴 때 우리 집 마당에는 늘 꽃이 피었다. 아버지는 사람이 드나들 수 있는 꼭 필요한 공간을 뺀 나머지 땅에 온갖 꽃을 심었다. 나는 종이꽃, 맨드라미, 과꽃, 분꽃 들이 가득 핀 아버지의 꽃밭을 좋아했다. 비가 내리고 난 다음 날이면 갑자기 무성해진 잡초를 뽑아주고 계신 아버지의 모습을 볼 수 있었다.

어느 날 아버지의 뒷모습을 따라 꽃밭에 들어갔다가 앞서 걸어간 자리에 움푹 남은 아버지의 발자국을 보았다. 반쯤 물이 담긴 아버지의 그 큼직한 발자국 앞에 나는 잠시 멈춰 섰다. 그것은 내가 평생 기댈 수 있는 든든한 언덕처럼 느껴졌다. 그러나 동시에 애잔함이랄까, 내 어린 가슴으로는 딱히 표현할 길 없는 묘한 감정에 사로잡혔다.

한바탕 잡초를 뽑고 나신 아버지는 마당 한쪽 장독대 턱에 쭈그리고 앉아 담배를 피우고 계셨다. 아버지 앞에는 곧추 자란 맨드라미가 꽃대 위에 붉은 꽃을 두툼하게 피워내고 있었다. 아버지는 입술을 동그랗게 모으더니 갑자기 입 밖으로 작은 동그라미 하나를 내뿜으셨다. 신기하게도 동그라미 연기는 연이어 뿜어져 나왔다. 그 연기를 보다 보니 아버지가 구름 위에 떠 있는 게 아닌가 싶었다. 며칠 전 엄마와 다섯 아이 등록금 걱정을 하시던 아버지의 고단한 모습이 그 동그란 연기와 함께 하늘로 날아오르는 것 같았다. 유난히 붉게 피던 맨드라미 위로 아버지의 손끝에서 피어나던 구름은 가슴속에 무거운 그림자로 발자국을 남겼다.

살아오는 동안 수많은 발자국을 만났다. 새의 발자국처럼 순간 스쳐가는 발자국도 있었고, 아버지 발자국처럼 평생을 가슴속에 남아 있는 발자국도 있다. 또한 지금까지 인연을 맺고 있는 발자국도 있지만, 배신의 아픔을 남기고 떠난 발자국도 있다. 오늘 눈 위의 발자국은 그냥 지나쳤을 수도 있는 발자국이다. 처음부터 까치 발자국이었다는 것을 알았다면 아마 그것을 따라가 보지 않았을 것이다. 한 해 전에 딱새와 맺은 인연 때문에 행여 딱새일까 궁금해서 발자국을 따라갔던 것인데 그곳에서 수선화를 보게 된 것이다. 일상에서 마주하게 된 소소한 일이 앞서 간 사람의 발자국을 따라가다가 행운을 만나게 된 것처럼 기쁘다.

발자국은 남겨진 상징이며 표시이다. 영영 뒷모습이다. 그래서인지 그 자국을 보면 뭉클한 그리움이 인다. 단단한 바닥에 무늬만 남기는 발자국보다 바닷가나 눈 위에 남아 있는 각을 이룬 발자국은 더 그렇다. 발자국 속에 주인의 마음이 지문처럼 남아 있는 것 같다.

눈 위에 새 발자국을 따라 가다가 발견한 수선화 꽃 속에 소환된 또 하나의 아버지 발자국은 좀 더 성장해서 막 사춘기에 접어들던 때이다. 어느 날 건강한 모습으로 출근하셨던 아버지가 직장에서 갑자기 쓰러졌다는 연락이 왔다. 아버지는 병원에서 사흘을 견디시다가 끝내 세상을 떠나셨다. 아버지의 영혼을 좋은 곳으로 보내야 한다며 엄마는 집에서 진오귀굿을 하였다. 지금도 굿의 장면들이 선연하게 떠오른다. 마지막 장면에서 아버지의 옷과 신발이 놓인 제상이 차려지고 상위에 하얀 쌀이 담긴 그릇이 올려졌다. 그 위에 종이를 덮고 세발심지에 불을 붙였다. 심지불이 다 타고 난 뒤, 쌀 위에 새 발자국이 남았다. 쌀 위에 새겨진 발자국은 지금도 의문으로 남았지만 선명함만큼 내 가슴에 깊이 박혔다.

담배 연기를 구름으로 피워내시더니 새가 되어 그 구름 속으로 날아가셨나 보다. 아버지가 남긴 발자국은 오랜 세월 두고두고 다져져 가슴속에서 켜를 이루었다. 그리고 사는 동안 힘들 때면 가슴속에서 두툼한 맨드라미꽃으로 피어난다.

봄이 오고 있는 간절기에 기억나는 발자국을 꺼내 보라는 듯 봄눈이 내렸다. 까치가 남긴 발자국은 그리움의 소리로 저벅거리고, 눈 속 수선화는 맨드라미로 활짝 피었다.

살아있는 동안에는 어디론가 걸어야 하고, 어느 방향으로든 발자국을 남기게 된다. 오늘은 신발을 벗고 눈 위에 핀 수선화를 찾아가는 시린 내 발자국을 남겨 보고 싶다. * 『월간문학』 2020년 12월호

이명주

수필

너를 사랑한 적이 없다
우리는 그것을 알지 못했다

이명주

하늘만 빠끔 올려다보이는 경상북도 상주읍 외서면 우산1리 46번지에서 태어났다. 오리쯤 되는 거리에 있는 초등학교를 소리 나는 필통을 책보자기에 넣고서는 허리에 질끈 동여매고 망아지처럼 뛰어다녔다. 그러다가 운 좋게 상주여중을 입학했고 수원여고를 졸업했다. 큰오빠와 작은오빠가 번갈아 내 교육을 책임졌다. 내가 초등학교 4학년쯤 되었을까? 내 아버지는 늙어가는 재미도 못 누려보고 딴 세상으로 옮겨가셨다. 그런저런 이유로 마흔아홉에 경희사이버대학교 문예창작과엘 들어갔다. 나는 깊은 외로움에 수신인도 없는 긴 편지를 밤마다 썼다. 그러다 수필 쓰는 여자가 되었다. 수필 한 편, 그림을 그리듯이 밑그림을 그린다. 그리고 사물을 넣고 지우기를 반복한다. 한 편 탈고하면 포만감에 며칠 배가 부르다. 그 재미로 나는 수필을 쓴다. haebaragilee@hanmail.net

너를 사랑한 적이 없다

아무리 생각해 봐도 억울하다. 내가 너를 선택한 일이 없는데 감히 네가 나를 선택했다는 것이다. 이 불편한 관계는 언제까지 지속될지 걱정스럽다.

목장 일을 접으면서 우리 부부가 약속한 것은, 동물을 키우지 말자는 것이었다. 여행을 떠나거나 집을 비우게 될 때, 우리를 구속하는 것의 일체를 두지 않기로 약속했다. 잠시 홀가분했다. 그런데 남은 음식이 문제였다. 그래서 할 수 없이 마당 구석에 자유로운 영혼들의 양식으로 남겨두었다. 들며나며 고양이들이 그 음식물을 나눠 먹고 살았다. 그것이 빌미를 준 것 같았다. 이 여자한테 기대어 살면, 한세상 수월하겠다는 계산을 했을 것이다.

어느 날 회색 고양이는 주방 유리문 밖에서 우리와 눈을 맞추기 시작했다. 그리고 시시때때로 애절한 눈빛을 보내기 시작했다. 새끼를 낳아야 하니 이 집에 눌러 앉겠다고 언질을 주는 것 같았다. 배가 불룩했다. 모르는 척할 수 없었다. 그날로 남편은 사료를 구해왔다. 새끼 낳을 때, 그때까지만 우리는 책임을 지기로 했다. 이 회색 고양이는, 들며 나는 무리에서 회색 고양이도 섞여 있는 그런 정도의 인연이었다. 그런데 어느 날엔 이 회색 고양이는 예전에 낳았던 훌쩍 커버린 고양이를 데려와 유리문 밖에서 인사를 건네는 것이다. 회색 고양이와 모녀 관계였다. 판박이처럼 닮아 있었다. 좀 봐 달라는 것이다. 이제부터 같이 밥을 먹겠다는 무언의 시위 같았다. 참 알 수 없는 회색 고양이의 행동에 우리 부부는 서로 쳐다보면서 웃고 말았다. 살면서 참 별일이 다 있다고 생각했다. 그런데 그 닮은 새끼 고양이는 한 번의 인사로서 끝이었다. 아마도 예전에 밥을 해결한 곳으로 돌아갔을 것이다. 그나마 다행이다.

이 회색 고양이는 만져달라고 수시로 내게 몸을 들이댄다. 방문을 열게 되면 바람보다 더 빠른 동작으로 침대 밑으로 숨어버린다. 누군가가 반려묘로 키운 것 같다. 고양이가 그런 행동을 할 때면 아주 난감하다. 안전거리 확보하고, 먹이를 해결하지 못해서 울고 있는 고양이에게 사료를 주는 그 마음이 나는 최선이라고 생각했다. 앞으로 내게 그런 요구는 절대 용납할 수 없다는 것을 단호하게 행동으로 보여준다.

회색 고양이의 배가 홀쭉해졌다. 어딘가에 새끼를 낳은 것이다. 한동안 보이지 않다가 사료를 달라고 종종종, 뛰어온다. 어미 고양이는 그때가 되었다고 생각을 한 것일까. 은밀한 외출을 끝내고 어린 새끼 두 마리를 사랑채 마루 밑으로 옮겨다 놓았다. 다른 알 수 없는 은밀한 장소에서 몰래 키우다 이제 어미젖으로는 감당이 되지 않은 것 같았다. 그런데 새끼 두 마리가 우리 집 대문을 넘지 못하고 있다. 세상 밖이 아직은 무섭고 조심스러운 것 같았다. 어미 고양이가 주방 앞에서 대문 밖에 있는 새끼에게 신호를 보낸다. 들어와도 괜찮다고 자꾸 냥냥, 댄다. 새끼 두 마리가 아주 까맣다. 그 새끼의 아비가 까만 고양이었을 것이다. 어찌 그리도 앙증맞은지 금방 무장해제가 된다. 일단 회색 고양이에게 사료를 주니 사료를 먹기 시작한다. 난 무심코 사람의 말을 건넨다.

"새끼를 데리고 와서 사료를 먹여야지, 너만 먹는 게 말이 되냐고요."

내 말이 끝나자, 대문 쪽으로 뛰어가더니 다시 새끼를 대문 안으로 데려오기 위해서 애를 쓴다. 고양이가 사람 말을 알아듣는 것일까? 난 어이가 없어서 또 한 번 웃고 말았다. 장마와 장마 사이에 햇볕 나는 날, 새끼 두 마리는 어미의 보호 아래 마루 밑을 들락날락하면서 아예 우리 집을 거주지로 만들고 있다.

"어쩜 그리 이쁘게 생겼냐고 혼자 중얼거리는 내 말 때문에 그것 믿고 우리 집에 눌러앉은 것 맞지? 그래서 네 새끼까지 나한테 맡겨놓은 거지? 배만 고프면 시도 때도 없이 냥냥거리는 회색 고양이 때문에 난 자유를 잃어버린 거, 알고 있을까? 이 불편한 동거를 언제까지 해야 하는지 모르겠다. 회색 고양이 말 좀 해봐봐, 사람의 말 알아듣고 있는 거지?"

문제는 고양이가 쥐 사냥을 할 때는 고양이의 존재를 암묵적으로 묵인을 했다. 그런데 요즘에는 쥐가 사람의 시야에서 분명히 사라졌다. 요즘은 시골에서도 쥐를 볼 수가 없다. 그 많던 쥐는 어디로 갔을까? 부쩍 개체수가 늘어난 고양이 때문일까, 궁금해진다. 이제는 동화 속에서만 나오는 쥐가 되어버렸다. 반가운 일인 것은 분명한데 먹이사슬이 끊긴 것이다. 고양이가 쥐를 사냥해서 살아가야 하는데 인간에게 기대어 살면서 개체수만 불리고 있다. 고양이는 심심하면 새끼를 낳는다. 우리 동네에 낯선 사람이 와서 일정한 시간에 고양이 사료를 주고 가는 사람을 본 적이 있다. 타지에서 이사 온 사람들이 반려묘로 키우다. 끝까지 책임을 지지 않고 이사를 하면서 두고 가는 사람도 있다. 그런저런 이유로 동네에 부쩍 길고양이들이 점점 많아지고 있다. 내가 고양이 만지는 것을 좋아하면 반짝 안아다가 불임수술을 하면 좋겠는데 나는 동물에 손을 대지 못한다. 고양이는 본능적으로 계속 새끼를 낳을 것이다.

회색 고양이는 새끼를 낳아서 계속 우리에게 인사를 시킬 것이다. 그 저의를 도대체 모르겠다. 남편은 농협을 다녀오겠다고 집을 나선다. 습관적으로 왜 가냐고 묻는다. 고양이 사료가 떨어졌다고 한다. 아직도 고양이 사료를 사러 가는 일이 익숙하지 않아서 서로 쳐다보다 허허허 웃는다. 비현실적이어서 대략난감하다. 총체적 난국이다. 고양이를 두고 우리가 이사를 가는 수밖에 없겠다고 한마디 거든다.

요 며칠 사이에 까만 고양이 새끼 두 마리는, 자연스럽게 우리 집 안마당 진입에 성공하여 종횡무진 밤낮으로 뛰어다니느라 바쁘다. 문제는 그 새끼들도 만만한 여자한테 기대어 우리 집을 거주지로 만들 것이다. 이제 내가 할 수 있는 일은 '너를 결단코 사랑한 적이 없다'고 오리발을 내밀 것밖에는 없겠다.

* 문예지 『토문재』 2023년 12월

우리는 그것을 알지 못했다

결과물은 시간의 흐름을 읽지 못한 채, 그대로 가라앉지 않고 탁한 갈색을 유지했다. 잘못될 만한 근거를 찾기 위해 생각을 해봤지만 오리무중이다. 그 좋은 날은 유유자적하다가 날씨가 곤두박질친다는 일기예보 때문에 오후 5시쯤에야 허겁지겁 방앗간에서 도토리를 갈아 왔다. 늦은 저녁에서야 자루에 담아서 몇 시간을 치대어서 마련한 내용물을 큰 고무통에 한가득 담아 목욕탕 구석에다 두었다. 유유자적하던 그날을 잡았다면 넓은 마당에서 할 일을 영하로 떨어진다는 날씨에 놀라 서두는 바람에 고생을 사서 하는 것이다. 다음 날 아침, 방앗간에서 만나기로 한 약속 때문에 복잡한 생각을 접고 길을 나섰다. 밤새 첫눈이 소담스럽게 내려 겨울 운치를 더했다.

유실수는 해거리를 한다. 한 해 열매가 많이 열렸으면 그 다음해에는 부실하다는 것이다. 그래서였는지 작년에는 도토리가 엄청나게 떨어졌다. 남편과 가을 산을 오르면, 남편과 근거리에서 도토리 줍는 일에만 몰두한다. 작년에는 다람쥐의 양식으로도 충분했고 내 몫도 충분했다. 시부모님 산소가 있는 얕은 뒷산을 오르면 도토리 숲을 만나게 된다. 그 숲을 오르는 비탈진 밭에서는 들깨꽃이 하얗게 소금꽃처럼 땅을 덮고 있었다. 그리고 툭툭 어디선가 알밤 떨어지는 소리가 들리기도 했다. 알밤 떨어지는 소리 그치면 도토리가 익기 시작한다. 한철, 도토리 줍기는 생각보다 재미있었다. 가을 산에서 뱀을 만나지 않는다면 가을 산은 언제든 좋았다.

정적만이 흐르던 가을 숲에 어디선가 소리가 들려오기 시작했다. 두두두두, 두두두두, 그 소리의 근원지는 어디였을까? 태초에 소리가 생겼을 때부터 소리는 땅속 깊이 무늬처럼 새겨져 있었을까? 신화처럼 푸른빛으로 새겨진 무늬는 때를 기다렸던 것일까? 가을 숲에서 갑자기 소나기처럼 소리가 쏟아지기 시작했다. 내 생애에 단 한 번 들었던 그 소리는 오래 지속되지 않았다. 한꺼번에 쏟아지던 도토리의 낙법은 어떤 악기로도 대신할 수 없는 강렬한 난타였다. 그리고 그 소리는 멈추었다. 환청처럼 들려오던 소리는 어디로 떠난 것일까? 내 생애에 다시는 그 소리는 들을 수 없을 것이다. 그 소리의 여운은 두두두두, 북소리처럼 내 심장에 그대로 남아 그해의 가을 숲을 읽기에 충분했다.

그해는 어림잡아 100킬로쯤 되는 도토리 수확을 담아서 집에서 자동차로 40분쯤 걸리는 먼 지역으로 이동했다. 큰 기계가 있는 서신방앗간에서 원심력으로 뽑아낸 내용물을 가져와서 푸짐하게 가루로 말렸다. 오목천아파트로 옮겨 살던 그해 겨울은, 푸지게 도토리묵을 쑤어서 솜씨 자랑에 겨울 해까지 짧았다.

올겨울은, 새로 만든 도토리 가루로 이 세상에서 제일 맛있는 도토리묵을 만들어서 작년의 영광을 재현하자고 꿈을 야무지게도 꾸었다. 아침에도 가라앉지 않는 문제의 도토리 이야기를 하면서 오지랖이 넓은 나는 자루를 빌려준다는 것이었고 선희 씨는 좋다고 했다. 첫눈 내린 날에 수원에서 자동차로 20분쯤 달려온 선희 씨와 야목 방앗간에서 만났다. 도토리를 분쇄한 내용물을 싣고 근처에서 추어탕을 먹는 일도 좋았다. 우리는 첫눈 내린 야목사거리에서 각자의 길로 헤어졌다.

선희 씨도 나와 같은 절차를 밟아서 목욕탕 구석에서 도토리 앙금 앉히는 일을 했다고 했다. 그리고 우리는 도토리 앙금이 가라앉지 않고 뿌연 갈색 톤으로 부유하는 결과물에 대해서 혼란해지기 시작했다. 도토리가 상했을 때와, 날씨가 너무 더울 때와, 너무 추울 때는 도토리 앙금이 가라앉지 않는다는 이야기는 들어서 알고 있었다. 선희 씨와 내가 준비한 내용물이 뿌연 상태를 지속한다는 것은 뭔가 잘못되었다는 것이 분명했다. 불길함은 항상 적중한다. '명주 씨, 혹시 빌려준 자루가 엿기름을 넣고 사용한 자루였을까?' 묻는 선희 씨의 전화에 본능적으로 그 자루가 문제가 되었을 것이라는 생각이 번개처럼 지나갔다. 나는 엿기름을 사용하던 자루가 그 역할을 했다는 말로 들려왔다. 물론 나는 그런 말을 들어본 적은 없었다. 시간이 흘러도 도대체 변화가 없는 도토리 앙금을 이야기하던 부부는 옛날 어머니가 하던 말씀이 생각났다고 했다. 그 자루를 사용하면 그 어떤 것도 삭게 한다는 것이다. 아뿔싸, 두 집이 동시에 헛일을 하고 말았다. 내 것은 할 수 없다 쳐도 선희 씨 도토리까지 망쳤으니 유구무언이다. 그래도 미련이 남아서 며칠을 기다린 후에, 팔이 아프도록 치댄 내용물을 수챗구멍으로 쏟아버렸다. 첫눈 내린 그 아름답던 하루가 갑자기 빛을 잃고서 흑백사진으로 멀어져갔다.

서울에 사는 언니와 만나서 하루, 도토리껍질을 까면서 보리쌀 고추장을 함께 담았다. 그리고 언니 몫은 우리 집 마당에서 겨울 동안 숙성할 것이다. 그리고 봄에 서울로 옮겨질 것이었다. 고추장 담을 준비를 하면서, 엿기름을 치대던 문제의 자루는 엿기름 찌꺼기는 퇴비장에 쏟아버리고 깨끗하게 헹구어서 일주일을 물에 담아 두었다. 물속에서 일주일을 목욕재계했는데도 그 위력은 대단했다. 내가 그 얘기를 전하자, 선희 씨가 시어머니께 들었던 얘기는, 엿기름을 사용하던 자루는 멀쩡한 자루 옆에 있어도 안 되는 것이어서 비닐봉지에 넣어서 따로 두어야 한다는 것이었다. 명주 씨가 고추장을 담았다는 소리도 들었는데, 그래서 혹시 그 자루일까, 물어본다는 것을 생각만 하고 이내 잊어버렸다고 했다. 이제 우리가 나이를 먹으면서 자꾸만 놓치는 것을 이야기하다가 결국은 헛웃음만 나왔다.

결과물을 얻기 위해 부지런히 움직였던 겨울날의 이야기가 흑백사진으로 남게 된 그날을 우리는 오래도록 이야기할 것이다. 혹독한 대가를 치르고서야, 살아온 날이 많음에도 불구하고 우리가 알지 못하는 것이 얼마나 많은지 생각하게 되었다. 실패한 요인을 알았으니 이제 성공할 일만 남았다. 흑백사진은 그대로 두고서 두두두두, 도토리 쏟아지는 가을 숲에 들어가 봐야겠다. * **'수원축협'** 사보 2023년 겨울

이복희

시

자동세차기

토마토 키스

수필

이중섭을 그리다

이복희

저는 경북 김천에서 태어났고 현재 구미에 거주 중입니다. 2006년부터 지방대학 평생교육원 문예창작학과를 다니며 시와 수필을 습작해 왔습니다. 2010년 계간『문학시대』신인상에 수필 「공통분모」외 1편이 당선되어 작품활동을 시작했습니다. 구미와 대구를 오가며 글밭을 가꿔 왔지만, 늘 한계에 부딪혀 2018년 늦깎이로 경희사이버대학교 문예창작학과로 진학해서 문학 의 폭을 넓혔습니다. 시로 N신문사 신춘문예 최종심에 오르기도 했지만, 신춘만 바라보기에 너무 늦은 감이 들었습니다. 2022년 계간『시에』로 「집들이」외 2편이 신인상에 당선되었습니 다. 시집『오래된 거미집』(모악, 2022)을 발간했습니다.『대구신문』에 시,『월드코리안신문』에 수필을 연재했고, 현『K문화타임즈』에 시를 연재 중입니다. 수필집 발간 준비 준비를 하고 있 습니다. 선주문학상, 매일신문사백일장 장원, 에세이문예사 작품상 등 수상.

boghee0320@hanmail.net

자동세차기

아무리 보아도 너는 보아구렁이야
침 발라 마구 핥아대는
부드러운 구레나룻을 가졌지

겨울 국도를 헤매고 다닌
실족에 찢긴 발등도 어루만져줘야 해
아니야, 거기는 팔이야 비틀지는 말아줘

발가락 틈새는 부드럽게 문질러줘
공처럼 몸을 동그랗게 말 때
살갗 뚫고 나온 가시는 성급하게 떼지 말아줘

초원을 할퀸 야성의 발톱도 세척하고 싶어
찌든 영혼마저 털어내고 싶어
그런 나를 칭칭 감아 삼킨 보아구렁이

내가 물컹한 살밖에 없을 거라 여긴 거지
삼키는 데 불과 십 분밖에 안 걸렸네
무턱대고 삼켰다가
체증으로 고생하는 것 여럿 봐왔어

슬그머니 넘어갈 줄 알았지

십 분 만에 나를 삼킨 넌
한동안 깊은 잠이 필요할 거야

넌, 이제 내게 발목 잡힌 거야
슬슬 수작 걸어볼까

* 2022년 시집 『오래된 거미집』

토마토 키스

살살 다독여야 하지
한입 베어 물었을 때
흐르는 즙 혀끝으로

섣불리 뗐다간 피 보게 된다구!
입술조차 쑥 밀어 넣을 땐
그대로 입 꾹 다물고 있으면 돼

우물거리면 절대 안 되는 거지
지그시 혀끝으로 누르다 보면
목구멍이 꿈틀댈 거야

온몸에 붉은 수액이 돌고
높은 하늘로 오르고 올라
눈앞에 별이 아른거리는 그때

토마토 꼭지가 왜, 초록별을 닮았는지
우린 점차 알게 되는 거지

이런 키스 당신에게 보낼 때
등 뒤에 거울을 둔다면
당신이 달아나려는 자세가 보일 거야

두 손 털고 거울을 나서는 순간,
초록별의 위치가 바뀌지

벌써 한 뼘쯤 북극성에 가 닿은 당신
바로 입 떼면 그건,
배신이 되는 거야

* 2019년 『대구신문』 발표

이중섭을 그리다

　그림 '흰 소' 앞에서 미동도 없이 생각에 잠겼다. 꺽진 소의 그림 속에서 붓을 쥔, 뼈마디 드러난 이중섭의 손을 보았다. 가슴 밑바닥에 가라앉아 있던 연민을 불러내는 손이다. 바투 다가가 손을 내밀어 그의 손을 살며시 잡았다. 가늘고 긴 손가락은 거칠고 투박했다. 손톱에 낀 여러 색의 물감이 예술가로 사는 삶을 끈질기게 고집한 그의 생애를 말해 주고 있다. 왼손으로 그의 손을 받치고 오른손으로 손등을 토닥였다.

　이중섭의 탄생 100주년을 맞아 역사상 처음으로 개인전이 열린다는 반가운 소식을 들었다. 평소 이중섭의 그림 세계에 관심이 많은 나는 만사를 제쳐두고 서울행 기차에 올랐다. 덕수궁 돌담길을 돌아들어선 국립현대미술관 '이중섭, 100년의 신화'라는 전시회에서 그를 만났다. 그의 유작 그림들과 아내 마사코에게 보낸 친필 편지들이 전시되어 있었다. 전시관을 둘러보다가 대형 흑백사진 앞에서 발길을 멈췄다.

　머리에 베레모를 쓰고 두 팔을 다리 위에 올리고, 목을 앞으로 쭉 빼내고 찍은 그의 사진이었다. 전시회를 배경으로 찍은 사진인데, 선바람인 듯 그의 행색이 지나치게 후줄근해 보였다. 담배까지 손가락 사이에 끼우고 찍은 걸 보니, 자기 삶의 모습을 진솔하게 보여주고 싶었던 것 같다. 헐렁한 바지 밑으로 드러난 낡은 구두가 그의 궁핍한 생활을 대변해 주고 있다. 앞코는 문드러지고 색은 바래고, 낡고 닳아서 너덜거리는 구두를 보니 내 마음이 울가망했다. 이렇게 요모조모 살피는 나를 물끄러미 내려다보던 그가 우물쭈물하더니, 내게 생전에 하지 못한 이야기를 건넨다.

중섭: (머리카락을 쓸어 올리며) 저의 몰골이 지나치게 초라합니까? 제 그림을 보러

온 사람들의 얼굴에서 저는 왜, 안쓰러움을 읽어야 할까요.

나: 당신은 무엇보다 자신의 감정을 숨기지 않고 표현하는 정직한 화가로 정평이 났습니다. 당신의 그림 세상은 일제 강점기와 한국전쟁 그리고 분단으로 얼룩진 한국의 근대사가 고스란히 들어 있습니다. 열악한 여건에서도 예술혼을 불태우며, 절대로 사그라지지 않는 창작 활동에 모두가 찬사를 보냅니다.

중섭: (확신에 찬 모습으로) 사람은 누구나 자신이 좋아하는 일을 할 때 가장 행복하다고 생각합니다. 저도 어렵고 힘든 여건이지만 제가 잘할 수 있고, 좋아하는 일을 할 수 있어 늘 붓을 잡는 일을 게을리하지 않았습니다. 그것이 제 삶의 전부라고 할 수 있으니까요. 사랑하는 제 가족과 함께라면 어떤 고난도 걸림돌이 되지 않았습니다.

나: (얼굴에 미소를 지으며) 당신의 그림을 보고 있으면 마음이 평온해집니다. 적궁한 피난 시절에도 가족과 행복한 나날을 보내며 순진무구한 아름다움을 표현했는가 하면, 전쟁 후에는 강인한 의지와 자신감으로 힘찬 소 작품들을 쏟아냈었지요. 당신을 두고 한국의 감춰진 아름다운 감각을 표현한 민족의 화가로 후세 사람들 모두가 극찬합니다.

중섭: 우직한 소를 그리고 있으면 제가 소가 된 듯합니다. 가장으로서 한 가정을 꾸려나가야 할 책임과 의무감을 황소에게서 보았지요. 소를 그릴 때 남성적인 기상을 드러낸 이유도 여기에 있습니다. 그리고 소는 우리 민족의 혼이 담겨 있다고 생각합니다.

나: (안타까운 얼굴로) 그러나 사랑하는 가족과 헤어진 후 사기를 당해 빚에 시달렸고, 모진 생활고 속에서 거식증을 앓았다지요. 게다가 정신적 질환까지 겹쳐 불행한 말년을 보내다 결국, 쓸쓸하고 애잔한 작품들을 뒤로 한 채 마흔한 살의 아까운 나이에 홀연히 세상을 떠났지요.

중섭: (손가락의 담배를 입에다 물며) 그 당시 폭풍우 같은 시대의 소용돌이에 휘말린 사람이 어디 저뿐이겠습니까.

이렇듯 이중섭은 시대적 기류에 휩쓸리면서도 그림에 천부적인 재능을 살려 자신의 그림 세계를 구축해 나갔다. 그와 일본 유학을 함께 했던 구상 선생은 이중섭을 이렇게 회고했다.

중섭은 참으로 놀랍게도 그 참혹 속에서 그림을 그려서 남겼다. 판잣집 골방에 시루의 콩나물처럼 끼어 살면서도 그렸고, 부두에서 짐을 부리다 쉬는 참에도 그렸고, 다방 한구석에 웅크리고 앉아서도 그렸고, 대폿집 목로판에서도 그렸고, 캔버스나 스케치북이 없으니 합판이나 맨 종이, 담뱃갑, 은종이에다 그렸고, 물감과 붓이 없으니 연필이나 못으로 그렸고, 잘 곳과 먹을 것이 없어도 그렸고, 외로워도 슬퍼도 그렸고, 부산·제주도·통영·진주·대구·서울 등을 표랑 전전하면서도 그저 그리고 또 그렸다.

미치지 않고서는 최고가 될 수가 없는 것 같다. 중섭에게서 그림은 살아가는 이유이자 그의 생활이며 삶의 전부였을 것이다. 아니 그의 죽음까지도 그림에 대한 순도였으리라.

대구 동성아트홀에서 '중섭의 아내'라는 다큐멘터리를 본 적이 있다. 아흔이 넘은 이중섭의 아내가 휠체어를 타고 여행에 나섰다. 가슴에 사무치도록 그리던 중섭은 눈앞에 없고, 그가 즐겨 그렸던 그림 '황소'와 마주하고 있다. 할 수만 있다면 그녀를 과거로 순간 이동이라도 시켜주고 싶은 심정이다. 그러면 그녀는 수줍은 미소를 지으며 그의 품에 살포시 안겼을 텐데…. 혈혈단신으로 현해탄을 넘어와 중섭과 위대한 사랑을 이뤘던 그녀의 용기는 어디에서 나온 것일까. 그것은 바로 사랑의 힘이었을 것이다.

다시 '흰 소'의 그림에 빠져든다. 소의 역동적인 힘을 표현하기 위해 온몸의 관절들은 경직되고, 신경들은 붓끝으로 쏠려 일그러진 그의 듬쑥한 얼굴이 그려진다. 한 방향을 깊게 응시하는 소의 눈빛처럼 소를 그릴 때 그의 눈도 저 빛이 아니었을까. 박진감 넘치는 소의 모습에 반해 그 눈빛은 우수에 잠긴 그의 눈망울과 닮았다. 소가 중섭이고, 중섭이 소였다. 그리고 소는 우리 민족의 상징이었다. 이 모두, 그가 소를 그린 이유가 아닐까. *** 계간 『에세이문예』 2019년 겨울호**

이 숲

이숨

1967년 전남 장흥에서 태어나 목포여고를 졸업했습니다. 아이들이 자란 후 '나는 누구인가?' 질문을 하던 50대에 시가 내게로 왔습니다. 시를 쓰지 않으면 죽을 것 같은 이상한 내면의 소리를 지금까지 쫓으며 살고 있습니다. 시의 정점에 오르면 시치료 전문가와 기독인으로 다윗이 쓴 '시편'을 적용한 프로그램을 만들어 교회에서 헌신하고 싶습니다. 하나님께서 길을 열어 주시리라는 믿음이 있습니다. happypencil@naver.com

살구나무 시작법

시창작수업 마당에 살구나무 한 그루가 있다
아직 학생들은 홍자색 꽃들
바람에 우르르 날리고 있다
유행을 쫓지 마라 시류를 따르지 마라
추도식이 있던 날은 살구나무꽃들이 모두 져내렸다
꽃잎들 바닥에 뒹굴면서 넉넉한 그늘을 읊조린다
거행되는 마음이라고 한다
누군가 노트에 행간이 가지 끝 열매로 익어간다
쓰고 또 쓴 페이지에 구멍이 뚫린다면 그건, 몰랑대는
살구의 문장이 곧 쓰일 거라는 것, 모니터에서 커서가
눈빛 따라 깜박이는 건, 직관의 살구를 따내기 직전의 호흡
나는 그의 살구가 아니다 그의 가장 먼 핵과다
살구꽃 흐드러지게 핀 봄밤이 당신의 여백이다
한 획을 그으면 그윽해지고
한 획을 더 그으면 연연해진다
그렇다고 살구나무 아래에 가서 굽히지 마라
함부로 비유를 줍지 마라
살구나무 주위로 학생들이 둘러서 있다
나뭇가지가 머리에 닿을 듯 말 듯 뻗어와 있다
누군가 시를 읽는다 시가 그를 익힌다

* 『수원공보뉴스』

낙타

두꺼운 발바닥으로 사구의 키를 눌러
모래에 글자를 찍는 낙타
서역 향해 글쇠를 두들겼을 것이다

날마다 눌러대지 않으면
몸이 굳지 않을까
두벌식 등을 실룩이며
걷고 걷는 동안 수천 년이 사용되었다

고비(Gobi)의 규격과 작은 입자를 갖춘 사막,
바람이 수시로 갈아 끼우고 있다
낮과 밤이 저장하고 퇴고해 가며
금박 장정(裝幀)을 완성해 갔으리라

모래에 새겨진 수많은 문장들
모래폭풍에 한순간 완독되기도 하고
회전초에 천천히 독송되기도 한다

낙타가 긴 속눈썹 밑으로 눈물 흘리는 건
자신의 마찰 부위에 윤활유를 칠하는 건 아닐까

오늘도 모래 속을 철컥철컥
발굽으로 찍으며 두드려 간다

사막에 뜬 달이 교정하는 밤
지구가 행갈이되고 있다

* 『안양문학』

검은 비닐봉지의 말

뛰어오릅니다
심심하거든요

떨어지는 것에 중력이 있다는 말에 동의하고 싶지 않습니다 한 번 낙하하는 존
재에게 추락이라는 말은 쉽게 달라붙죠 당신처럼요 바람이 들어서라고요? 그건
당신 이야기일 뿐,

나는 그저 구름을 사랑했을 뿐이어요 당신도 한때 뜬구름인 적이 있잖아요

능숙한 태도로 허공을 뛰어다녔죠 부질없다는 것에 신경 쓸 겨를이 없었어요
탱자나무에서 가시에 찔려 발버둥 치는 것도 나쁘지 않았어요 구멍이 숭숭 뚫리
면 투명한 마음을 가시에게 건넸어요 오히려 그 순간 거부하면 내가 사라지는 통
증이 밀려왔어요

너는 참 가벼워서 좋아
너는 참 단순해서 편해
얼굴을 가릴 수 있을 만큼 나를 지우기 위해 충분했던 말

검은 살갗은 무한한 형식이라서 무엇이든 주워 담기에 좋았어요 후두둑 떨어지는 도토리와 은행알들을 사랑할 수 있었어요 이것은 버려지는 것에 대한 측은함이 아니어요 나와 같은 결을 가졌기에 품고 싶었어요

갑자기 뒤주 속에 묵은 쌀이 떠오르네요 쌀 알갱이들이 우르르 나에게 담겨질 때 아! 포만감이란 내 안이 나로만 가득 차 있는 것 같았어요

찢어져도 괜찮아요 감당할 수 있을 만큼 나를 비워 둘게요

* 『장흥문학』

돌침대

누우면,

아늑한 방 대신 자꾸만 움집 천장이 훤히 보였다 엄마는 또 나만 눕혀놓고 그새 어디를 간 것일까 구석기 움집도 시류가 있었다 엄마가 고집했던 그것은 매우 특별한 공법이었는데, 알루미늄의 최초 조상인 고강도 장대를 원자재로 쓰는 건 그녀 건축의 자부심이었다 굵고 단단한 장대를 기둥으로 박고 움집 중심을 세운 후 습기에 강한 신소재로 삼각대를 설치했고, 그 둘레를 한 번 또 한 번 장인정신으로 무려 아홉 번 말린 명품 갈대로 칭칭 묶어서 엮은, 그 당시로서는 매우 고급한 디자인이었다 잠이 깬 내가 울음을 뱀처럼 아주 길게 꺼내서 움집 밖 어딘가에서 황토 흙을 갈대에 버무리고 있을 엄마를 불렀을 때, 버틀러*가 두 번이나 놓친 왕은점표범나비**가 내 주위를 날아다녔다 나비가 날아가는 공중 조금 아래에서는 구석기시대 꼬마 아이가 맨발로 들판을 달렸는데 새끼 표범보다 빨랐다 나보다

키가 큰 것으로 보아 그건 내가 아니었다 아이는 이따금 상체를 숙인 채 숨을 헐떡였다 거칠게 몰아쉬는 숨소리가, 눈물 콧물 범벅이 되어 울던 어린 내 귓속으로 훅, 밀려 들어왔다 나는 그 방해꾼 때문에 열심히 울 수 없어 이따금 집중력이 흩어지곤 했고 그날 낮부터 수십만 년이 지난 대한민국 서울의 강남 학원가에 이르기까지 이것은 대대손손 아이들의 성적향상을 방해하는 큰 골칫거리로 자리 잡았다 그 점에서는 나의 후손들에게 심심한 사과를 드린다

누우면
이것은 돌도끼에 묻은 짐승의 피가 누대에 걸쳐 반구대를 경유해
내 방 침대에까지 연결되었다는 얘기
그런데 아까부터 움집 밖에서
어떤 놈이 빗살무늬 토기 속을 발톱으로 뒤지는 소리가 난다
누웠는데
나의 이야기는
잠시 불청객 발톱의 정체를 확인하러 나갔다 와서 이어가려 한다
그나저나 누굴까 곰인가 표범인가
아니면 며칠 전 강 건너로 사냥 가신 아버지가 돌아오셨나

*버틀러 : 한반도의 나비 연구를 했던 영국의 곤충학자
**왕은점표범나비 : 영국 곤충학자 버틀러가 1882년 논문에서 한국 최초로 발견하고 공식 자료화한 나비 중 하나

아니마*

무의식의 자궁 속으로 나를 밀어 넣으면 데칼코마니의 환영이 자란다 잃어버린 기억의 발자국 속에 자리 잡은 알 수 없는, 그러나 알 것 같은 내가 태허의 공간에

서 꿈틀거린다

언어가 무의미하고 비언어가 언어이던 태초의 기억들이 자라자 과거 속 과거가 소환된다

신의 결정에도 오류가 있었던 거다 이분법을 거부하는 아이 자궁 속에서는 내가 웃고 있었는데 자궁 밖에서는 어머니가 울고 있다

과오가 없는 세상을 말하는 사람들 틈에서 너무 일찍 어른이 된 내가 느끼는 두 가지 감정들 암막 커튼을 치고 나면 나는 아무에게도 말하지 않은 다른 무언가가 된다

나는 여자일까 남자일까

질문은 선택이 아니라 필수이다

내 속에 아니무스가 밖을 서성일 때 아니마에 갇힌 여자를 꺼낸다 밀실을 열어 젖히고 광장으로 빠져나온다 그 순간 익숙했던 세계가 낯선 얼굴을 하고 나를 노려본다

앞이 캄캄하다
어느새 내가 아무것도 할 수 없는 이방인이 되어 있다

*아니마 : 남성이 지니는 무의식적인 여성적인 요소

이승순

수필

내 안의 아버지
Y와 나의 계절

이승순

1961년 인천에서 태어나 2001년 미국에 오기 전까지 줄곧 그곳에서 살았다. 어려서부터 만화
책, 소설, 무협지 등등 활자로 된 건 대부분 좋아해서 닥치는 대로 읽었다. 책을 사랑하면서도
문학의 길로 들어설 줄 몰랐다. 중년을 훌쩍 넘긴 내게 글쓰기를 가르쳐준 스승님은 하나님의
선물이다. 문학이 무엇인지, 어떻게 글을 쓰는 건지 몰랐다면, 수많은 이야기를 풀어내지 못한
채 웅얼거리며 세월을 보냈을 거다. 쓴다는 건, 헛간에 뽀얗게 쌓인 먼지를 털어내는 상쾌함이
다. 글을 쓰기 전에는 풍경화를 좋아했다. 지금은 정물화에 눈길이 오래 머문다. 사람에 관한
이야기, 지금이라도 써놓지 않으면 존재가 소멸하여 버릴 부모님. 이 땅에서 짧은 '소풍'을 끝
내고 하늘로 가버린 친구들…. 그들에 대한 그리움을 기록으로 남기기 위해 나는 글쓰기를 멈
추지 않을 듯하다. 2015년 『서울 문학인』 수필 부문 신인상을 받으며 등단했다. '세계한인기
독언론협회' 주관 신앙 도서 독후감 공모전에 입상했다. lss050948@naver.com

내 안의 아버지

달라스는 며칠 동안 계속된 폭우로 땅이 마를 날이 없었다. 비를 맞은 나뭇잎은 짙푸르게 변했고, 가물었던 도로 주변은 빛깔 고운 들꽃들의 세상이 되었다.

딸의 방을 정리하다가, 오래전에 남편이 딸에게 사주었던 화구가방이 눈에 들어왔다. 뚜껑을 여니 색연필을 비롯한 미술도구들이 가지런히 누워 있다. 가방은 화려한 장식이 입혀진 단단한 나무로 만들어졌는데 정작 내용물의 품질이 좋지 않았다. 그래서였는지 딸은 거의 사용을 하지 않고 버려둔 것 같았다.

지금은 우리나라 미술품 재료도 많이 좋아졌지만, 내가 초등학교, 중학교 다닐 무렵엔 그렇지 않았다. 당시에는 일본이나 독일산이 품질 면에서 단연 뛰어났다. 아버지는 일본제품을 미술시간 재료로 사다 주었다. 미술에는 소질이 없었지만, 우리나라 제품과 질감이 다르다는 것은 느낄 수 있었다.

자라면서 아버지한테 무엇을 부탁해 본 기억이 별로 없다. 어린 시절엔 말하기도 전에 필요를 넘치도록 채워주었고, 철들 무렵부턴 아버지에게 기댈 형편이 아니었다. 아버지는 나의 교육에 많은 열정을 쏟았다. 취학 이전에 이미 한글과 산수를 배웠으니 말이다. 1960년대에는 한글을 떼고 초등학교에 들어가는 경우가 드물었다. 아버지는 학교와 관련된 일에 대해서는 아주 엄했다. 공부를 못하면 호되게 야단을 치고 매를 들기도 했다. 그때 맞아 멍들었던 흔적은 이미 사라졌지만, 마음의 흔적까지 지워지진 않았다. 엄마가 쓰러진 후에야 아버지에 대한 쓰라린 기억이 그리움으로 바뀌었다.

중학교에 들어갈 때까지 여름방학이면, 할아버지를 잃고 혼자 사시던 친할머니 댁에서 지내다 오곤 했다. 아버지의 고향인 충남 서천으로 가는 길은 참 멀었다.

그 멀고 먼 길을 가는 동안 아버지는 내게 많은 이야기를 들려주었다. 그중에 예절에 대한 것만 기억에 남고 나머지는 다 잊어버렸다. 지금 생각해 보면 난밭에 빠진 아버지 처지와 어울리지 않는 가르침 같기도 하다.

기차를 여러 번 갈아타고 가는 아버지의 고향. 기차에서 보이는 창밖 풍경은 뒤로 빠르게 젖혀지며 바람처럼 휙휙 지나갔지만, 도시에서 자란 내게 푸른 마음을 심어주었다. 그 풍경을 담았던 어린 마음은 어른이 된 지금도 선명하게 남아 있다. 끝없는 산과 울창한 숲의 나무들이 갑자기 눈앞에 나타났다가 사라지고, 초록빛 가녀린 벼이삭들이 하염없이 펼쳐져 있던 시골의 논. 가도 가도 푸르디푸르던 할머니네 가던 길. 깜박 잠들었다가 눈을 뜨면 마치 기차가 멈춰 서 있는 것처럼 여전히 같은 풍경이 눈앞에 있었다.

평소에는 무서운 아버지였지만 친할머니 댁에 갈 때는 한없이 다정하고 부드러웠다. 그래서 바쁜 아버지가 나를 시골에 데려다 줄 수 없어, 시골에서 육촌 큰오빠들이 데리러 올 때면 기분이 상하기도 했다.

삼대독자라서 입대를 면제받았던 아버지는 군부독재가 절정에 달했던 시절, 군 미필자로 사회에서 퇴출당했다. 이즈음 시대에는 상상할 수 없는 일이지만, 그 당시 군 미필자는 비록 합법적 미필자였어도 사회 어디든 발붙이기가 힘들었다. 1990년부터 삼대독자도 군대 가야 하는 걸로 법이 바뀌었다. 그전에는 가문의 대를 중요시하는 문화권이었던 이유로 삼대독자나 사대독자는 군 면제가 됐다. 아버지가 1929년생이므로 6.25전쟁 때 군에 갈 나이였을지도 모른다. 아버지는 가문에서 반드시 살아있어야 할 시대에 살고 있다가 정권이 바뀌면서 그 살아낸 이유로 사회에서 쫓겨났다.

그 후 손을 대었던 사업이 기울어지면서 아버지는 거의 매일 술을 마셨고 집에 들어오지 않는 날이 잦아졌다. 그때부터 엄마의 애옥살이가 시작되었다. 외가에서는 막내외삼촌만 아버지의 편이었다. 아버지가 시대를 잘못 만나 그런 거라며 아버지의 사정을 이해해 주었다. 현실을 이겨내지 못한 채 저지른 잘못과 실수를 때론 그렇게 묻어버리는 것도 괜찮다는 생각이 들었다.

아버지는 일제 강점기에 태어나 십대 중반에 조국의 광복을 맞았고, 스물한 살에 피비린내 나던 6·25를 겪었다. 법학도로서 자신의 꿈을 펼치기도 전에 4·19 혁명의 격동기를 보내며 철통같은 군사정권 하에 숨이 죽은 것처럼 살았다. 군 미필자인 자신의 이력을 지우고 싶었는지 아버지는 어느 날부터 자신을 이 소령으로 불리길 바랐다. 지인들이 아버지를 찾을 때 '아버지 계시니?'가 아닌 '이 소령님 계시니?'로 불렀으므로 나는 아버지가 그랬을 거라고 여겼다.

아버지는 내가 다 이해할 수 없는 한국 근대사의 현장에서 때론 비겁하게, 그리고 '그땐 다 그랬어'라는 변명 뒤에 자기 몸을 숨기기도 했다. 그러나 이제는, 보여주기를 꺼렸던 아버지의 삶조차 마음의 눈으로 볼 수 있게 되었다. 그렇게 된 배경에는 아버지를 오롯이 인내한 엄마가 있었기에 가능했다. 엄마는 아버지를 참고 견디며 가정을 지켰고 끝까지 아버지를 사랑했다. 내 가치관으로는 이해하기 힘든 엄마의 사랑을 아버지의 마지막 병상에서 확인했다. 그래서 내 마음 한편에 아버지를 그리워하는 사랑의 밭이 다져졌는지도 모른다.

딸의 방을 정리하고 나와 창밖을 보니 홀레바람이 강하게 분다. 꽃잎들이 더 이상 견디지 못하고 바닥에 떨어져 고인 물에 가라앉는다. 한때 좌절하고 주저앉을 수밖에 없었던 내 안의 아버지처럼! * 『서울 문학인』 2015년

Y와 나의 계절

"쟤하고는 상종도 하지 말아야지."

교회의 고등부 모임에서 만난 Y는 나의 첫인상에 대해 그렇게 박한 평가를 했다. Y가 나에 대한 선입견을 품었지만 나는 사실 Y의 존재에 대해 별 관심이 없

었다. 하지만 우린 지금까지 둘도 없는 단짝으로 지내고 있다. Y와 나는 쉽게 다가가기 힘든 성격까지 닮았다. 고등부에서 만났는데도 서로 말문이 열린 것은 그로부터 2년이 지난 청년회 모임에서였다. 그동안 Y가 일부러 피한 줄도 몰랐다. 조용한 성격의 친구였기에 나 역시 인사조차 나누지 않고 데면데면했다. 풋낯 정도였다.

1981년 어느 가을날, 인천 성결교단의 청년연합 모임에서 내가 다니던 교회가 찬양 인도와 율동을 맡게 되었다. 그 행사를 위해 여럿이서 준비했는데 Y와 내가 율동을 맡으면서 급격히 친해졌다. 가을 늦자락의 해는 생각보다 빨리 사라졌다. 어둑어둑해질 무렵 연습을 마치고 "같이 저녁 먹으러 갈래?" 하고 물었을 뿐인데 그 후 정신을 못 차릴 정도로 사이가 가까워졌다. 지금 생각해 봐도 왜 이런 반전이 생겼는지 신기한 노릇이다.

Y는 나에 대해 남다른 배려를 했다. 친구 중 운전을 제일 먼저 시작했는데 어디서 만나든, 아무리 먼 길이라도 우리 집까지 바래다주었다. 그 일은 사소한 것 같아도, 내 처지보다 가족의 처지를 생각하며 살던 내 삶을 다시금 세워주는 계기가 되었다.

그런데 우리는 만나기만 하면 싸웠다. 음식점이든 카페든 장소를 가리지 않고 싸웠다. 큰소리치며 싸운 것이 한두 번이 아니었다. 이유는 음식값과 커피값 때문이었다. 서로 먼저 돈을 내겠다며 계산대 앞에서 밀치고 밀려났다. 지금 생각해 보면 고마운 일이었지만, 당시에 우리가 싸우던 모습은 심각할 정도였다. 그런 일을 낯선 사람들 앞에서 허구한 날 보여주니 정말 창피했다. 어느 날부터 약속 장소에 들어가기 전에 서로 다짐했다. 순서를 정해 자기 차례에 음식값이나 커피값을 내기로 했다. 이것도 별 소용이 없었다. Y가 순서를 기억하지 않았기 때문이다. 조금 더 논리적인 내가 아무리 설명해도 요지부동이었다. 생각 끝에 나 혼자 내린 결론은, 만나기로 약속한 날 아무것도 먹지 않기로 한 것이다. 그러나 그것도 한두 번이지 다른 것은 다 참아도 배고픈 것은 못 참던 내가 견딜 재간이 없었다. 한번은 친구가, 만나자마자 내게서 삼천 원을 꾼 적이 있었다. 별생각 없이 빌려주었는데, 글쎄, 빌린 용도가 우리의 점심값을 내기 위해서였다. 이날은 다시 안 볼 사람들처럼 싸웠다.

둘 다 넉넉하지 않은 용돈을 갖고 서로를 위해 쓰며 많은 시간을 함께 보냈다. 그러다가 나는 남편의 유학으로 미국에 들어왔다. 형편이 좋지 않아 십여 년이 지나서야 한국에 나갈 수 있었다. 한국에 나갈 때마다 Y를 만났는데, 그 태도는 여전했다. 오히려 예전보다 더 커진 목청으로 마치 계산대를 제 것인 양 굳건히 지키고 있었다.

한국에서의 짧았던 일정을 마치고 미국으로 돌아오기 전날 밤, Y의 아이들에게 줄 약간의 용돈을 챙겨서 Y를 만났다. Y 성격 때문에 망설이며 용돈을 줄 기회를 찾다가 헤어지던 길가에서야 주게 되었다. Y 역시 우리 애들 것이라며 봉투 하나를 내밀었다. 제 것은 받으라고 하면서 내 것은 받지 않겠다고 했다. 목회자인 남편을 돕느라 얼마나 고생이 많냐며 계속 고집을 부렸다. '너는? 남편을 잃었잖아….' 감히 입 밖으로 꺼낼 수 없는 말. 만나던 내내 일부러라도 꺼내지 못했던 말이 남편에 관한 것이었다. Y 역시 남편의 부재로 인한 상황을, 생활비에 관한 것 외에는 일절 말하지 않았다. 남편과 사별한 후 Y는 주거지 근처의 경찰서에서 일하고 있다. 대학에서 전산학을 전공한 덕에 컴퓨터 관련 업무를 맡았다. 그러나 일 년 계약직이라 해가 바뀔 때마다 재계약을 해야 한다며 한숨을 쉬곤 했다. 다행히 시가에서 두 아이의 학비를 전담해 주었다. 차가운 별빛 아래 실랑이를 벌이던 우리를, 지나가던 사람들이 힐끔거렸다. 내가 준비한 용돈은 Y가 탄 차 안에 밀어 넣었다. 차창 밖으로 얼굴을 내밀고 가는 Y를 바라보며 힘차게 손을 흔들었지만…, 한참 나는 웃날이 되어 길가에 서 있었다.

미국에 떨어져 사는 20여 년의 세월 동안 정들었던 사람들이 하나둘 세상을 떠났다. 그중 한 사람이 Y의 남편이다. 늦둥이 아들 돌잔치를 했던 해에 병이 들었던 Y의 남편은, 아들이 초등학교 6학년이 되었을 때 고통스러웠던 병에서 헤어났다.

안개비가 부슬부슬 내리던 날, Y와 난 경춘선에 몸을 싣고 강촌에 가서 청승을 떨며 놀았던 적이 있다. 어느 해 여름엔 무창포 해수욕장을 물어물어 겁 없이 놀러 갔던 일도 있다. 당시에 그 해수욕장은 거의 알려지지 않았다.

돌아보면, 청춘이라 하여 즐거운 일만 있던 건 아니었다. 그 아름다운 시절에 나와 Y는 아버지를 병으로 잃었다. 그리고 말할 수 없는 우여곡절을 겪었다. 천지엔 매년 사계절이 순서대로 찾아오지만, 우리가 지나온 길에는 계절이 순서대로 오지 않았다. 어느 해엔 그 해의 반이 겨울이었던 적이 있었다. 잠깐씩 비추던 햇살을 찾아 방황하기도 했다. 여름의 작렬하는 빛줄기에 가슴앓이 한 적도 있다. 어떻게 지나왔는지 기억을 들추어 보면, 어김없이 그곳에 Y가 있다.

헤어지던 날 '떠나는 너는 어떨는지 모르지만 나는 슬프다'며 허우룩한 표정으로 말하던 Y를 보며 죄책감을 느꼈다.

이름을 부르면 웃음살을 띠며 바라보던 친구가 교회 생활을 풍성하게 만들어주고, 청춘 한가운데에서 중심을 잡아주었다.

'저녁나절의 긴 그림자같이 인생의 태양이 가라앉을 때까지 계속되는 것이 우정'이라고 한 '베벨'의 말은 맞는 것 같다.

이종원

수필

비우고 싶다
안락사

이종원

『월간문학』 신인상 수필 당선(2022). 제4회 『매일신문』 시니어문학상 논픽션 당선. 장편소설 『카이노믹스』, 수필집 『뜨거운 가슴으로 차가운 머리로』. 한국문인협회, 대표에세이 문학회, 용인문인협회 회원. 현 한국경제학회 명예회장, 성균관대학교 경제학과 명예교수.
jongwonlee4@naver.com

비우고 싶다

지인이 '카톡'으로 보내 온 출처조차 모르는 '펌'글이었는데, 읽고 나니 가슴이 먹먹해졌다. 자신의 아파트 같은 라인에 살았던 어느 교수에 관한 얘기였다. 정년 직후에는 부부가 다정하게 산책도 했고, 딸 사위가 자주 찾아와 함께 외출도 했으나, 부인이 타계한 후에는 쓸쓸히 단지 내를 홀로 서성이는 모습이 눈에 뜨이곤 했는데, 언젠가부터는 그런 모습마저 보이지 않았다는, 어쩌면 우리 주위 어디선가 볼 수 있음직한 얘기로 시작된 글이었다.

그러던 어느 날 아파트 주차장에 커다란 '탑'차가 나타나더니 그 교수 것으로 짐작되는 책과 책장들, 값깨나 나가 보이는 가구와 그림들, 심지어는 박사학위 학위모를 쓰고 찍은 사진과 단란해 보이는 그의 가족사진들을 쓰레기처럼 실어가더란다. 결국 그가 타계하였음을 확인해 준 셈인데, 생전에 많은 애착을 쏟았을 소장품들이 폐품처럼 내동댕이쳐지는 모습에 마음이 짠했단다. 무엇보다도 교수와 그 가족사진들이 구겨지다 못해 무참히 찢겨나가는 모습을 목격하면서 마음이 먹먹해졌다고도 했다. 차라리 태워버리지 않고 저리 내팽개쳐버렸는지 자식들이 원망스럽다는 생각까지 문득 들었단다. 이런저런 생각 끝에 혹시 자식들이 앞서 떠난 것은 아닐까 하는 의아심이 떠올랐고, 그래서 애지중지하던 소장품들이 저토록 무자비하게 버려질 수밖에 없었구나 싶어 허망감에 빠졌다는 소회를 전한 글이었다.

감동적인 영화나 영상을 본 것도 아니고 단지 한 단락 정도의 '펌'글을, 그것도 나와 전혀 상관없는 사람에 대한 얘기를 전해들은 것뿐인데, 내게 이토록 충격적으로 다가온 것은 어인 일일까. 노령기에 들어서며 마음속에 켜켜이 쌓여온 고통의 감정선을 건들인 것일까. 마음을 추스르며 서재와 거실을 새삼스레 둘러보았다. 순간, 그간 내게 큰 의미를 부여했던, 그래서 고이 간직해 온 눈앞의 많은 사물들이 내가 죽고 나면 결국은 쓰레기처럼 버려지고 말 것이란 생각이 엄습하면서 마음 한 구석이 시려왔다. 그나마 이렇다 할 정도로 값어치가 나갈 가구나 소장품이 별로 없다는 사실이 위로가 되기는 했다.

시장 가치와 상관없이 내가 아직도 붙들어 두고 있는 것의 대부분은 책이다. 추억의 사진첩과는 다른 차원에서 정신적 가치가 큰 책들에 대한 애착이 남다를 수밖에 없기 때문이다. 기회 있을 때마다 정리했음에도 불구하고 여전히 많이 남아 있다. 처음 단계에서는 도서관에 기증하거나 학생들이 가져갈 수 있도록 연구실 앞에 전시하여 처분할 수 있었다. 그러나 디지털 문화가 일반화된 현재는 사정이 사뭇 다르다. 몇 년 전 고심 끝에 중고서적 수집가를 집으로 불렀던 적이 있다. 그는 나의 서가를 일별해 보고 난 후 실망스런 눈빛을 하더니, 문학서적도 아닌 전문서적은 한낱 쓰레기일 뿐이라며 저울로 무게를 달아 값을 쳐주겠다고 하여 황당했다. 아직도 시중 서점에서 상당한 값을 치러야 구입 가능한 책도 다수 있었는데 말이다. 수집상의 무례함 때문만은 아니지만 결국 직접 저술한 책들을 포함해 내 인생의 현재를 가능케 해준 소중한 책들을 엄선하여 지금까지 껴안고 있다. 하지만 언젠가는 한낱 휴지처럼 폐기될 수밖에 없는 것들을 위해 내가 평생을 바쳤다는 생각을 떨쳐낼 수는 없어 자괴감이 든다.

인생사 마감하기 전에 처분하고 비워내야 하는 것은 모름지기 사물에 한정된 것은 아닐 것이다. 어찌 보면 진정한 비움은 마음속의 세속적 욕심에서부터 시작해야 될 듯싶다. 그럼에도 불구하고 나와 내 가족이 켜켜이 쌓아온 인생사 또한 내가 죽고 나면 머지않아 아무도 기억하지 못하게 될 것이란 생각이 들 때마다 절망하곤 한다. 내가 이 세상에 왔다 간 이유마저 알지 못한 채 세상을 하직하게 될 숙명임을 심정적으로 받아들이기 어렵기 때문이다. 내가 없어도 해와 달은 뜰 것이고, 그렇듯 세상은 돌아갈 것이며, 남겨진 인간들의 자기만족을 위한 아귀다툼은 계속될 것인데, 과연 나는 무슨 의미로 남겨질 것인가. 나의 향후 행로 또한 '펌' 글의 대상이 된 교수의 마지막 행보와 별반 다르지 않을 것이란 생각에 마음이 처연해진다. '죽은 후 천추만세까지 이름을 남기는 것은 살아생전에 탁주 한 사발 대접받는 이보다 못하다'는 이규보의 시구(詩句)를 애써 소환해 가며 속절없이 스스로를 위로해 본다.

　어머니 6촌 남동생이니 내게는 외재당숙이 되는 분이 계셨다. 촌수에 맞는 호칭이 낯설어 그저 아저씨라 불렀다. 이름만 대면 알만한 유명 인사였다. 내 기억으론 아저씨가 칠순을 넘긴 즈음부터 재산을 정리하여 자식들에게 증여하고 가구나 생활용품도 최소한으로 줄여나갔던 것 같다. 그러던 중 본인의 마지막이 가까워졌다는 판단이 선 시점에 이르러선 지인들과의 연락을 완전히 끊은 상태에서 반년 정도를 지내다 결국 타계했다. 생전에 분기별로 한번 정도씩은 나를 불러내어 점심을 사주며 격려까지 해주셨던 분인데 임종 사실 만을 사후에 통보 받고 보니 서운했다.

　장례식장에 당도해 보니 문상객은 우리 내외뿐인 듯했다. 언론에 사망 사실을 철저히 비밀로 하였기에 누구도 아저씨가 타계했다는 것을 알지 못한 것 같았다. 문상객을 원천적으로 막아버린 셈인지라, 장례비 부담이 자식들에게 돌아갈 것을 감안하여, 자신의 장례비를 충분히 남겨두고 떠나는 치밀함까지 보였다는 말을 아주머니로부터 전해 들었다.

　아저씨가 돌아가신 지 약 일 년 정도 후였다. 아주머니로부터 점심을 같이 하고 싶다는 연락이 왔다. 아저씨가 마지막에 인사도 제대로 못하고 떠나게 되었다면서, 나중에 우리 부부에게 아주머니가 대신 식사대접을 하라는 유언을 남겼다고 했다. 그날의 만남 후 불과 몇 달이 채 안된 시점에 아주머니가 소천했다는 연락을 받았다. 역시 친인척 가족 외 문상객은 우리 부부뿐이었다. 아저씨 전철을 그대로 밟은 장례식이었다.

　지인으로부터 받은 '펌'글을 읽으며 잠겼던 상념 끝에, 불현듯 아저씨 내외의 마지막 순간이 되살아나자, 나는 비로소 평온을 찾을 수 있었다. 형식은 다소 다를 수 있으나 나도 아저씨 내외분처럼 마지막 떠나는 자리를 비움으로 마감할 것을 다짐해 보았다. 정작 죽은 자는 아무런 고통도 느끼지 못할 것이고, 슬픔은 오직 남겨진 사람들의 몫이 될 것이라 생각할 수도 있지만, 비움은 이들의 아픔까지도 덜어줄 수 있으리라 믿어 본다. * **신작**(2023년 7월)

안락사

지난해 5월 초, 여배우 강수연이 의식불명 상태에서 병원 응급실로 실려 갔다는 뉴스가 전해졌다. 대다수 국민이 그녀의 빠른 쾌유를 기원할 즈음, 엉뚱하게도 나는 그녀가 식물인간 상태가 되는 불상사만은 없도록 기원하고 있었다. 교통사고로 15년 가까이 혼수상태에서 깨어나지 못한 채 식물인간 상태로 있었던 제자 C군의 모습이 불현듯 떠올랐기 때문이다.

5년 가까이 치매로 모진 생을 연명했던 어머니 생각도 났다. 차마 드러내놓고 애기할 수는 없었지만, 인간의 존엄성을 상실한 채 목숨만을 부지하기보다는, 차라리 온갖 세상사 훌훌 털어버리고 영원의 나라로 가셨으면 좋겠다는 생각이 문득문득 들었다. 삶에 대한 희망의 끈을 놓은 지 오래 된, 그래서 단지 죽음만을 기다리는 듯 보이는, 요양원 내 초고령층 환자들의 초점 잃은 눈을 보면서도 비슷한 생각에 잠기곤 했다. 그들이 보내는 질곡의 삶을 지켜보는 동안, 불경스러운 발상일지 모르지만, 우리나라도 이제는 안락사 제도를 열린 마음으로 고려해 볼 때가 되었다는 생각이 들었다.

존엄사란 것이 있다. 회복 가망성이 없는 환자에게 무의미한 연명 조치를 중단하고 자연스러운 죽음을 맞게 하는 행위이다. 우리나라에서도 제한적으로 도입되기는 하였으나, 당사자가 명백히 자기 의사를 밝힐 수 있는 경우에 한정되어 있어, 의식불명 상태의 환자 경우에는 적용할 수 없다는 문제가 있다. 이러한 경우를 감안하여 정부에서 '사전연명의료의향서'를 작성하여 공증해 두는 제도를 마련한 바 있다. 그러나 사전에 의향서를 작성해두지 못한 단계에서 갑자기 식물인간 상태가 되어버리는 경우 적용이 불가능하다. 바로 이러한 상황에도 적용 가능한 제도적 장치가 안락사 제도라 할 수 있다. 이는 존엄사보다 한 단계 더 진취적인 임종 허용 방식이라 할 수 있지만, 아직 우리나라에서는 법적으로 허용되지 않고 있다.

안락사에 대하여, 대다수 종교 단체들은 죽음을 관장하는 일이란 신의 영역에 해당되는 것이라는 차원에서, 결코 허용해선 안 된다는 입장을 취하고 있다. 반면 대다수 일반인들은 이제는 인간에게 고통스럽고 무의미한 연명 여부를 스스로 선택할 수 있는 권리가 부여되어야 한다고 믿고 있는 듯하다. 백세 시대를 맞는 초고령화 사회에서, 목숨을 연명하고 있는 것 자체가 저주스러울 만큼 비참한 경우가 점증하고 있다는 엄연한 사실에서 볼 때 설득력이 있어 보인다. 작년 3~4월 국민 1,000명을 대상으로 조사한 서울대병원 가정의학과 교수팀의 연구 결과, 76.3%가 안락사 또는 의사 조력 자살 법제화에 동의한 것으로 나타났다. 이는 한국인의 죽음을 대하는 태도와 인식이 급속히 변화하고 있음을 웅변적으로 대변해준 조사 결과라 할 수 있다.

지난해 3월, '세계 최고 미남 배우, 알랭 들롱(86세)이 안락사(실제 내용은 의사 조력 존엄사로 추정됨)를 결정하다'라는 머리기사가 전 세계에 타전되며 많은 사람에게 적지 않은 충격을 주었다. 그의 선택은 유별난 사람들의 기행 정도로 타부 시 해왔던 사람들까지 '조력 존엄사' 또는 안락사 문제를 심각하게 고민해보는 계기를 제공해 준 것으로 보인다.

그에 앞서 102세 때도 대중교통을 이용해 연구실에 출근할 정도로 노익장을 과시했던 호주의 저명한 식물학자 데이비드 구달 박사가, 불치병을 앓던 것도 아니었는데, 2018년 5월 10일, 안락사를 허용하는 스위스 바젤에 가서 약물을 투여받고 생을 마감함으로써 신선한 충격을 준 적이 있다.

한편 약 9년 전, 파리의 유서 깊은 호텔에서 경제학자인 남편과, 작가이자 교사였던 86세 동갑내기 부인이 안락사 금지를 비판하는 유서를 남기고 극단적 선택을 했다는 뉴스가 보도된 적이 있다. 60여년 해로한 이 노부부는 사별해서 혼자 남겨지거나, 거동 못하는 지경에 이르러 누군가에게 의존해야 하는 상황이 죽음보다 두려워 이런 선택을 했다고 하여 우리를 숙연케 했다.

우리나라에서도 예전에는 고승들이 자신의 임종이 가까워졌다고 판단되는 순간 깊은 산 속으로 들어가 곡기를 끊고 명상 속에 생을 마감했다고 전해진다. 고승도 종교인도 아니지만, 나의 존경하는 고교 은사 C선생은 인천 지역에서 이름난 문인이었는데 말기 암 판정을 받자 일체 치료를 거부한 채 약 30일간의 단식으로 생을 마감(존엄사)하셨다.

실제 일어난 일은 아니지만 수년 전 개봉되었던 영화 '죽여주는 여자'가 장안의 화제가 된 적이 있다. 윤여정이 파고다공원 근처에서 노인들의 성적 욕구를 채워주는 '박카스 아줌마'로 등장해 열연하는 내용으로 시작되었다. 그러나 스토리의 정점은 윤여정이 본연의 업무 영역을 넘어, 감내할 수 없는 고통과 외로움 속에 죽음을 앞두고 있는 노인들의 임종을 돕는, 말하자면 조력 자살 행위를 수행하는 장면에 있었다. 더 이상 조력 자살이 불법이 아닌 시대가 조속히 정착될 필요성을 대변한 작품이란 생각이 들었다.

이러한 저간의 충격적 사건들과 국민들의 인식 변화에 접하며 급기야 우리나라에서도 '조력 존엄사 합법화' 법안이 조만간 국회에 제출될 것으로 보인다. 여기서 조력 존엄사'라 함은 환자 본인이 원할 경우 담당 의사의 도움을 받아 삶을 마무리할 수 있도록 하는 것을 이른다. 해외에서는 '의사 조력 자살(Physician-Assisted Suicide)'이라 불리는 임종 허용 방식이다. 단, 이는 무의식 상태에 있는 환자에게 의사가 직접 투약하는 안락사와는 달리 의식 있는 환자 본인에게 스스로 목숨을 끊는 행위를 허용한다는 점에서 차별화되고 있다.

안락사에 대해 가장 진취적인 입장을 취하고 있는 국가는 네덜란드, 벨기에, 콜롬비아 등인데, 이들 국가에서는 조력 자살과 안락사를 모두 인정하고 있다. 그 중 안락사에 관한 한 선도적인 역할을 담당해 온 국가는 네덜란드라 할 수 있다. 의사가 직접 환자에게 약물을 주사해서 죽음에 이르게 하는 적극적 안락사까지 허용되고 있기 때문이다. 국민의 85%가 안락사를 지지하고 있다는 사실 때문에 정착이 가능했던 것 같다.

반면 스위스와 미국(일부 주에서만)에선 조력 자살만 허용하고 있다. 의사가 극약을 처방하고 환자 스스로 복용하는 방식인데, 환자는 가족들에 둘러싸여 외롭지 않고 또 편안하게 생을 마감하는 것이다. 그럼에도 불구하고 스위스가 안락사 하면 제일 먼저 연상되고 있는 것은, 외국인에게까지 안락사의 문호를 개방하고 있다는 사실 때문인 듯싶다. 현재 한국에서 입법화를 서두르고 있는 조력 존엄사법은 조력 안락사 허용법에 가까운 것으로 이해된다.

많은 노년기 부부의 희망사항 중 하나는, 둘이 한날 한시에 죽을 수 있는 행운을 누리는 일이다. 그러나 불행하게도 어느 한 사람이 먼저 생을 마감하는 것이 자연의 섭리인 듯싶다. 그러다 보니 오랜 병으로 배우자에게 고통을 주는 일만이라도 피할 수 있기를 기원하게 된다. 우리 부부도 누가 먼저든 치명적인 병에 걸릴 경우, 절대 불필요한 연명치료는 거부하자고 약속했고, 동시에 사전 의향서를 작성하여 등록해 두기로 했다. 만약 어느 한 사람이 불행하게도 먼저 불치의 병에 걸려 감당하기 어려운 고통에 시달리게 되면, 차라리 스위스에 가서 안락사를 시켜주자는 반농담조의 약속도 했다. 우스갯소리 삼아 스위스에서의 안락사에 필요한 1인당 약 천만 원 정도의 현금을 별도 적립해 두었다가 저승길 노잣돈 삼자고도 했다. 아니 그에 앞서 국회에 제출될 조력 존엄사법이 원만하게 통과되어, 단지 죽기 위해 스위스까지 먼 길을 가야 하는 번거로움이 해소되길 바란다.

* 신작(2023년 2월)

임지나

수필

겨울 산을 오르며
베를린 올림픽경기장

임지나

전남 광주 중앙여고 졸업. 전남대 2년 수료 후 서울 우석대(1971년 고려대에 인수 합병) 졸업.
1975년 하와이로 이민. 1978년 캘리포니아로 이주. CA 오렌지카운티에서 29년간 부동산 회
사 운영. 『미주 한국일보』 논픽션에 입상, 한국 『매일신문』 시니어문학상 논픽션 우수상 입상.
수필집 『나 여기 가고 있다』 등. gina421@gmail.com

겨울 산을 오르며

며칠 전에 비가 억수로 내렸다. 볼사치카 길을 타고 북쪽으로 올라와 22번 프리웨이 입구에 서면 하얀 옷을 갈아입은 산봉우리가 사뿐 다가섰다. 사계절 구분이 없는 남가주, 눈 구경을 할 겸 기타 연주반에서 겨울 산행을 가기로 했다. 겨울 등산은 처음이었다. 몹시 흥분이 되었다. 사실 내 등산 이력은 대학시절 남학생들과 한 번 산에 올라가 본 것이 전부였다. 내가 등산을 가겠다고 하자 며칠 전 마운틴 안젤리스를 다녀온 아들이 주의사항을 꼼꼼히 일러주었다. 눈이 허리춤까지 바친다는 말에 며느리의 스키복을 빌리고 등산에 필요한 몇 가지를 구입해 준비를 마쳤다.

등산을 가는 날, 바다가 하늘에 펼쳐진 듯 높고 푸르러 겨울 산행이 아니라 가을 소풍 같았다. 젊은 날 즐겨 듣던 은은한 클래식이 차 안에 감미롭게 흐르다 구성진 유행가 가락이 쿵작쿵작 울리는 CD를 바꿔 넣자 일행들은 저마다 어깨춤을 덩실거렸다. 한산한 10번 프리웨이를 동쪽으로 미끄러지듯 두 시간 남짓 달리자 목적지인 샌하신토주립공원에 도착했다. 이 공원은 아이들-와일드(Idle-Wild)에서 하이웨이 243번이나 아니면 팜 스프링에서 케이블을 타고 들어오게 되어 있다. 샌 하신토 산은 서쪽의 '샌 하신토', 북동쪽의 '샌 안드레아' 지진대를 끼고 있어 언제 지진이 터질지 모르는 지뢰를 안고 있는 곳이다.

우리는 케이블을 택했다. 케이블카에서 내려다보는 아득한 평야가 지평선 끝에서 하늘과 하나가 되었다. 케이블카 밑에 수직으로 떨어진 골짜기가 현기증을 불렀다. 이 케이블은 세계에서 가장 크고 긴 싱글 트램 중 하나란다. 시발점인 치노 캐년(Chino Canyon)에서 산 위 정거장까지 360도 느린 회전으로 2.5(4.22Km)마일을 오르내렸다. 등산은 해발 6000(1830m)피트에서 시작했다. 샌 하신토 산은 남가주에서는 두 번째로 큰 산이다. 상봉까지 오르는 데 대 여섯 시간 소요될 것이란다. 산은 온통 흰 페인트를 엎질러 놓은 것 같았다. 겹겹이 껴입은 옷과 욕심껏 쑤셔 박은 스낵으로 백팩이 궁둥이에서 대롱거렸다. 등산의 대한 상식이 없음을 여실히 보여주고 있는 것이다.

가파른 산언덕에 허리가 활처럼 휘었다. 불청객의 소란에 잠을 깬 숲속의 나무들이 파르르 몸을 떨며 꽃가루를 뿌렸다. 문득 이양하 교수의 '나무'라는 수필이 생각났다. 나무는 고독해, 모든 고독을 다 알아 말없이 고독을 받아들이고 그 고독을 즐기기까지 한다는 나무. 나는 나무처럼 고독을 즐길 수는 없지만 고독의 참의미는 알 수 있을 것 같았다.

눈 속에 숨은 등산로를 찾느라 다리가 후들거렸다. 자칫 발을 헛디디면 아찔한 계곡 밑으로 떨어지기 때문이다. 앞에서 리드하는 필립 씨의 얼굴이 아연 긴장상태였다. 숨을 쉴 때마다 뽀얀 입김이 계란 같은 원을 그리며 흩어졌다. 야호! 하고 소리치자 건너편으로 날아간 메아리가 바위를 치고 돌아와 발밑에서 야호하며 깨졌다. 필립 씨가 산에서 야호하면 안 된다고 주의를 주었다. 그 소리에 산 속의 짐승들이 놀라 유산을 하기도 한다는 것이었다.

얼마쯤 올랐는지 운동장만 한 구릉이 나타났다. 일행들은 함성을 지르며 눈밭에 엎어져 데굴데굴 굴렀다. 구르다 넘어지고 다시 구르고 눈을 뭉쳐 서로의 목덜미에 집어넣고 깔깔거리며 도망을 쳤다. 모두들 지친 심신을 눈밭에 던지며 쓰러졌다. 덕지덕지 눌어붙은 때-죄罪를 발끝까지 흰눈으로 씻어냈다. 깨끗이 씻긴 가슴속으로 파란 하늘이 퐁당 내려앉았다.

한참 후 일어나 3시간쯤 더 올라가자 드디어 정상에 올라섰다. 산꼭대기에 서니 하늘은 더 높이 올라갔다. 깎아지른 골짜기 밑으로 바둑판처럼 까뭇까뭇한 해멧(Hamet) 시가 조용히 손짓을 했다. 골 진 능선을 타고 은빛 물줄기가 폭포처럼 쏟아졌다. 손잡고 뛰어내려 오순도순 흘러가는 저 물, 어디로 가는지. 잡을 수는 없지만 느낄 수 있는 인생이라는 종착역으로 가는 중일까. 산 위에서 내려다보니 세상의 모든 것이 다 내 작은 가슴속에 들어앉았다. 끝없이 커지는 가슴, 우주인들 품지 못할까. 이 순간의 희열을 위해 사람들은 그 험한 산을 기를 쓰고 오르는 모양이다. 널찍한 바위에 드러누웠다. 피곤이 짐짝처럼 내려앉았다.

겨울 해는 어느덧 서산에 걸렸다. 우린 산을 내려오기 시작했다. 한참 내려오다 미즈 김을 부축하며 올라오는 순영 씨를 만났다. 내 몸 챙기기에 바빴던 나는 순영 씨의 따뜻한 배려에 부끄러운 생각이 들었다. 사람이 인간다워지는 것은 아주 작은 일에서부터다. 너무 늦었으니 그냥 내려가자는 필립 씨의 말에 미즈 김이 막무가내였다. 회비까지 낸 산행이라며 완주를 할 것을 고집했다. 수잔이 눈을 흘겼다. 남의 신세를 지면서 자기주장만 하는 미즈 김이 아니꼬았던 모양이었다.

돈이 우리의 삶을 여유롭게 하는 것은 사실이다. 그러나 그것이 인간을 지배할 수는 없다. 돈 때문에 상처를 입어서도 안 될 것이다. 앗차, 나는 빙판길에 그만 미끄러지고 말았다. 남의 일에 상관 말라는 경고였다. 부러진 데는 없었지만 빙판에 호되게 찧은 엉덩이가 따끔거려 오리처럼 뒤뚱거렸다.

다음날 새벽, 우린 호텔의 노천 수영장으로 뛰어들었다. 물은 살을 녹일 듯 차가웠지만 광란狂亂의 불청객들은 파티를 멈출 수 없었다. 어둠속의 별들이, 살랑거리는 팜트리가 우리에게 장단을 맞췄다. 늦은 아침을 먹고 7000피트 산 속의 아치 '아이들-와일드'로 핸들을 돌렸다. 프리웨이 양쪽으로 늘어선 윈드밀(풍차)이 한 폭의 그림처럼 돌고 있었다.

오래 전 나는 로마린다에서 7년을 살았다. 샌하신토주립공원까지는 50마일(80킬로)이다. 그러나 그곳엔 한번도 가보지 않았다. 시간이 없어서도 일하느라 바빠서가 아니라 마음의 여유가 없어서였다. 하얀 겨울의 등산 나들이, 오랜만에 찾은 포근한 내 삶이었다. 돌아오는 길에 하얀 마운틴 벌디가 또 오라며 손을 흔들어 주었다.

베를린 올림픽경기장

시차 때문인지 아직도 밤낮이 아리송하다. 나만 그런 게 아니라 내 컴퓨터, 손

목시계 그리고 디지털카메라까지 모두 캘리포니아의 따끈한 햇살에서 벗어나지 못하고 있다. 모두 베를린 시간에 맞추면 되련만 그것이 오히려 번거로워 나는 그냥 약간의 불편을 감수하기로 했다. 시간 맞춰 일어날 필요도 없고 새벽부터 나갈 곳도 없어 오랜만에 한가롭게 골목길을 내다볼 수 있어 좋았다.

어제까지 찌푸린 시어머니 얼굴 같던 날씨가 오늘은 갓 시집 온 새색시 같다. 창을 뚫고 들어온 아침 햇살이 장난스럽게 얼굴을 간질였다. 느지막이 아침을 먹고 집을 나섰다. 베를린 시내를 달리는 기차를 두 번 바꿔 타니 바로 올림픽경기장 입구였다. 이 경기장의 공식 이름은 베를린 올림픽경기장이다. 옛날 이름은 독일경기장이었단다. 1934년 워너 마크와 알버트 스피어의 설계로 공사를 시작해 1936년에 완성돼 2차 세계대전이 일어나기 직전 그 유명한 1936년 올림픽을 개최했단다. 수용인원 77,166명 규모. 1974년, 2006년 피파월드컵, 2011년 여자 피파월드컵이 또한 여기서 열렸다고 한다. 1936년 326에이커에 2억 4,700만 유로(2004년 계산)를 썼다니 가히 그 웅장함을 짐작할 만하다.

한국 사람들이 1936년 이 올림픽을 기억하는 것은 손기정 선수 때문이다. 일제 치하에 있던 한국은 42.195㎞의 장거리 마라톤에서 당당히 일등을 하고도 유니폼 가슴에 새겨진 일장기를 알린 손기정 선수의 비통함을 과연 짐작이나 할 수 있었을까. 경기장 벽에는 그때의 우승 선수들 이름이 선명하게 새겨져 있다. 나는 재빨리 손기정 선수의 이름을 찾았다. 그의 이름은 매우 또렷했지만 국적은 일본으로 기록돼 있다. 순간이지만 기분이 좀 언짢았다. 손기정 선수를 생각하며 숙연한 마음으로 벽을 어루만졌다.

사실 독일은 1916년에 베를린에서 여름올림픽을 개최하기로 하고 자리를 물색하다 이곳을 최종적으로 낙점했다고 한다. 그러나 1916년의 올림픽은 1차 세계대전으로 열리지 못했다. 그 뒤 1933년 나치가 급부상하면서 히틀러는 이 올림픽을 그의 정치 무대로 끌어올렸다. 그때 독일은 세계에서 가장 막강한 파워를 자랑할 기회로 삼았다. 그는 독일의 위대함을 세계에 알리고자 이 경기장 건립에 정성을 쏟았다. 히틀러의 독재를 암시하듯 이 경기장은 유난히 남성적이며 용맹스럽고 강력한 힘을 곳곳에서 표현하고 있다. 거의 모든 기념물 동상들이 은근히 남성적임을 표시한다.

다행히 베를린 올림픽경기장은 2차 대전 때 벨 타워가 불탄 것 말고는 별로 파괴된 곳이 없었다. 소련군이 베를린에 입성해 경기장의 벨 타워(Bell Tower)에 불을 질렀고 둘레가 77미터 되는 벨은 땅에 떨어져 금이 가 다시 사용할 수가 없게 됐단다. 그 뒤 탑을 보수하고 새로 벨을 달고 떨어진 원래의 벨은 밖에 따로 전시하고 있다.

247피트 높이의 타워는 엘리베이터를 타고 올라가 다시 세 계단을 더 올라가니 꼭대기다. 여기서 내려다보면 베를린 시내, 스펜다우, 헤이블 벨리, 포스담 그리고 나우엔과 헤닝스돌프가 한눈에 들어온다. 또 경기장 아래에 빙하를 연상시키는 발드부네 포리스트 극장이 있다. 25,000명을 수용할 수 있는 97피트 높이의 발드부네 포리스트 극장은 아돌프 히틀러 좌석을 중심으로 수많은 동상들이 둘러싸고 있다. 지금은 유럽에서 가장 큰 음악 콘서트가 여기서 열리며 1984년 이후 베를린 필하모니 오케스트라가 매년 6월에 정기적인 콘서트를 개최하고 있다.

여기서 빼놓을 수 없는 것은 루돌프 헤스의 이야기다. 아돌프 히틀러의 나치 파티 중 제3인자이던 헤스는 2차 대전 중 소련의 침공을 받자 단신으로 런던으로 가 영국과 평화협상을 벌이다 체포되었다. 재판 후 무기징역을 받고 스펜다우 감옥에서 복역하다가 1987년 93세의 나이로 베를린에서 사망했다. 스펜다우는 헤스로 인해 명성을 얻었다. * 2012년 7월 21일

임하나

수필

꽃 파는 남자
축구 팬이 되어서

임하나

1962년 서울에서 태어나 급변하는 한국을 경험하며 성장했다. 대학 시간강사를 하다 결혼한 뒤 1993년 미국 캘리포니아로 유학 왔다. 4명의 가족이 미국에서 30년간 파란만장한 삶을 펼쳐왔다. 스와밋 옷 장사, 에프터스쿨 운영, 주간신문사, 햄버거 숍, 인터넷 매장, 프렌차이즈 샌드위치 숍, 부동산 플립 등 여러 일을 했고, 지금은 모텔과 부동산 회사를 운영하고 있다. 단국대학교에서 주최하는 문학아카데미에 출석한 뒤 문학 언저리를 맴돌며 뿌듯하게 살고 있다. 처음 응모한 수필 「꽃 파는 남자」가 2023년 제25회 재외동포문학상에 가작 입상했다. 미주문인협회와 글마루 회원으로, 글 쓰는 사람으로 새롭게 펼쳐질 세상을 기대해 본다.

hannahdlim@gmail.com

꽃 파는 남자

다 타버릴 것 같은 뜨거운 여름을 살짝 지나서 캘리포니아에도 가을이 왔다. 할 수만 있다면 넓은 푸른 하늘로 뛰어들고 싶다. 성큼 다가온 싸늘한 밤 기온이 열기를 식혀주니 위로가 된다. 톡 하며 코끝을 자극하는 알싸한 한국의 가을 아침 공기와는 사뭇 다르다. 짧은 가을이 아쉬워서 자주 바깥나들이를 하곤 한다. 프리웨이를 타기 위해 차선을 바꿔 신호를 기다리고 있었다. 앞에 서 있는 차들 사이로 누군가 분주하게 운전석 주변을 누빈다. 무슨 일인지 살피느라 고개를 돌려가며 두리번거렸다.

"아하, 꽃 파는 남자!"

차선 분리대 위에 양동이가 몇 개 보인다. 그 안에 꽃들이 싱숭생숭한 자리를 부여잡고 자동차의 매캐한 매연을 흘려보낸다. 생생한 에너지를 그러모아 알록달록 꽃더미가 내게 달려오는 듯하다. 꽃뭉치 옆에는 오렌지를 빵빵하게 끌어안은 그물자루가 쌓여 있다. 꽃만 파는 게 아니라 달콤한 오렌지도 팔고 있다. 오렌지 카운티 아니랄까 봐.

길가의 꽃장수는 크레딧 카드는 안 받을 테니 나는 서둘러 주머니를 뒤진다. 운전석 옆 글로브박스에 보관했던 현금을 손에 쥔다. 앞 차에게 거절당한 히스패닉 아저씨는 어정쩡한 미소로 내 차 앞으로 다가왔다. 외면하는 사람들에게 받은 피로가 얼굴에 묻어 있다. 따가운 햇볕에게 당한 고초도 보였다. 검게 그을린 거친 느낌과는 다르게 쑥스러워 보이는 환한 미소를 실어 웃는다. 그에게 위로를 주고 싶어 소박한 스페니쉬로 얼마냐고 묻는다.

"부에노스 디아스, 꽌또 에스따?"

당연히 길가에서 파는 물건이라 값은 기대 이상으로 싸다. 꽃과 오렌지까지 사고도 남은 거스름돈을 기쁘게 선물했다. 적은 투자로 기쁨을 한가득 받은 느낌이다. 그라시아스. 무차스 그라시아스. 몇 번을 되뇌는 말이 귓가에 여운으로 남는다.

신호를 받고 들어선 프리웨이를 예쁜 꽃과 함께 달린다. 가을 하면 떠오르는 국화가 섞인 꽃다발을 힐끔 바라본다. 부케라고 하기는 좀 모자라는, 길에서 후뚜루마뚜루 만든 꽃다발이 내게 전해 주는 특별한 메시지가 있다. 꽃다발이 내 옆자리에 앉아서 다정한 평화를 퍼뜨린다. 그중에 내가 아는 꽃 이름이 무엇인가 헤아려본다. 국화, 해바라기, 장미, 백합, 이름 모를 초록 잎사귀. 여러 가지 색의 꽃이 대비를 이루며 마치 한 가족을 꾸민 듯이 보인다. 멋진 부케는 아니지만 섞여 있는 꽃들이 싱그럽게 살아서 나를 바라본다. 삶의 절정을 내게 헌정해 주는 순간 아닌가. 순수한 경외감이 저절로 생겨난다. 집에 도착하면 꽃꽂이를 해서 식탁 위에 놓아보리라.

꽃은 우리에게 여러 가지 방법으로 말을 건다. 사실 나는 살아있는 식물을 잘 키워본 적이 없다. 맘에 들어 사거나 선물 받은 식물의 생명을 지켜주지 못했다. 그나마 조금 생명이 남아 있을 때 그린 떰(Green Thumb)인 친정엄마에게 이사를 보낸다. 마지막으로 거룩한 생명을 위해 할 수 있는 최선의 배려이다. 엄마는 식물계와 소통하는 사람이다. 물을 주거나 부엌에서 나온 어떤 영양분을 부지런하게 나눠 먹인다. 여행이나 외출 뒤에 집에 돌아오면 제일 먼저 하는 일이 있다. 그들에게 물을 주며 안부 인사하듯 정겨운 대화를 한다. 덕분에 엄마의 손아귀에 들어온 친구들은 그야말로 새 삶을 살거나 장수한다. 꽃의 나라가 친정일지 모르는 엄마가 4남매를 키우며 빠듯한 살림을 꾸려나가기 위해서였을까. 졸업식에 미처 꽃을 준비하지 못했을 때 "그거 알지? 마음의 꽃다발!"이라며 짜장면과 탕수육으로 꽃의 존재를 대신 표현하기도 했다.

살아가면서 꽃을 받는 것은 어린 시절 머리 쓰다듬어 주던 엄마의 손길 같다. 등을 밀어 응원해 주듯 불끈 용기가 난다. 삶에 위로요 격려이다. 첫 데이트나 플럼 파티에 가기 전 코사지를 준비하는 설레는 소년의 마음이 떠오른다. 결혼을 앞두고 프로포즈할 때 꽃은 신랑감이 준비해야 할 필수 품목이다. 사랑을 고백하거나 생일파티에서도 역시 꽃이 기쁜 에너지를 그러모은다. 어떤 축하의 자리나 공연장에도 반드시 꽃이 등장한다. 이별의 슬픔을 느껴야 하는 장례식에도 모든 허망을 감싸주듯 꽃이 있다. 우리는 항상 꽃의 후원을 받는 상속자이다. 젊은 시절에는 보이지 않던 들꽃이나 잔디 사이에 핀 작은 꽃이 보이기 시작했다. 말로 드러낼 수 없는 마음을 전달해 주는 것이 꽃의 본분이라고 말하고 싶다. 우리 삶에서 비언어적 소통을 위해 꼭 있어야 하는 매개체 중에 하나이다.

딸이 대학을 졸업하고 취직하면서부터 시작된 일이다. 딸과 절친한 친구, 스테파니는 서로의 엄마에게 잊지 않고 생일에 맞춰 꽃을 보내준다. 해를 거듭할수록 감동이 두터워지고 자연스럽게 스테파니는 둘째딸로 등극했다. 서로 문화가 다르고 인종이 다르지만 두 딸의 속 깊은 배려는 크다. 두 엄마의 자존감을 높여주고 딸 키운 보람을 두 배로 알게 해준다. 뭉클한 기쁨은 엄마라는 긍지를 굳건히 세워준다.

십여년 전, 혼기가 찬 딸이 남자 친구를 가족에게 소개하기로 했다. 그때 내 마음은 이랬다. 괘씸하게 내 딸의 마음을 훔치다니! 할 수 있다면 퇴짜를 놓고 싶었다. 심통을 어깨에 가득 싣고 첫 대면을 하는 날. 오만한 권력을 휘두르고 싶은 심술을 꾹 참아 눌렀다. '내가 어떻게 키웠는데'라며 딸 가진 유세를 부리고 싶었다. 과연 어떤 녀석이 나타날까, 궁금증으로 눈을 가늘게 떴다. 그가 멀리서 다가오는 모습이 보였다. 딸이 미리 언급했던 생김새, 됨됨이, 믿음이 그대로 실려 있었다. 긴장된 표정과 성실한 태도가 나를 안심시켰다. 얼굴에 천생연분이라 쓰인 사실을 부인할 수 없으면서, 그래도 여전히 '소용없어'라며 단절의 벽을 쳤다. 그런데 아뿔싸!

'저' 하며 건네는 가슴 먹먹해지는 부드러운 꽃 부케. 양손에 정성을 담아 인생을 건 듯한 꽃세례. 언젠가 남편이 내 나이만큼 전해 주던 장미 다발에 이 정도로 감동했던가. 가정을 꾸린 후에 이민길에 오른 우리는 모든 이민자처럼 양쪽 문화와 언어장벽에 치이면서 살았다. 외국에서 자식을 키운 노고는 어쩌면 눈물겨운 일이다. 오늘을 위한 노력이라고 말해 주듯 꽃이 크나큰 선물이 되어 가슴에 안긴다. 세상에 하나밖에 없는 예쁜 부케의 황홀경 속에서 세상에 가장 소중하고 유일

한 딸의 결혼을 허락했다. 기쁘게.

　길에서 산 꽃다발을 들어 꽃냄새를 맡는다. 긴 숨을 들이쉬니 꽃향기는 마중물이 되어 옛 추억을 끌어당긴다. 우리 4남매를 친구처럼 키우신 아버지는 그 시절의 가장과는 좀 달랐다. 혼자 먹기 아까워 잠든 우리를 깨워 살얼음이 낀 식혜를 먹게 해주었다. 냉장고가 없던 시절에 달콤하고 시원한 겨울밤의 식혜는 세상에 다시 없을 맛이다. 김장김치가 쉬어 갈 때쯤 밀가루 반죽으로 놀면서 자기 마음대로 빚어 놓은 만두를 삶아내기가 무섭게 잘도 먹어치웠다. 콩 단백질이 몸에 좋다며 집에서 두부를 만든 적도 있다. 간수를 만난 콩국물이 뭉글거리며 속삭이면 순두부, 눌러주면 두부가 되는 요술을 직접 보았다. 집 벽과 담 사이에 물을 채워 여름 선물로 수영장을 만들어 주어 신나는 여름을 보내기도 했다.
　아침에 눈을 뜨면 아버지는 특유의 판소리를 읊듯이 신문을 읽어주었다. 어릴 적에 가족 나들이로 남한산성에 갔을 때 일이다. 청나라에 쫓겨 항복한 인조의 굴욕적인 이야기를 들려주었다. 김훈의 『남한산성』을 읽을 때 오래전 내 눈높이에 맞춰 얘기해 준 아버지의 목소리가 느껴졌다.

　아버지 기일에 온 가족 20명이 모였다. 가정을 꾸린 4남매는 엄마와 함께 각자 기억하는 옛날이야기를 주섬주섬 꺼낸다. 아버지는 시험 봐서 공무원이 된 자부심이 컸다. 뇌물 없이 공평하게 실력으로 겨루는 세상이 좋다고 하셨다. 수출이 살길이라 외치던 시절에 친구와 동업을 했고 부도가 나서 결국 공장 문을 닫았다. 여러 가지 사업을 시도했지만 결국 엄마를 고생시켰다. 가족이 모이면 말하게 되는 그늘진 가족사였다.
　드라마에서 매번 사업하다 망하는 찌질한 인물처럼 세상 물정과 사람에 약한 아버지를 무시하기 시작했다. 사춘기를 지나던 나는 한없이 올려다보이던 아버지를 혐오하는 데 모든 에너지를 소비했다. 명분을 따지는 불합리한 태도가 미워 반항심으로 가득 찼다. 퉁명스럽게 대답하거나 못 들은 척하면 아버지는 더 엄한 어른행세를 했다. 그 시절 고까운 마음은 심하게 안으로 파고들었다.

오래 기다린 미국 이민 비자는 우리 가족에게 방향 전환을 위한 신호등이었다. 아버지만 먼저 이민 가방을 꾸렸다. 미국에 도착하고 시차 적응도 없이 기다렸다는 듯이 몇 가지 일을 시작했다. 딸의 무시하는 눈초리가 채찍이 되었을까. 낮에는 미용 재료상에서, 밤에는 빈 사무실을 청소하는 소위 밤 청소를, 주말에는 페인터 헬퍼로 일당을 벌었다. 남의 눈치 안 보고 자유롭게 일할 수 있어 좋다며 빨리 자리 잡아서 가족이 함께 살아야 한다는 목표를 향해 나아갔다. 세상에 모든 가장의 헌신은 눈부신 사랑의 표현이리라. 하와이 사탕수수 농장 이민사가 떠올랐다. 기반을 다시 쌓기 위해 힘겨운 노동을 기쁘게 해냈지만 아버지의 나이가 50이 훌쩍 넘어 있었다. 어느 날 과로가 원인이 되어 낯선 땅에서 뇌졸중으로 쓰러졌다. 잃어버린 시간을 빈손으로 급하게 메꾸느라 건강의 적신호는 느끼지 못했나 보다.

우리의 얘기를 듣던 엄마가 또 다른 모습의 아버지를 기억해 낸다. 새로운 모색을 하려고 뉴욕으로 잠시 자리를 옮긴 적이 있다. 자본이 넉넉하지 않아 겨우 꽃 장사를 했단다. 봄에 있는 발렌타인스 데이와 마더스 데이를 겨냥했다. 아버지는 감사한 마음과 희망을 품고 초라하지만 창피를 무릅썼다. 아버지는 행상인이 되어 길거리의 꽃 파는 남자가 되었다.

제법 장사가 잘 되었고 하필 지인의 아들까지 동원해서 장사하던 날. 위엄 있는 미국 경찰인 NYPD 여러 명에게 꽃을 압수당했다. 법을 전공한 아버지의 기분이 어땠을까. 라이센스를 받아야 한다는 것도 모르던 초급 이민자. 경찰 앞에서 범죄자 취급을 당해 자존심을 짓밟힌 날. 미국의 이민자로서 어떻게 살아야 하는지 교육비를 톡톡하게 지불한 날. 자본금은 잃었지만 지인의 아들에게 수고비를 줄 수 있어 다행이라고 한숨을 돌렸다는 얘기까지.

화려한 대도시, 뉴욕의 맨해튼 찻길에서 꽃 파는 남자이기도 했던 아버지를 생각한다. 체면을 버리고 적극적으로 적응해 나간 용기 있는 분. 가족 곁을 떠날 때까지 일하는 모습을 보여주신 근면한 가장. 부자는 아니라도 이웃의 일이 내 일이 되어 도움과 나눔으로 풀어내는 해결사. 너그럽게 자식들의 기반이 되어주신 정다운 내 아버지.

할아버지가 된 아버지가 들려준 미국 건국사, 남북전쟁, 대통령들의 에피소드는 미국을 알아가는 데 도움이 되었다. 흥미진진한 표현법이 병자호란 이야기처럼 감칠맛 나는 목소리로 들려온다. 내 아버지는 꽃을 파는 남자였지만 알고 보니 꽃을 키운 사람이다. 아니 미래를 위해 우리에게 꽃을 피운 아버지로서 내 앞에서 계셨다. 사랑의 꽃을 피운 이민 1세, 나의 아버지. 이제부터 아버지를 꽃 피운 남자라고 말하련다.

프리웨이 입구에서 산 꽃이 식탁 위에 며칠간 잘 살아있다. 꽃꽂이해 두었더니 자기들끼리 차례로 꽃을 피웠다. 시선을 끌던 장미는 시들기 시작했고 국화는 까딱하지 않고 그대로 서 있다. 해바라기는 해를 찾지 못해 목을 갸우뚱하게 세우고 나를 바라본다. 작은 나리꽃 정도로만 알았는데 백합꽃이 활짝 얼굴을 내밀며 우아한 인사를 한다. 아버지를 응원하는 마음으로 산 꽃들이 내 마음을 보드랍게 만들어 준다. * 2023년 재외동포문학상 수필 부문 입상

축구 팬이 되어서

컴컴한 밤이다. 많은 사람이 한 방향을 따라 물 흐르듯 걸어간다. 길게 늘어선 줄은 브레이크 등이 켜진 자동차의 행렬 같았다. 멀리서 볼 때 볼만한 광경이겠지만 그 속에 끼어 걷는 게 쉽지 않았다. 그나마 우측통행하는 흐름에 몸을 맡기니 저절로 움직이는 듯 앞으로 간다. 인파의 들뜬 에너지를 고스란히 느낀다. 그 에너지가 자동으로 충전되어 발걸음이 차츰 가벼워진다.

매운 런던의 밤바람을 가르며 나는 젊은이가 되었다. 만족한 결과로 어깨는 으쓱거리고 저절로 높아지는 목소리 톤을 낮출 수 없었다. 주변을 살폈다. 토트넘

핫스퍼 구장에서 막 경기관람을 끝낸 6만 인파. 6,000명도 많은 숫자인데 거기에 10배라. 나는 그중에 한 명이었다.

영국 프리미어 리그 축구경기 관람을 위한 런던 여행. 토트넘 축구팀의 주장으로 뛰어난 실력과 결과를 보여주는 한국의 자랑, 손흥민 선수의 경기를 직접 볼 수 있다니 맥박이 빨라졌다. 손흥민과 같은 시대를 살아가는 것에 감사해야 한다는 말은 바로 내 마음이다.

경기 보러 가기 며칠 전에 토토넘 스타디움 투어를 갔다. 2019년 완공한 토트넘 스타디움은 규모나 시설 면에서 최고 수준을 자랑했다. 팀을 알리는 스크린, 한눈에 들어오는 경기장, 과학적인 잔디관리, 선수 대기실과 프레스룸, 관객을 위한 공간까지 멋졌다. 유니폼을 살 수 있는 선물 가게는 거부감보다 반가움이 앞섰다. 거금(?)을 들여 '7 SON' 셔츠를 샀다. 우연히 손흥민 선수를 만나면 어떻게 할 건지 흥겨운 상상도 했다.

드디어, 12월 23일 2023년!

게임 시작 2시간 전에 경기장에 도착할 계획으로 서둘러 호텔에서 떠났다. 지하철을 이용해 근처까지 갔다. 스타디움 앞까지 차량 통행을 막아놓아서 걸어가야 했다. 1마일 넘는 거리를 걸어가는데 한국말이 여기저기서 들렸다. 한국에서 연인, 친구, 가족 단위로 온 것 같았다. 경제대국이 되어서 해외여행쯤은 보편화된 증거라 여겼다. 아시아의 코리안 파워를 EPL(English Premier League)에서도 다 알고 있겠지. 괜히 콧대를 치켜세운다. 이런 관심이 유럽에서 활동하는 선수들에게 뒷배가 되는 걸까. 축구선수와 이민자, 더 나아가 손흥민 선수와 나를 동일시해 본다. 아릿한 마음과 힘을 내야겠다는 의지가 불끈 솟았다.

열심히 행렬을 따라가다 보니 바비큐 연기가 식욕을 자극했다. 역시 잔치에는 먹거리라, 기쁘게 소시지와 피시 앤 칩의 유혹에 넘어갔다. 각종 기념품 가게도 줄지어 있어 카니발에 온 기분이었다. 동네 사람들의 불편과 지역경제의 상관관계라는 상념이 잠시 머물렀다.

풍경을 뒤로하고 선수들 연습하는 모습이 보고 싶어 발걸음을 재촉했다. 스타디움은 경기 때마다 꽉 찬다고 했다. 바쁜 발걸음 속에서 엉뚱한 역사의식이 떠오른다. 로마 시민이 콜로세움을 가득 채웠듯 지금 세계 각국의 사람들이 런던의 토트넘 스타디움을 가득 메울 거다. 아마 검투사, 글래디에이터의 칼싸움을 구경하듯 축구선수들의 조직력과 기량에 환호하겠지. 군중의 폭력성을 풀어줄 현대화된 스포츠. 정치적 꼼수이든 아니든 축구에 대한 관심은 어쩔 수 없을 거다. 경기를 위해 동원된 많은 안전요원이 눈에 띄었다.

드디어 좌석을 찾아 앉았다. 경기장이 눈앞에 훤하게 들어왔다. 벌써 손 선수가 동료들과 연습을 하고 있었다. 실제로 보니 키나 몸집이 꿀리지 않고 몸놀림에 자신감이 보여 든든했다. 선발명단을 보며 선수들을 확인했다. 손 선수를 포함해서 공격수 히사리송, 클룹세스키, 브랜드 존슨, 미드필드에 사르와 스킵, 수비진에 부주장 로메로, 절친 데이비스, 포로, 에메르송 그리고 골키퍼 비카리오.

드디어 에스코트하는 아이들과 손잡고 양 팀 선수단이 입장했다. 상대는 에버튼. 경기가 시작되자마자 응원 열기가 뜨거웠다. 원곡이 뭐더라. 토트넘 응원가, 'Go marching in', 우리 식으로 '오란다 빵…'을 시작으로 손 선수의 응원가 '손손 소니…'가 울려 퍼졌다. 많은 사람이 목소리를 모아 공중에 발사하는 폭발력은 핵폭탄 같았다. 마치 성벽을 넘어오려는 적군을 밀어내기 위해 온 힘을 다 모으는 단합력이라 할까. 축구공과 선수들의 작은 움직임마다 반응하는 관객, 좋은 패스로 공격이 이루어질 때의 흥분, 상대 팀의 파울이나 실수에 대한 야유, 경기 흐름이 조금 느려지는 듯하면 찐 팬들만 아는 노래나 고함, 힘을 실어주는 함성과 손짓…. 현장에서 느낀 응원은 아직도 가슴을 뛰게 한다.

브라질 출신, 히살리송이 선제골을 넣었다. 주변 사람들이 서로 끌어안고 손뼉을 마주치며 열광했다. 토트넘 홈팀 좌석에서 마음 놓고 기뻐했다. 자연스럽게 한 팀이 되었고 서로 의기투합했다. 토트넘 주장, 손 선수를 모르는 사람은 없었다. 옆 사람이 코리언이냐고 묻더니 두 엄지손가락을 세우며 손 선수 칭찬을 했다.

현장에서 골인하는 모습은 리플레이를 할 수 없는 일. 경기 중인 선수처럼 응원 중인 나도 집중했다. 공격 기회가 왔다. 존슨의 슛을 골키퍼가 쳐냈는데 손흥민 선수가 많은 수비수를 뚫고 슛을 날렸다. '그 순간을 어찌 하랴!' 살면서 응어리진 한을 풀어 내버릴 최고의 기회. 평생 리플레이될 장면. 손 선수는 득점하고 나서 세레모니를 하며 팬들의 호응을 불러냈다. 그 모습이 자랑스러웠고 팬을 위로해 주니 고마웠다. 모든 피로가 싹 씻겨나갔다. 연 회원권을 이용하는 런더너들의 열성을 알 것 같았다. 짜릿한 엑스타시로 삶의 기쁨을 불러들이는 시간. 그날 경기는 2대 1로 토트넘이 승리를 거둬 승점 3점을 획득했다.

경기가 끝났다. 토트넘 팬들은 자리를 뜨지 못했다. 기쁨을 만끽하느라 노래 부르고 춤추었다. 선수끼리도 일일이 악수와 허그를 했고 경기장을 돌며 팬을 향해 오랫동안 감사의 인사를 했다. 승리 후에 부르는 노래도 여러 가지가 있었다. 열기가 식지 않은 채 관객이 아주 천천히 경기장을 떠나기 시작했다. 무리 지어 가며 큰 웃음소리와 콧노래가 들렸다.

스타디움 밖에 사람들이 빙 둘러 서 있는 모습이 보였다. 선수 출입문에서 사인받고 싶은 열렬 팬들이다. 나도 기쁨에 들떠 악수라도 하고 싶었지만 양보하듯 자리를 떴다.

왔던 길을 되돌아가는데 좁은 골목마다 줄서 있는 사람이 보였다. 열광의 도가니인 경기장 주변의 스포츠 바. 승리의 뒤풀이를 하는구나. 아! 끝까지 즐기고 놀 줄 아는 사람들. 한국인도 신명의 대가인데. 우리는 아쉽지만 런던산 알코올을 골라 호텔 방에서 뒤풀이 파티를 열었다. 신과 흥을 주체할 수 없어 스마트 폰에 담아온 영상을 친구들에게 보내주었다. * 신작(2023)

임현정

수필

붓칠
일상 속 긴급재난

임현정

1977년 전남 보성에서 태어나 기억도 가물가물한 어릴 때 서울 관악산 근처로 이사 왔다. 봉천동과 난곡동에서 사십대까지 살았다. 대학 전공이 일본어여서 연수 겸 일본에서 생활도 했지만 일본어와 관련된 직업은 가지지 않았다. 요식업에서 매니저로 경력을 쌓은 적도 있고, 신용카드 시장이 활황일 때 관련 업종에서 나름 커리어를 쌓은 적도 있었다. 결혼이라는 기점을 넘으며 사회적 배경도 가정적 배경도 많은 변화가 생겨나기 시작했다. 불혹이라는 사십대의 언덕을 넘으며 관악산을 벗어나 양주로, 성남으로 이주했다. 내 사랑하는 아버지도 나의 곁을 떠나 하늘나라로 이주하셨고, 함께 살던 어머니와 남동생 내외도 타지로 이주하였다. 그 낯선 시간을 조우하는 동안 캘리그래피를 배워 강사로 활동하고 한국방송대학교 국어국문과에 들어가 졸업하였다. 짧은 글귀에 생명을 불어넣는 캘리그래피를 통해 문장을 쓰고 싶다는 욕망이 생겨났고, 그 욕망이 뭔지 알기 위해 새로운 학문에 도전했다. 그리고 수필이나 소설이나 결국 문학은 삶의 얼굴을 하고 내게 인사를 건네온다는 걸 알게 되었다. 한 편의 문학적인 글을 쓰고 싶다는 결론에 도달할 때쯤, 2018년 그해, 태풍 '솔릭'이 대한민국을 강타하던 날, 『화백문학』에서 수필 부문 신인상을 받게 되었다고 연락이 왔다. 그러고 나서 오늘에 이르러, '글을 쓴다'라는 결론에는 도달했으나 '당신을 매혹시킬 한 편의 아름다운 작품을 썼다'라는 목표에는 도달하지 못했다. 그 출발점이 여기인가 하노라. lhj77s@naver.com

수필

붓질

글씨는 혈액순환과 같다. 막힘이 없어야 한다. 동맥에서 정맥으로 고속도로 같은 큰길을 따라 모세혈관에 다다른 골목까지, 혈액은 뻗어 나가다가 다시금 돌아온다. 글씨도 획이 구부러지고 내리치고 뻗는다. 내가 깨우친 글씨는 흐름이다. 그리고 흐름은 다시 돌아온다. 이것은 소통에 관한 이야기다.

글씨의 첫-정(靜)

징후처럼, 처음으로 자동차 시동이 걸리지 않았다. 그리고 아버지의 검진 결과가 나왔다. 옆구리가 아무리 결려도 여러 날 버티다가 동네 한의원에서 침이나 맞는 분이다. 억지로 모셔간 큰 병원에서 받은 병명은 다발성골수종. 혈액에 이상이 생긴 거다. 의사의 전언에 의하면, 월남전 참전 경력이 있어 고엽제가 병인이 될 수도 있다고 한다. 아니면 아버지 젊었을 적 농사지을 때 농약에 많이 노출된 일이 영양을 준 것일 수도 있다. 다행인 것은 아버지는 평생 정신도 체력도 강건하신 분이라는 행운이다. 항암 앞에서 장사 없지만 강건한 삶 앞에서 병도 주춤한다.

오히려 나약해진 건 나다. 흔한 병이 아니어서 쉽게 발견하기 어렵고, 빨리 병명이 진단 내려지지도 않았던 삼 개월. 여름 한 계절이 그렇게 멍과 멍 사이로 뜨겁게 지나갔다. 아버지의 삶도 그러했지만 내 삶이 무심히도 버거웠다. 손에 잡히지 않은 생활 속에서 아버지의 항암이 시작되었지만 내 삶의 덩어리는 쉽게 살이 빠지지 않았다. 나는 조용히 가라앉고 있었다.

생각대로 긋기-중(中)

나는 조금씩 상황을 받아들이려 했다. 아니 발악하고 있었다. 발악이라는 말은

164

조용하고 은밀하게 진행될 때 더 버거운 것 같다. 내 삶의 무기력과 무중력은 이상하게도 무거웠다. 그럼에도 나는 나를 돌아보면서 조금씩 상황을 받아들이려 노력했다.

처음 캘리그래피라는 것을 접하게 되던 날, 두 번째로 시동이 걸리지 않았다. 새로 산 지 얼마되지 않은 차였다. 갸르릉, 갸르릉. 가슴에서 울리는 소리 같다. 모든 암의 가장 무서운 적은 폐렴이랬는데. 보험 직원을 부르고 차 안에서 기다리는 동안 월화수목금토일, 시간을 쪼개본다. 뭐하면서 살았지. 아버지는 여태 뭐하면서 사신 거지. 삶이 이렇게 덧없나. 답답한 것이 이 상황이 아니라 나 자신 아닌가.

인생이라는 한 획이 무한으로 그어지고 있는 것 같았다. 이게 삶인가?

차 안에서 고개를 젓고 있을 때 뜬금없이 자치센터가 보이고 뜬금없이 캘리그래피 수강 모집 글귀가 보였다. 뜬금없는 동아줄이 저건가? 아버지가 그랬지, 뭐라도 하라고!

캘리라는 걸 수강 신청한다. 사실 모든 첫 시작은 생의 중간에 이루어지는 거니까.

소통하다-동(動)

첫 시간에 울어버렸다. 하고 싶은 거였구나. 처음으로 받은 과제가 붓으로 이름을 쓰는 것이었다. 이름 석 자를 삐뚤빼뚤 쓰는데 왜 마음이 절먹절먹 젖어가는지. 이름 쓰는 것 하나에 그 수많은 시간들이 농축되는 것 같았다. 캘리는 소통이라는 선생님의 정언명령 앞에서 결국 나는 울어버렸다. 단지 자기소개를 하라는 것이었는데. 다른 수강생들의 자기소개는 구구절절했다. 아니, 구구절실했다. 뭐라도 하라던 아버지의 말씀이 없어도 사람들은 뭐든지 하고 있었다.

항암이 진행될수록 아버지는 약해졌다. 그 두터운 어깨와 두꺼운 손톱과 단단한 손마디가 허물어지고 있었다. 자기소개를 할 때 생각난 것은 아버지의 모습이었다. 나는 아버지를 소개했다. 사실 내 아버지의 사연은 특별한 것이 아니다. 당신의 이야기일 수도 있고, 또 당신이 들은 이야기였을 수도 있다. 어쩌면 당신이 앞으로 듣게 될 이야기일지도 모른다. 내 이름 석 자로 시작된 내 이야기. 아버지. 그래 나는 아버지의 삶을 살았고, 당신의 삶을 살았고, 사람들의 삶을 살았구나. 삶이란 것이 이런 거구나.

선생님의 마무리 말이 명언이었다. 이름이 가장 잘 쓴 명품 글씨라고. 집에 돌아오는 길에 차가 멈춰버릴 것이라는 예감이 들었다.

마음대로 붓칠하다. - 이름 석 자 '임현정'

세 번째로 차가 멈추던 날, 차를 팔아버렸다.

한국인에게는 '3'이 중요하다. 초성, 중성, 받침은 글자 하나가 완성되기 위해 필요한 것들이다. 우리의 정서는 3음보에 있고 이름도 대개 석자이다. 이름 석 자 부르면서 삼시 세끼를 안부로 묻는다. 한국인은 삼세번 망하고 삼세번 기회가 온다. 그 과정 중에 스승 세 분을 모시게 될 때, 과연 성공한 삶을 산다.

이런 낭설에 의지하자면, 첫 번째 스승은 소통을 얘기했지만 비법은 전수해 주지 않았고, 두 번째 스승은 소통은 미디어와 관계를 맺는다며 SNS를 활용하라 했다. 마지막 세 번째 스승은 책이었다. 서로 일면식도 없는 분의 글에서 나는 깨닫는다. 글씨 그 자체가 내용이라고. 결국은 이야기를 나누는 것 자체가 글씨라고.

아버지뿐만 아니라, 아버지를 돌보는 어머니, 남편, 오빠, 동생, 두 딸과 이야기를 많이 나누게 되었다. 이야기를 하다 보면 글씨가 써지고, 글씨를 쓰다 보면 내가 살아있다는 생각이 든다. 바뀐 건 없다. 결국 일상이고 삶이다.

캘리그래피에서도 중요한 건 역시 '3'이다. 역입, 중봉, 회봉. 선을 시작할 때 가고자 하는 방향의 반대로 붓끝을 움직였다가 그대로 돌아서 선을 시작하는 것이 역입이다. 들어갈 때부터 거꾸로 시작하는 것을 감당하는 것이 삶에서 느끼는 첫 번째 고통이다. 일정한 힘으로 원하는 길이만큼 긋는 것이 중봉이다. 일상의 지리멸렬이 사실 삶의 긴 한 획이다. 마지막으로 회봉은 선을 마무리할 때 살짝 올리면서 역입처럼 선 반대 방향으로 붓을 떼어 둥글게 만드는 것이다. 수봉이라고도 불리는 회봉에 이르러 다음 글자를 준비한다. 들어올 때 거꾸로 들어왔듯이 나갈 때 다시 반대로 나가는 것, 그러되 둥글게 하여 모나지 않게 의미를 드러내 마음을 전달하는 것이 우리네 삶이 아닐까. 그리고 역입, 중봉, 회봉의 순환이 계속된다. 아버지의 혈액이 지나온 사연을 갖고 흐르는 것처럼 말이다.

아버지의 혈액이 아픈 것처럼 나의 글씨도 아팠을 것이다. 그 아픈 글씨가 나의 글씨인 모양이다. 그 아픈 글씨의 품새가 소통이 된다. 내가 아프다고 이야기를 꺼내는 것. 사실 그것이 소통의 과정, 소통의 붓칠이 아니겠는가, 혈액순환처럼 말이다. * 『화백문학』 2018년 가을 등단작

일상 속 긴급 재난

삐—지이잉 삐이—지이잉

[양주시청] 5월 28일 코로나19 확진자 발생(10대, 남, 삼숭동)/관내 확진자의 접촉자로 자가격리 중 확진(양주시 보건소) 내용은 역학조사 후 홈페이지 공개 예정

긴급재난 문자가 울려도 별로 동요하지 않는다. '큰일이네. 초등학생도 걸렸다는데. 우리 아이 학교 아이일까.' 까지 생각하다가 다시 멍해진다. 재난 문자 이후에 집안의 고요가 원래 자리처럼 다시 찾아온다. 먼지조차 미동하지 않는 고요는 물속처럼 적막하기까지 하다. 적막의 수위 안에서 나는 답답하다. 그렇다. 긴급재난 시에도 나는 지금 답답하다.

나 하나만 이렇지는 않을 것이었다. 오늘을 사는 전 세계 사람들이 해결되지 않을 문제의 벽에 가로막혀 답답함을 느끼고 있을 것이었다. 코로나바이러스감염증-19는 세상을 바꾸어 놓았지만 팬데믹 이후 세계를 뒤흔든 건 팬데믹 이전 삶에 대한 그리움이었다. 그리고 되돌아갈 수 없는 노스텔지어는 대유행처럼 나의 마음에도 다른 사람의 마음에도 각인처럼 새겨져 버렸다.

삶이 답답한 이유는 숨 막히고 불편한 마스크 따위 때문은 아닐 것이었다. 오히

려 비대면이라는 사회적 시스템이 익숙해지면서 더 편해진 것도 있다. 쓸데없이 사람들을 마주하지 않아도 된다, 스마트폰이라는 디지털 매체가 띄워주는 온갖 뉴스와 정보를 내 손아귀에 쥘 수 있다, 세상만사 잊고 싶은 마음이면 OTT 같은 재밋거리를 틀어놓으면 된다, 타인과의 소통은 SNS에 올리는 댓글 몇 줄이면 된다, 먹고 싶거나 사고 싶은 것들은 소파에 누워서 터치 몇 번이면 실시간으로 쉽게 얻을 수 있다 등등, 이러저러한 이유로 전혀 불편한 것이 없는 삶이 되었다. 온갖 것들의 불편함을 해결하려는 사회적 시도가 한꺼번에 이루어지고 있는 것이다. 그런데도 나는 육체적 편안함 속에서 어찌할 수 없는 답답함을 느끼고 있다. 펜데믹과는 전혀 상관없는 삶의 근본적인 답답함이 있는 걸까.

삐—지이잉 삐이—지이잉

[중앙재난안전대책본부]근로자 생활방역 수칙①발열,호흡기 증상자 퇴근조치 ②재택,유연근무활성화 ③주기적 소독,환기 조치 ④방역관리자 지정 ⑤손씻기,기침 예절 안내

띄어쓰기를 하다 말았다. 긴급재난 시에 긴급하게 보낸 메시지를 읽는 나는 띄어쓰기 때문에 급체한 기분이 된다. 문자를 보내는 누군가의 조급함이라고 여기기에는 참을 수 없는 어떤 답답한 기분이랄까. 그래, 맞다. 참을 수 없는 어떤 답답한 기분을 느낄 때면 나는 이사를 하곤 했다. 그리고 현재 이사 온 도시는 또 다른 답답함을 선사해주고 있는 중이었다. 어쩌면 나의 답답함은 삶의 변화를 맞이한 새로운 환경과는 무관하게 원래부터 내 안에 도사리고 있었던 건지도 몰랐다.

내가 사는 곳은 원래 솟은 산 모양대로 능선 위에 지어진 도시이다. 오르막 경사로 이루어진 좁은 골목과 내리막 경사로 굽이치는 골목 사이에는 높다랗고 무미건조한 회색 건물만 보인다. 답답한 마음에 고개를 들어 하늘을 올려다보면 내가 사는 지구가 맞나 싶을 정도로 조각난 쪼가리 하늘만 보였다. 건물과 건물이 앞다투어 하늘의 멱살을 잡고 있는 꼴이라니. 높은 곳에서 내려다본 좁은 골목들과 지붕들의 모습은 바닷속 암초에 다닥다닥 들러붙은 따개비들 같은 모습이다. 그 따개비 같은 지붕 아래 나의 방은 더 가관이다. 팔만 뻗으면 모든 물건을 만질 수 있는 방은 너저분함을 넘어 답답하다. 이전에 살던 비무장지대 근처 신도시의 텅 빈 들판이 그리워질 정도였다. 아참, 그 텅 빈 심심함이 답답함으로 느껴져 이

곳으로 이사 온 것이었지.

삐―지이잉 삐이―지이잉

[중앙재난안전대책본부] 코로나19 수도권 감염 확산세를 꺾을 중요한 주말! 비대면 종교 행사 당부, 모임, 행사, 외출 자제, 마스크 착용, 손 씻기 꼭 지켜주세요.

어쩌면 시도 때도 없이 울리는 재난 문자에도 변하지 않는 건 따로 있을 것이다. 사실 비좁은 집이나 주차를 할 수 없을 정도로 좁은 골목은 괜찮다. 이쯤 되면 나도 안다. 답답함의 문제가 좁은 공간이 아니라, 내면의 협소함 때문이라는 것을.

내면의 혼란스러움을 극복하기 위한 위로의 말들이 있다. '견디다 보면 끝이 보인다.', '위기는 곧 새로운 기회', '예전과는 다른 새로운 시작' 같은 말들을 조합해 보면 '언젠가는 끝나겠지만 예전의 삶으로 돌아갈 수는 없다!?' 정도일까. 이 무슨 모순이란 말인가. 끝나지만 돌아갈 수 없다는 것은 끝나지 않은 상태에서 변해야 한다는 말 아닌가. '비대면'이란 말은 '사람이 많은 곳은 피해야 한다'이다. 사람 많은 곳은 팬데믹 이전에도 피해야 할 곳이었다. 다만, 소매치기나 시끄러운 사건에 휘말리거나 하는 일을 방지하는 것이 아닌, 바이러스에 감염되지 않으려 피해야 한다는 정도로 변했다는 정도일 것이다. 그러니까 팬데믹 이후라는 것이 새로운 시작일 리 없을 것이다.

삐―지이잉 삐이―지이잉

[성남시청] 10월 1일 0시 기준 신규 확진자 59명(수정구 18, 중원구 20, 분당구 18, 타지역 3)이 발생하였습니다. Corona.seongnam.go.kr

삐―지이잉 삐이―지이잉

[중앙재난안전대책본부]근로자 생활방역 수칙①발열,호흡기 증상자 퇴근조치 ②재택,유연근무활성화 ③주기적 소독,환기 조치 ④방역관리자 지정 ⑤손씻기,기침 예절 안내

좋은 일은 띄엄띄엄 온다. 띄어쓰기가 어렵듯 좋은 일도 어렵게 온다. 그런데 악재는 한꺼번에 온다. 재난 문자도 연달아 온다. 이런 문자가 연달아 올 때는 카오스에 갇힌 것 같은 기분이 든다. 혼돈의 중원구에서 발생한 확진자 스무 명 중의 한 명이 될 뻔한 생각을 하다가, 이 재난 문자 지옥에서 빠져나갈 궁리를 한다.

그래 여행을 가자. 여행 일지를 쓰기로 했다. 일정표에는 가는 날과 오는 날만 정했다. 목포에서 저녁 배를 타고 새벽에 제주도에 도착하는 일정이다.

차로 최대한의 거리를 간다. 거리가 먼 만큼 차에 머무는 시간도 길다.

삐—지이잉 삐이—지이잉

[장성군청] 1. 5.(수) 19시 기준 확진자 2명 발생(격리중 1, 조사중 1). 동선 및 접촉자 파악 완료. 타지역민 접촉 자제, 가벼운 감기증상도 진단검사 바랍니다.

재난이 아니라 문자가 나를 따라다니는구나. 그리고 나의 아이들은 나만 목 빠지게 바라본다. 여기서 한 가지 사실을 망각했다. 나와 함께하는 작은 동행자인 아이들을 배려하지 않은 것이다. 집에서처럼 마찬가지로 승용차에 갇혀 있던 아이들은 몸이 꼬일 때로 꼬여 있었다. 제주도로 가는 여러 방법 중 뱃길을 선택한 것도 문제였다. 거기다 저렴하다는 이유로 또다시 아이들을 가둬버린 이코노미실은 두 아이의 엄마인 나를 밤새 불안하게 만들었다. 아이들의 안전을 고려하지 않고 대략적인 일정만 생각하며 짠 결과였다. 삶의 답답함은 때론 두통으로 왔다. 머리가 아프다.

삐—지이잉 삐이—지이잉

[제주도] 7일 0시 기준, 확진자 10명 발생(누적확진 4,549명, 사망 13명, 자가격리 1,116명) covid19.jeju.go.kr

대학을 졸업할 즈음 친구가 유학을 간다고 했다. 나는 친구가 부러웠던 나머지 친구 따라 강남 가는 식으로 무작정 유학원을 알아보고 나선 적이 있었다. 1년간의 일본 유학 생활이 내게 준 가르침은 여행을 어떻게 왜 하는가에 대한 깨달음이었다. 철저한 계획과 준비만이 그나마 실패하지 않는 여행으로 나를 이끌 것이라는 깨달음이랄까. 그런데 깨달음이란 것은 금방 휘발된다. 아이들의 칭얼거림을 들으며 제주도에 도착한 나는 여전히 계획과 준비가 덜 된 채 살아가고 있는 자신을 발견했고, 휘발된 깨달음의 자리엔 답답함과 두통이 활활 타오르고 있었다.

그렇게 후회와 함께 온 두통을 안고 한 달 동안 제주에 머물렀다. 바다가 눈에 보이긴 했지만 원래 나는 바다보다는 바람을 막아주는 나무가 빼곡한 산을 좋아했다. 제주에 머무는 한 달 동안 나는 밀려오는 바다에 발 한 번을 담가 보지 않았다.

삐—지이잉 삐이—지이잉

[제주도] 1100도로 전면 통제. 5.16도로, 제1산록도로, 제2산록도로, 명림로 소형 체인 운행중이니 체인 장착, 대중교통 이용바랍니다. 제주경찰청 교통 통제 상황 참조

한라산은 가긴 글렀구나. 바다 산책을 굳이 하지 않는 것에는 이유가 있다. 고개를 돌려 보지 않아도 바다가 거기 있는 줄 알았기 때문이다. 그리고 드넓은 바다를 바라보고 있노라면 서글픈 답답함이 내 안에 느껴지곤 했기 때문이다. 그것이 무엇인지 알 길 없었다. 다시금 답답한 보금자리로 돌아오는 길에도 차창 밖 검은 밤은 고요할 뿐이었다. 나는 안전띠로 몸을 움직이지 못하게 더욱 세게 나를 묶었다. *삐—지이잉 삐이—지이잉 삐—지이잉 삐이—지이잉*

회상해 보면 제주도는 겨울인데도 이름 모를 잡초와 나무가 초록 옷을 입고 있었다. 봄이라도 만난 듯한 초록의 것들이 머릿속에 사진처럼 박제될 정도로 싱그러운 풍경이었다. 그런데 이상도 하지. 머릿속에 그려진 제주의 풍경 속에서도 나는 무언가 쫓기는 사람처럼 조마조마했다. 계속해서 울리는 긴급재난 문자에 나는 조마조마한 긴장감 속에서 살아왔다. 그런데 숨 막히는 긴장감에 익숙해져 버린 것처럼 나는 자꾸만 떠나려고만 했다. 삶이 매번 이렇게 여행으로 나를 밀어 넣는 느낌이랄까. 그리고 내 등을 미는 원동력이 삶의 답답함에서부터 시작된 것 같은 착각은 뭘까. 뭔가를 자꾸 망각하고 있다고 예감하는 건 왜일까.

망각은 좋은 것일지도 모른다. 자꾸 잊어버리고 잃어버리니까 조마조마하고, 또 그런 자신이 답답하게만 느껴진다. 그래서 뭔가를 하고 어딘가로 가고 하는 것일 터이다. '삐—지이잉 삐이—지이잉' 하고 쉴 새 없이 울리는 재난 문자도 사람들이 자꾸 망각하니까 던지는 질문일지도 모르겠다. 그럼에도 불구하고 긴급재난 문자가 울려도 별로 동요하지 않는다. '큰일이네. 초등학생도 걸렸다는데. 우리 아이 학교 아이일까.'까지 생각하다가 다시 멍해진다. * **『화백문학』 2022년 가을호**

임형진

시

눈동자
매미 장례식

수필

채식 요리의 즐거움

임형진
1990년 서울에서 태어났다. 2018년 단국대학교 문예창작학과 석사를 졸업했고, 2020년 동대학원 박사과정을 수료했다. 2010년 『창조문학신문사』에서 주최한 청계천백일장에서 시 부문 차상을 했고, 2014년 『한국문인』에서 주최한 전국김소월백일장에서 시 부문 차하를 했다. 대학원에서 시를 주로 창작했는데 곰곰나루 수필창작아카데미 조교를 하면서 수필에도 관심을 가지게 되었다. 글을 읽고 쓰는 전문 창작인을 꿈꾸고 있다. tladu35@hanmail.net

눈동자

가시덤불과 돌의 이끼가 껴 있어서
빛이 담겨 있지 않은 먼지 냄새가 나고 있는 눈동자는
뽀글머리를 질끈 묶은 배가 톡 튀어나온 인형의 초점 없는 유리구슬 눈동자 같
다

갈 곳 잃은 눈동자는 가야만 하는 길을
어둠의 골목에 익숙해진 시각이 흐려 밟지 못한다
눈동자는 병든 노숙자가 되어 길거리 모퉁이 먼지로 굴러다닌다

빈 몸 가리기 위해 신문지 덮은 동료들은 어딘가로 하나둘 사라지고
이제는 혼자 남아 멍하니 낙엽 떨어지는 텅 빈 하늘을 쳐다보는데
가로등에 숨어 그를 바라보는 그녀의 눈동자에는 눈물이 고여 있다

그를 부끄럽게 하면서도 날아갈 수 있는 용기를 주는 그녀의 눈물이 흘러
몇 번이고 고개를 떨군 눈동자는 이제는 추락하지 않는다
지나온 시간은 마법을 걸고 차곡차곡 쌓이는 경험은 친구가 되어

날개의 비상을 꿈꾸며 눈감지 못하는 희망
갈 곳을 헤매지 않고 곧바로 뛰어들어서 높이 솟구친다
푸른 안광의 눈동자는 저 허공을 매섭게 응시한다

매미 장례식

여름날 오후 빈방 편백나무 의자에 앉으니
매미 소리가 허공을 채운다
땅속에서 칠년을 웅크리던 매미는
칠일간의 생을 외치고 있다
내가 태어난 여름이 지나면
마지막을 불태우고 있는
매미들은 바스락거리는 낙엽 소리를 낸다
태양의 계절이 끝나가는 무렵
숲속 나무 밑에는 매미들의 시체가
줄지어 행렬을 이룬다
어린 강아지는 그 매미들에게 다가가
코로 냄새를 킁킁 맡는다
너도 죽음의 숨결에 대해 알고 있니
한 번도 죽음을 겪은 적 없는
눈이 동그란 세 살 된 강아지이다
그건 먹는 거 아니야
강아지 목줄을 황급히 끌어당기고
마지막 온기가 조금 남아 있는
매미들에게 플라타너스 나뭇잎을 덮어준다
강아지 목줄을 잡고 묵념하듯이 바라보았다
칠일 칠야를 힘차게 노래하던
매미는 하늘 위 나뭇잎 배를 탄다
불꽃같은 매미의 소리와 함께
짧지만 뜨거웠던 여름이 가고 있다

채식 요리의 즐거움

오늘도 나는 요리를 하지 못했다. '남들은 쉽게 잘만 하는 요리를 나는 왜 자신 감 있게 잘 해내지 못하는 걸까' 라는 생각이 들었지만 어쩔 수 없었다. 어려운 일 은 어쩔 수 없는 거니깐 오늘도 나 자신을 자책하면서 집에 돌아왔다. 나는 올해 초부터 조계종 사찰음식 교육기관에서 채식 음식을 배우고 있다.

그런데 항상 음식을 배우러 가서 하고 오는 일은 얇은 비닐 같은 시래기 껍질을 벗기든가, 감자 칼로 감자 껍질을 벗기는 일, 혹은 연근을 강판에 가는 일 등이었 다. 내가 재료를 다듬고 난 후에 같은 조원이 재료를 볶거나 끓이면 그 다음에 남 은 설거지를 하는 일이 나의 주요 일이었다.

절에서 공양주들은 사찰 음식을 조리할 때 비건 푸드처럼 고기를 사용하지 않 고 대신 두부나 콩, 버섯 등을 쓴다. 오신채인 달래, 마늘, 부추, 파, 홍거는 금물 이다. 홍거 같은 맛을 내는 양파도 안 쓴다. 사찰 음식은 스님들이 먹는 음식이기 때문에 수행이나 공동생활에 방해되는 고기나 향이 진한 매운 채소를 쓰지 않는 것이다.

나는 10년 정도 절에 다니면서 채식을 했는데 요즘에는 채식 음식이 유행해서 편의점에서 그것을 파는 경우도 있다. 예전에는 요즘처럼 채식 음식이 흔하지 않 았기 때문에 내가 먹을 만한 음식이 충분치 않았다. 그래서 내가 먹는 음식을 내 가 만들어 먹자는 생각에 사찰 음식을 배우게 된 것이다. 내가 막상 가서 사찰 음 식을 배우자니 집에서 해본 요리는 계란후라이나 라면 끓이는 것 등 간단한 음식 뿐이고, 엄마가 해주신 집밥을 먹다 보니 직접 하는 요리는 자신이 없었다. 스님 이 요리교실에서 야채를 '깍둑썰기'로 썰라고 했는데 어떤 모양으로 썰어야 하는 지 몰라서 하지 못했다. 옆에 있던 조원이 알려주었는데 그냥 깍두기처럼 네모 모 양으로 썰면 되는 식이었다.

내가 가서 하는 건 재료를 다듬는 일이나 설거지밖에 없고 항상 조원들이 음식을 만들고 있으면 그저 눈으로 구경하는 일뿐이었다. 스스로 냄비나 프라이팬을 잡고 만들다 요리를 망칠까 봐 두려웠기 때문이었다. 코로나로 인해 조원 네 명이서 같이 만든 요리를 그 자리에서 스님이 시식을 하셨다. 우리는 그날 만든 음식을 도시락 통에 넣어서 포장해 가고 그 자리에서 먹지 않았기 때문에 더욱 내가 망치면 어쩌지 싶은 두려움이 컸던 것 같다.

집에 와서 엄마에게 말하니 일단 프라이팬이나 냄비를 먼저 잡고 요리를 해야 한다고 했다. 나는 프라이팬이나 냄비를 음식을 망칠까 봐 잡지도 못하니 맞는 말이었다. 하지만 막상 그렇게 하려고 마음먹어도 음식을 배우러 가서 하는 일은 역시나 시래기 껍질을 까며 눈치만 볼 뿐이고 내 마음대로 되지 않는 것이었다. 내가 생각해도 참 소심했지만 잘 알지 못하는 분야이다 보니 두려움이 컸기 때문이다.

고민 끝에 집에서 요리 실습을 해보기로 했다. 그런데 예습하려고 하니 교재의 조리법 설명만으로는 잘 이해가 되지 않는 부분이 있어서 우선 복습을 해보기로 했다. 제일 처음 복습해 본 음식이 시금치은행잣죽이었다.

시금치와 은행, 잣, 찹쌀 등의 재료를 사서, 시금치를 잘라서 다듬고 믹서기에 갈고, 은행을 볶고 잣의 고깔을 떼고 찹쌀을 넣고 재료를 끓이면 되었다. 그런데 인터넷으로 재료를 주문하다 보니 시금치가 필요한 재료량의 세 배나 되었다. 갈면 어떻게든 되지 않을까 하는 생각으로 시금치를 몽땅 넣고 갈았다.

시금치가 너무 많아서 생각처럼 믹서기에서 잘 갈리지 않아서 물의 양을 세 배더 넣었다. 물이 지나치게 많이 들어간 그릇에 시금치를 넣고 죽을 끓였는데 냄비바닥이 얇았다. 죽에 물을 한 사발은 넣은 듯한 괴상한 초록색 국이 탄생하였다.

잣을 갈아서 죽에 넣어야 되는데 깜빡하고 그냥 넣었더니 초록색의 국에 잣이둥둥 떠다니는 이상한 요리가 탄생하게 되었다. 물을 너무 많이 넣은 냄비는 찹쌀이 들러붙는 바람에 바닥이 새까맣게 타고 말았다.

엄마는 맛은 있다고 하며 완전히 기가 죽은 나를 위로해 주었지만 하얀 찹쌀은 새까맣게 타서 냄비에 들러붙었다. 아무리 쇠수세미로 빡빡 닦아도 떨어지지 않아서 그야말로 진퇴양난이었다. 하는 수 없이 물을 넣고 바글바글 끓인 후에 냄비를 닦는 수밖에 없었다. 이렇다 보니 사찰 음식을 배우러 가서 자신 있게 프라이팬과 냄비를 선점하여 멋있게 요리를 해내는 일은 더욱 요원해 보였다.

하지만 포기하지 않고 사찰음식에서 배웠던 요리를 복습하기 위해서 연근지짐이와 톳두부무침을 만들었다. 톳두부무침은 두부를 으깨서 톳을 데치고 서로 잘 무쳐주면 되는 쉬운 요리였다. 거기에서 나는 자신감을 얻었다. 연근지짐이는 연근을 강판에 갈아서 녹말가루에 묻혀서 표고버섯과 당근과 고추를 채 썰어서 전처럼 부쳐내는 요리이다.

전을 혼자서 부쳐보는 것은 처음이었지만 다행히도 성공적으로 해낼 수 있었다. 물론 내가 채 썬 표고버섯과 당근과 고추는 채 썰었다기에는 조금 어설프게 두꺼웠지만 말이다. 톳두부무침과 연근지짐이를 성공적으로 해내고 나니 요리에 자신감이 생기고 재미가 붙었다. 그래서 매주 배워온 요리로 재료를 사와 집에서 연습하기 시작했다. 무청시래기밥은 다행히 두꺼운 냄비에 밥을 했더니 잘 되었으며, 마된장 참깨 무침, 무청시래기찜 또한 잘 해낼 수 있었다. 물론 시래기찜에 물의 양이 많이 들어가는 실수는 있었다.

특히 재밌던 요리는 흑임자두부조림과 연잎밥이었다. 흑임자 두부조림은 콩기름을 1L짜리를 사서 반이나 들이붓고 녹말가루에 두부를 묻혀서 튀겨내야 했다. 기름 요리라 기름이 튈까봐 무서웠지만 두부 요리는 내가 가장 좋아하는 요리여서 재미있게 만들고 먹을 수 있었다.

두부 요리를 하고 나니 이제는 모든 요리를 잘할 수 있을 것 같은 자신감이 생기고, 엄마는 두부를 콩기름에 튀겨낸 흑임자두부조림을 시식하시고 일품요리라고 칭찬을 해주셨다. 아빠는 내가 만든 연잎밥을 먹고 내가 만든 요리 중에 제일 정성이 들어갔다고 좋아해 주셨다. 그래서 가족들을 위해 사찰 요리 수업에서 배운 음식이 아닌 인터넷에서 레시피를 찾은 들깨감자탕을 만들어서 선보이기도 했다. 아빠는 그것을 먹고 내가 만든 요리 중에 가장 입에 맞는다며 칭찬해 주시기도 했다.

부모님은 내가 만든 요리가 정말 맛있어서 그랬던 걸까? 아마도 그것은 아닐 것이다. 왜냐하면 나는 요리를 하기 시작한 지 얼마 안 된 초보 요리사라 부족한 점이 많았다. 그럼에도 부모님께서는 내가 요리에 흥미를 가지고 열심히 하는 과정이 대견했기 때문에 칭찬해 준 것이라고 생각해 보았다.

이제는 자신감이 생겨서 사찰 음식 수업에 가면 음식하는 과정을 먼저 머릿속에 그려보고 실습해 본다. 왜냐하면 우리 가족이 오늘의 채식을 기대하며 다들 내 음식을 좋아해 주었기 때문이다. 맛있는 음식을 만드는 것이 즐거워졌다. 가족들이 내 요리를 맛있게 먹는 상상을 해본다. 앞으로도 채식 음식을 만들어서 내 음식을 먹는 사람들에게 기쁨을 주고 싶다. * **신작**(2023)

장봉숙

수필

엄마의 기일을 잊었다
엄마의 정원

장봉숙

경기도 화성 출생. 평택상담대학원 가정상담학 전공. 경기여성인력 개발원 백일장 장원. 경기인력개발원 회보 고정컬럼 '장여사 사랑방' 1년 연재. 시집 『서러운 것들은 쇳소리를 낸다』, 『바다을 치고 솟아오르는 생』, 수필집 『나는 홀로 서럽고 하늘 길은 아득하고』 출간. '원목' 동인. 용인문학회, 한국작가회의 회원. wonmok47@naver.com

엄마 기일을 잊었다

2021년 12월 마지막 날, 우리 땅 걷기 도반들과 함께 밤을 도와 이박삼일 일정으로 고흥반도에 입성했다. 숙소에 짐을 풀고 자정이 넘어 잠자리에 들었다. 소풍 전날의 아이처럼 설렌다. 일출이 아름다운 고흥 반도에서의 신년 해맞이에 대한 설렘이다. 일출 시간에 맞추어 알람을 맞춘 덕분에 제 시간에 기상했다. 일행들과 서둘러 해맞이 장소로 이동이다.

코로나 감염병 때문일 게다. 해맞이 나온 사람들은 우리 일행과 가족 단위 몇 그룹으로 아주 소박하다. 멀리 하늘이 붉게 물들어 온다. 해를 기다리는 눈들이 한 곳으로 쏠려 있다. 사진작가 몇이 카메라 렌즈를 맞추어 놓고 순간 포착을 위해 대기 중이다. 일행들도 각자 스마트 폰을 들고 불쑥 떠오를 해를 잡기위한 인증 샷 모드다. 일출시간이 다가올수록 멀리 보이는 섬 위로 붉은 실루엣이 선명해진다.

어제가 지난해가 되었다는 생각과 함께 새해 첫날 일출을 보며 새해 소망을 떠올리려는 순간 섬광처럼 엄마 기일이 떠올랐다. 성당에 미사봉헌을 하고 고인을 추모하며 연도를 바치던 연례적 일, 절대 잊어선 안 될 엄마 기일을 까맣게 잊고 지나버렸다. 쿵, 심장이 떨어졌다. 어떻게 이런 일이! 황당한 마음이 수습이 안 되었다. 이런 내 속사정엔 아랑곳없이 올라오기 시작한 해는 쑥쑥 바다 위로 솟고 있었다. 일행들의 환호와 박수가 이어지는 동안 나는 새해 소망을 기원하기보다 불효를 속죄해야 했다. 무엇에 정신을 빼앗겨 엄마 기일을 잊었는지 생각해 보니 하필 그때가 제주도 '예수회 꽃동네 분원' 감귤농장에서 귤 따기 자원봉사 중이었다. 12,000평 농장을 수사님 한 분께서 무농약으로 감귤을 재배하시면서 제 시기에 귤을 따야 한다며 자원봉사 요청을 하셨다. 임도 보고 뽕도 딴다 했던가, 제주도 8박 9일 재워주고 먹여주는 조건은 횡재였다. 노동의 경중을 살필 겨를 없이 제주살이 체험에 홀릭했던 기간에 엄마 기일이 포함된 것이다. 그러니 엄마도 이 딸을 이해해 주실 것 같아서 '엄마 내가 엄마 기일을 잊을 만했네.' 하며 응석 같은 변명을 해보는 것이지만 죄송한 마음은 여전히 무겁다.

2006년 12월 6일 엄마는 86세에 고단한 삶을 내려놓으셨다. 노년에 들어서 심부전증을 앓고 계셨던 엄마는 입, 퇴원 두 번 정도 후, 얼마 지나 병세가 악화되자 병원 재입원을 고사하셨다. 그 이유가 살 만큼 살았고 연명을 위한 입원 치료는 더 이상 안하겠다는 단호한 의지였다. 자식들의 바람은 노인의 고집 앞에 무력했다. 병원에 근무하는 외손자가 링거만이라도 꽂아드리겠다는데도 허락하지 않아 헛걸음을 반복하였다. 엄마의 남은 생은 바람 앞에 등불이었다. 나는 엄마 방에서 간병을 하며 함께 잠자리에 들었다. 엄마는 당신이 살아오셨던 날들을 어제 일인 양 하나하나 꺼내셨다. 마치 흑백사진첩을 들추는 것처럼 희로애락을 선명하게 기억하셨다. 그러면서 당신이 살아오면서 내게 너무 미안하고 마음 아팠다며 내 기억 속에 없는 일화 하나를 꺼내셨다.

엄마는 사남매를 낳으셨다. 어릴 적 나는 순둥이였다. 내 바로 손위 언니는 입이 짧아 엄마가 신경을 써야 했고 아무거나 잘 먹는 나는 그만큼 손쉬운 아이어서 자연적으로 신경을 덜 쓰며 키웠단다. 문제는 보릿고개 때가 되면 쌀이 떨어질 즈음이어서 쌀밥 아니면 안 먹는 언니가 문제였다. 층층시하에서 엄마는 시부모님과 언니를 위해 그 어려운 시절에도 보리쌀을 앉힌 솥에 쌀 한 줌을 박아 시어른들과 언니에게 쌀밥을 골라 퍼담으셨다. 내 생일은 음력 8월 19일이다. 햅쌀이 나면 쌀밥을 실컷 먹을 수 있었으나 햅쌀이 나지 않을 땐 엄마의 근심이 따르는 애매한 시기였다. 내가 여섯 살 되었을 때 일이다. 유일하게 생일날만큼은 쌀밥을 고봉으로 먹을 수 있는 날이었던가 보다. 어린 마음에 평소 언니가 먹는 쌀밥이 참 많이 먹고 싶었을 터이지만 내색을 않고 있다가 쌀밥 먹을 수 있는 생일날을 손꼽아 기다렸던 모양이다. 내 생일날, 아침 일찍 일어나 밥하러 나가는 엄마 치

맛자락을 잡고 부엌으로 따라나서더란다. 밥솥만 쳐다보고 있다가 밥 푸는 엄마의 주걱에 눈길을 주던 내가 보리밥 속에 박은 쌀밥을 할아버지 할머니 언니 밥그릇에 골라 담고 난 후 주걱으로 보리밥을 찰기 나게 이기는 엄마에게 내가 외마디처럼 '엄마 오늘 내 생일인데' 하더란다.

정신이 번쩍 드신 엄마가 그제야 막내딸 생일을 기억해 내시고 나를 끌어안고 눈물을 흘리셨다며 생일을 기억하지 못한 당신의 실수가 막내딸에 대한 무심함이었다며 마음속에 담고 두고두고 미안해 하셨단다. 숨이 차오르면서도 막내딸에게 당신이 사시는 동안 못이 되셨을 아픔을 내 손을 쓰다듬으며 미안하다 하셨다. 무던해서 엄마가 편했다고, 성품이 넓고 너그러워 까탈 부리는 언니에게 늘 양보해 주어 고마웠다고, 엄마는 자식인 나에게 용서 청하듯 생의 끝자락에서 고맙고 미안하다는 말씀을 되풀이하셨다. 그렇게 묵은 사진첩을 들추어내듯 당신의 살아온 날들을 풀어내시고 이틀 후 엄마는 조용히 편안한 모습으로 이승을 하직하셨다.

엄마는 자식 남매를 가슴에 묻으시고 아픔을 삭이며 사셨다. 잘난 아들과 유난히 입이 짧았던 언니는 엄마 가슴에 대못을 박고 일찍 곁을 떠났다. 자식을 가슴에 묻은 엄마의 생은 흥겨움이 없었다. 한 번도 노랫가락을 입에 담으신 적 없었고, 팔을 들어 어깨춤을 추신 적이 없었다. 늘 조용하고 말수가 적으셨다. 바지런스럽게 내 살림을 살아주셨고 내 아이들을 정성으로 키워주셨다. 엄마의 자식 잃은 트라우마는 내가 잘못될까, 전전긍긍하는 모습으로 나타났다. 내가 출장을 가면 집에 들어서는 순간까지 나를 위한 기도를 하느라 묵주를 손에서 내려놓지 않으셨다. 출근해서 퇴근 때까지 내 안위를 위해 기도해 주시던 엄마였다. 병원 가시기를 고사하신 속내도 자식 앞에서 떠나야 한다는 마음이 아니셨을까.

그런 엄마의 기일을 잊다니 어떻게 그럴 수 있단 말인가. 나는 내가 너무 한심스러웠다. 선산 아버지 곁에 엄마를 모신 후 틈만 나면 엄마 산소로 달려가 풀을 뽑았다. 아들자식 없는 묘라는 손가락질 받지 않으려는 나의 자존심이기도 했지만 엄마의 집 가듯 그렇게 산소참배를 하면 막혔던 그리움이 다소 해소되곤 하였다. 이승과 저승이라는 거리가 서럽고 아득한 것은 보고 싶을 때 보지 못하고 손잡고 싶어도 잡을 수 없고, 위로를 받고 싶어도 위로를 받을 수 없는 거리여서일 게다. 그만큼의 거리에서 나는 우리 엄마에게 받은 사랑을 온몸으로 느끼며 감사하고 있다.

2022년 새 달력에 절대 잊지 않겠다는 다짐으로 엄마 기일에 붉은 색 싸인 펜으로 동그라미를 그렸다. 그러면서 설날에 자식들이 모이면 외할머니 이야기를 들려주어야겠다고 마음먹었다. 너희들을 얼마나 정성으로 키우셨는지, 엄마가 직장생활을 할 수 있도록 알뜰살뜰 빈틈없이 살림을 살아주신 할머니에 대한 고마움을 상기시켜야겠다.

각기 제살이를 하는 자식남매에게 외손이라는 이유로 부담 주기 싫어 나 혼자 엄마 산소 벌초를 하고 엄마 기일을 챙겼었다. 엄마의 실수로 지난해 할머니 기일을 잊은 이야기를 해주면서 두 번 다시 이런 일이 생기지 않도록 서로 기억하며 챙기도록 하는 것이 내가 해야 할 일인 것 같다. * 2022년

엄마의 정원

시월 막바지다. 뜰은 산국과 메리골드가 늦가을의 누추함을 거두고 환하다. 사계 뜰을 장식했던 꽃들은 빛나던 아름다움을 거두었다. 화무십일홍이라 했던가, 그 화려하던 자태가 십일이면 진다는 자연의 섭리다. 뜰을 가꾸는 사람은 피고 지는 꽃들의 순응을 바라보며 덧없는 인생을 생각하게 된다.

한때 시골집은 뜰을 가꾸는 즐거움이 있었다. 가장이 떠난 후 오롯이 내 몫이 된 이후 사람이 상주하지 않아서 뜰은 잡초들이 점령하면서 아름다움을 해치고

있었다. 한마디로 관리가 소홀해지고 점점 감당하기가 버거워졌다. 자연스럽게 집을 정리하자는 쪽으로 마음이 기울었다.

그럴 즈음 한 권의 책이 내게 왔다. 잘 알고 지내던 지인이 출판한 책이다. 제목이 '아내의 정원'이다. 저자는 오산 서랑동에서 1,200여 평의 야생화정원을 가꾸는 스토리 퀼트 작가 안홍선 님이다. 책을 펼쳤다. 아름다운 정원의 꽃들을 사계로 나누어 제작한 꽃 화보다. 책은 시화처럼 작가의 짧막한 글과 작가의 남편이 찍은 사진으로 엮었다. 책 속에서 그녀의 공력으로 키워낸 꽃들이 영원히 시들지 않은 모습으로 화려하게 시선을 사로잡았다. 그녀의 나이 여든이 넘었다. 낮에는 정원 가꾸기, 밤에는 퀼트를 하는 그녀의 장인 정신이 책속에 고스란히 배여 있었다. 꽃과 스토리 퀼트의 콜라보가 엮어내는 아름다움과 작품들이 건네는 말이 있어 감동을 주었다. 그 넓은 정원을 가꾸면서 그녀는 남편에게 의존하지 않았다. 사람도 쓰지 않고 고집스레 자신만의 공력으로 정원을 가꾸었다. 누가 뭐래도 그녀는 한국의 타샤다.

그녀의 책을 읽으면서 300평 남짓한 뜰을 가꾸며 힘에 부친다며 헌신짝 치우듯 치우고 싶었던 마음이 부끄러워졌다. 자고나면 뜰에서 사는 그녀의 모습이 떠올랐다. 늦은 가을이면 꽃대를 거두어주고 겨울을 잘 날 수 있도록 구근을 덮어주던 그녀 모습이 떠올랐다. 봄이면 흙을 뚫고 나오는 새싹들과 눈을 맞추며 오랫동안 헤어졌던 연인을 만난 듯 반갑게 대화를 나눈다는 그녀의 말도 생각났다. 꽃들을 대하는 그녀의 모습이 스승처럼 내 마음을 움직였다. 치우고 버리기는 쉬워도 이런 집을 다시 장만하기는 쉽지 않다는 생각이 머물자 집을 지키자는 쪽으로 마음을 다잡았다. 그녀의 집을 방문했던 때로 생각이 달렸다. 조곤조곤 이 꽃은 어디서 모셔왔고 이 나무는 어떻게 심겨 졌으며 호랑나리를 좋아했던 시부를 기려서 여기저기 호랑나리를 번식시켰다는 말이 어제 일처럼 선명하게 떠올랐다. 그녀의 책이 새롭게 마음을 다잡도록 내 마음에 도전을 부추겼다. 1,200평의 삼분의 일밖에 안 되는 작은 뜰에 그녀의 꽃밭을 모델링해 보기로 했다. 그동안 뜰을 빛내

주던 사계 따라 피고 지는 꽃 수종들을 머릿속에 나열해 보았다. 이른 봄 제일 먼저 꽃등을 밝히는 수선화에 이어 복수초, 튜립, 돌 틈의 단풍꽃, 연산홍, 미선꽃, 마가렛, 금낭화, 붓꽃, 복숭아꽃, 배꽃, 사과꽃, 아사이베리꽃에 이어 불도화, 백합, 장미 등 4~5월을 장식한 후에 6월이면 패랭이꽃, 나리, 백일홍, 활련화, 금계국에 이어 도라지, 수국, 메리골드, 산국, 보라색 벌개미취가 장식하는 동안 국화와 구절초, 나무수국이 뜰을 빛내 주었다. 라일락, 이팝꽃, 꽃처럼 아름다운 보리수도 익어가는 뜰이다. 기존의 꽃들을 이식하여 꽃 가족을 늘리는 방법까지 구상하면서 '엄마의 정원'이라 이름 지으며 뜰을 새롭게 설계해 본다.

몇몇 지인들에게 집 매매를 부탁했었다. 매매 의사를 접고 아들과 딸에게 엄마가 집을 지키는 쪽으로 마음을 결정했다고 통보했다. 잔디밭을 줄이고 꽃밭을 늘리겠다는 내 계획도 말했다. 자식들은 굳이 말리지는 않았으나 엄마가 고생스러운 것은 원치 않는다고 하였다. 내심 "그렇게 하세요, 엄마."란 말을 듣고 싶었으나 내 욕심이다. 자식들의 마음이 떠난 집이다. 고집스레 집을 지킨다는 것이 나이든 사람의 고집일 수 있겠다. 하여 '엄마의 정원'을 가꾸겠다는 것은 나의 욕심일 수 있겠다며 나약해지려는 마음을 다잡는다. 11월이 가기 전 뜰에 몇 가지 구근을 심기로 하고 꽃무릇, 상사화, 용담을 쿠팡으로 주문했다. 구근이 도착할 날짜에 맞추어 차편 예약을 했다. 수국 삽목하는 방법도 인터넷을 통하여 숙지한다. 내년 봄에 '엄마의 정원'은 가족이 더 늘어날 것이다. 정원을 가꾸기 위한 원예 상식도 풍부해질 것이고 시골집에 내 발걸음도 잦아질 것이다. 지인의 '아내의 정원'은 방송에서도 다룰 만큼 널리 알려졌다. 그에 비해 '엄마의 정원'은 소박한 내 꿈이다. 흙을 만지면서 사계절 피고 지는 꽃들과 벗하며 살겠다는 것이 자식들 눈에 노욕으로 비칠 수 있겠다. 그러나 나는 자식들 해바라기하지 않고 나 홀로 무소의 뿔처럼 당당히 갈 길을 가려한다. 내 삶이다. 노년을 의미 있게 살아내려는 내 의지다. '엄마의 정원'이 내 행복을 일구는 터전이 되어 삶의 의미가 될 터이다.

정경용

수필

굿밭

씨름 혹은 싸움

정경용

충북 충주에서 태어났다. 부모형제가 없는 외톨이다 보니 책과 친해질 수밖에 없었다. 할머니께서 읽으시는 옛날이야기 책에 어려서부터 빠져들었다. 책을 읽고 일기를 쓰면서 체계적인 문학을 하고 싶었다. 기회는 쉽게 주어지지 않았다. 60이 넘어서야 동작문화원에 등록을 하여 시를 접하게 되었다. 시로 2014년에 등단을 하고 수필을 써서 2019년에 등단을 했다. 2023년 『동양일보』 신춘문예 소설 당선을 했다. 실력이 갖추어지지 않은 상태에서 상을 타고나서 정신이 번쩍 들었다. 곰곰나루 소설창작아카데미에서 공부를 하고 있다. jsjbs@naver.com

굿밭

할머니에게 대물림 받은 밭이었다. 봄부터 가을이 다 지도록 꽃이 무리지어 나풀거리는 꽃동산, 잡목이 아무렇게나 어울려도 바야흐로 아름다운 동산 숲속에 뙈기밭보다 조금 큰 우묵한 밭이었다. 어머니는 굿밭에 녹두를 심으며 말씀하셨다.

굿밭 같은 사람을 만나라.

빛톨 같은 곡식을 심으면 가뭄에 타들어 가지 않고 장마의 습기에도 무술지 않으며 바람은 언저리를 에돌아 나가는 굿밭에 삼대의 내력을 심었다.

어머니가 해마다 심은 것은 녹두만은 아니다.

집 떠난 사람은 반듯이 돌아온다는 약속, 쑥쑥 자라는 그리움 툭! 분질러 빛톨 같은 녹두알과 함께 굿밭에 심었다. 자귀나무 온몸으로 서성이는 밭둑 아래 산비둘기 어둠을 쪼아 먼동을 틔우고 이슬에 부리를 닦으며 씨를 솎아 먹었다. 막 촉이 돋는 어머니의 기대가 긴장하고 있었지만 허수아비 허술한 것 같아도 남길 것은 지킨다. 반드레 싹이 나서 밭이 어우러졌다. 녹두가 웃자라서 쓰러질 것을 염려하여 하늘은 오뉴월 뙤약볕에 풀무불을 지펴 초록줄기를 담금질했다. 눈매 서글서글한 흰구름이 차양막이 되어주고 은빛 바퀴로 앞산에서 달려온 바람이 붉은 우편낭에서 꽃소식을 전해 주었다.

나는 취업이 되어 고향을 등지고 도시를 품었다. 계절이 바뀌어도 굿밭 같은 사람은 나타나지 않았다.

꿩꿩 장끼와 까투리 부부, 새끼를 친 숲에서 꺼벙이 떼 몰고 내려와 밭을 헤집었다. 덜 자란 녹두대궁을 쪼아대며 내닫는 여린 발자국을 호미농법으로 다독이며 어머니는 꿩 가족을 쫓지 않았다. 쪼르르 아장아장거리는 앞태를 눈동자 안에 넣고 한참을 음미하였다.

나는 주말 양봉 설명회에 참석하였다. 오골거리는 생명에 감탄하였다. 저 많은 가족과 더불어 살고 싶었다. 설명회가 거듭하며 나의 간절함을 읽는 사람이 있었다.

그 사람과 자작나무 숲길을 걸으며 담소하였다. 굿밭 같은 사람! 나는 번개 맞은 것처럼 혼미해진 정신을 가다듬었다. 굿밭 같은 사람에게 굿밭 이야기를 하였다.

양봉 후계자라고 자처하는 그 사람은 벌통을 놓을 자리라고 좋아하였다.

나는 뒷전이고 굿밭에만 관심이 쏠려 있었다. 그에게 짐짓 새침한 척했다. 그 사람은 나를 꼭 껴안으며 사랑을 고백했다.

숲속을 가르는 바람을 타고 고라니가 경중경중 초록별을 찍으며 녹두 잎을 뜯어 먹어도 잎겨드랑이의 꽃방울은 부풀어 올랐다. 추수할 때는 무성한 녹두 대궁보다 고라니가 듬성듬성 솎아준 들쑥날쑥한 대궁의 녹두 꼬투리가 실하여 소출이 더 많았다고 세상은 더불어 사는 삶이라고 어머니는 말씀하셨다.

집 떠난 식솔들의 기다림으로 어머니는 늙었다. 향이 배틀하게 풍기는 밤나무 꽃이 피면 굿밭에 녹두를 심으며 숲에서 불어오는 시원한 바람에 더운 가슴을 식히기도 했다. 밭둑의 풀포기 사이에 패랭이꽃이 어른거리고 망초꽃도 어룽어룽 얼비치었다. 애기똥풀꽃이 지천으로 피어 샛노랗게 웃었다. 애기똥을 빨던 시절 어린 것에 잔병치레의 시름을 거두어내듯 쇠비름이나 바랭이를 호미 끝으로 찍어 냈다.

굿밭 속으로 단비가 여러 번 왔다 갔다. 별새 같은 녹두꽃이 온밭 가득 나풀거리고 휘파람새가 두근두근 휘파람을 불었다. 어머니는 오랜만에 허리를 펴고 너머에 너머까지 내다보았다. 실하게 여문 녹두 꼬투리처럼 단단한 어머니의 예상은 빗나간 적이 없다. 자귀나무 아래 묵묵한 기다림이 서성거렸다.

나는 직장에 사표를 내고 그 사람과 벌통을 싣고 굿밭에 도착했다.

어머니에 주름진 얼굴의 야윈 웃음이 내 가슴을 문질렀다. 눈물처럼 매달린 칡

꽃의 향기가 진동하였다. 나는 동산 숲과 굿밭이 있어 기댈 언덕이 있었다. 벌과 함께 사랑하는 이들과 웅웅거리며 살아갈 요량이다.

땅의 곳간인 굿밭에서 한 가계(家系)가 일어설 수확할 녹두의 행선지가 분명해진다. *제18회 산림문화작품 공모전 최우수상 수필

씨름 혹은 싸움

딸을 툭! 툭! 건드렸다. "하지 마!" 귀찮아하던 딸이 곧 일어나서 나에게 달려들었다. 엎어놓고 팔을 비틀고 다리를 꺾고 어깨와 등을 흠씬 패고 나서 씩씩거리며 보일 듯 말 듯한 웃음을 보였다. 한바탕 장난질이 끝나고 나서 나는 딸을 꼭 껴안았다.

나는 미용실을 경영하는 바쁜 시간 속에서 초등학교 4학년의 아들과 새로 입학한 딸의 표정에 민감하게 대처했다.

밖에서 싸움을 한 날이나 고민이 있어 보이는 날은 아이들이 좋아하는 반찬을 장만하였다. 저녁상을 차리는 동안 햄이나 계란말이 또는 고기반찬을 지지고 볶았다. 굳었던 표정이 밝아졌다. 밥을 먹으며 학교에서 있었던 일에 대하여 물어보면 줄줄 풀어 놓았다.

오늘은 딸이 지능이 모자라는 짝에 대하여 하소연을 늘어놓았다.

"짝꿍이 화장실을 갈 때마다 같이 갔어요. 이쪽인데 자꾸 저쪽으로 갔어요. 왜 그렇게 고집이 센지, 말도 못 알아듣는 것인지, 그래도 다른 때는 손잡고 가면 잘 따라왔는데 오늘은 그만 옷에다 똥을 쌌어요."

딸의 등을 다독여주었다. 딸은 이상한 행동을 하는 짝에 대하여 이런저런 이야기를 했다. 짝을 바꾸고 싶다고 했다. 학교에 가서 선생님에게 말해 보겠다고 하면서 볼에다 뽀뽀를 해주었다. 짝꿍을 보살피려면 참 힘들겠지만 나보다 약한 친

구를 도와주는 것은 공부보다 더 중요하다고 위로해 주었다.

미용실 손님에 치이고 살림에 부대끼다 보니 몸이 많이 지쳤다. 사지가 쑤시고 붓고 저렸다. 만만한 게 딸이었다. 초등학교 입학하기 전에는 허리나 등을 밟아달라고 부탁하면 잘 들어주었다. 딸은 점점 싫증과 부담을 느꼈고, 어느새 훌쩍 자라서 밟히는 나도 아팠다. 딸에게 밟히는 시원한 통증을 잊은 지 오래되었다.

딸과 장난을 치다가 딸의 주먹질이 시원했다. 그 후 시원함을 느끼는 쾌감도 있었지만 바쁜 틈새의 오붓한 시간을 함께 하는 사랑의 표현으로 우리는 자주 장난을 했다.

하루의 일과를 마치고 아들과 딸의 숙제를 들여다보고 나서 점포에 딸린 단칸방에 잠자리를 펴는데 딸이 갑자기 달려들어 나를 쓰러트렸다. 허우적거리는 동선을 그리며 이불 위에다 몸을 눕혔다. 나를 엎어놓고 등에 올라탔다. 팔을 뒤로 꺾어서 등에다 붙이고 자근자근 주물렀다. 주먹으로 어깨를 퉁퉁 치는 폼이 예사롭지 않았다. 다리를 꺾고 양 다리를 엑스 자로 어긋 맞춰 지그시 눌렀다.

"엄마, 시원해? 내가 엄마 안마 해주려고 목욕관리사 아줌마가 손님에게 하는 것 찬찬히 봤어요. 엄마가 아프면 나에게 장난 거는 것 다 알아요."

딸이 엎드려 내 귀에 속삭였다. 속내를 들키고 말았다. 울도 담도 없는 난달 가게에서 제대로 거두지도 못했다. 손님에게 매달려 매일 방치하다시피 할 수밖에 없었다. 밖으로 나돌며 동네 아이들을 때리고 툭하면 저보다 큰 애들하고 싸움을 하는 통에 마음 편한 날이 없었다. 어느 날은 맞고 들어와서 훌쩍거렸다.

"울긴 왜 울고 다녀? 억울하면 때린 애 집에 가서 울어야지 가서 더 맞든지 사과를 받든지, 네 선에서 해결하라구. 생각 좀 해봐. 손님네 애들하고 싸움이나 하고 어떻게 장사를 하겠어."

그렇게 막무가내인 줄만 알았는데 엄마를 읽을 줄 알았다.

* 2018년 매일시니어문학상 수필 부문

정은실

수필

구석의 미학

엽편소설

5년마다 도지는 병

정은실

초등학교 6학년 내가 쓴 '파월장병 아저씨께'라는 위문편지가 일등으로 당선되어 전교생 앞에서 낭독했을 때 처음으로 글쓰고 싶은 욕망을 가졌다. 중고등학교를 거치면서 교내백일장에 수차례 당선되고 자연스럽게 문학의 꿈을 갖게 되었다. 불행히도 집안에 가세가 기울면서 간호대학을 가게 되고 한동안 문학의 꿈을 접었다. 1986년 간호사로 뉴욕에 남편과 함께 이민, 비즈니스에만 파묻혀 살았다. 2005년 5월 『문학저널』에 수필 「보통사람의 삶」 당선. 남편과 함께 『뉴욕일보』를 경영하면서 자연스럽게 필진으로 참가, 문화면에 '스토리가 있는 클래식음악감상'이나 '테마가 있는 뉴욕스케치' 등을 연재하게 되었다. 2021년, 『미주한국소설』에 응모한 단편소설 「사랑법개론」이 당선되면서 소설과 콩트를 쓰기 시작했다. 현재 뉴욕퀸즈의 YWCA 평생교육원에서 '나의 이야기' 써보기와 '영화 속 클래식산책' 등을 강의하고 있다. 『뉴요커 정은실의 클래식과 에세이의 만남』(2015), 『영화 속의 클래식산책』(2019) 발간.
chungeunsil@gmail.com

구석의 미학

딸아이가 분가하고 나니 드레스룸이 휑하니 비어버렸다. 오랜만에 내 차지가 된 드레스룸에 조립식 서랍과 선반을 놓고 하나하나 정리에 들어갔다. 일단 무조건 눈 딱 감고 지난 5년 동안 한 번도 입지 않은 옷들은 따로 모아놓았다. 그러고 는 눈에 들어오는 옷들을 골라 옷걸이에 맞춰 걸다 보니 심지어는 가격표가 그대로 붙어 있는 옷도 보인다. 티셔츠 등 접는 옷들은 조립식 서랍에 넣고 모자와 가방 등 액세서리는 선반에 비치해 놓았다. 한참을 정리하다 보니 빼꼭하게 들어찬 옷들로 숨이 턱 막힌다. 그러다가 한쪽에 덩그러니 비어 있는 구석에 눈길이 가고 한참을 그 구석에 머물다 왔다.

창문이 없는 것만 제외하고는 친정엄마 살아계실 때 기도실과 거의 비슷한 크기의 드레스룸은 한번 들어가면 나오기 싫은 내가 가장 좋아하는 최애의 곳이 되었다. 들어가서 패션쇼를 하듯 옷을 입고 이리저리 거울에 비춰보고 하루에도 몇 번씩 드나드는 곳이다. 더욱이 마음이 울적할 때면 괜스레 옷들의 위치를 바꿔보기도 하고 날씨가 끄물거리는 날이면 입을 옷이 없다고 옷타박을 하면서 한참을 머물다 오곤 한다. 그러던 어느 날 갑자기 강아지가 보이질 않았다. 이리저리 찾아봐도 없고 이름을 부르니 소리는 들리는데 마치 먼 곳에서 들리는 것처럼 가느다란 소리로 컹컹 짖는다. 소리의 출처를 따라가 보니 바로 드레스룸이다. 구석, 바로 그 구석에 쭈그리고 앉아서 잠을 청했던 모양인데 한참을 자고 일어나니 주위는 어둡고 아무도 없어서 스스로 놀랐던지 힘없이 앉아 있었다. 그 후부터 구석은 녀석의 아지트가 되었고 남편과 나는 더 이상 묻지도 않고 강아지가 사라지면 으레 드레스룸부터 찾게 되었다.

얼마나 편하면 구석에 한참을 앉아 있을까. 나도 한번 앉아보고 싶은 충동에 옷 사이를 비집고 들어가 공간만 남은 구석에 들어가서 앉았다. 낮은 자세로 앉으니 옆과 위, 그리고 정 중앙이 훤히 들여다보인다. 아마 가운데서는 구석이 무척 보기 힘든 곳일 수 있으나 구석에서는 모든 곳이 일목요연하게 잘 보인다. 전혀 다른 방향으로 가던 가로와 세로가 만나 합일점을 이룬 곳. 구석은 나란히 가는 평행선으로는 결코 만들어지지 않는 곳이다. 후미진 구석, 음습한 구석 등, 구석에 붙은 형용사나 부사로 미루어 보건대 구석은 사람들이 그리 좋아하지 않는 곳이다. 또한 누구든지 정 중앙에서 스포트라이트를 받기를 원하지 결코 보이지 않는 구석에서 일하고 싶어하지 않는다. 그런데 한번 구석에 앉아보면 구석이 얼마나 편한 곳인지, 그 모습 그대로 오랫동안 앉아 있고 싶은 충동을 느끼게 하는 곳인지 알 수 있다.

육십 줄 한가운데 앉아, 왔던 길을 되돌아보니 우리의 삶에도 구석이 많았다. 부부간에 의견 조율이 안 되면 곧바로 가타부타 다투곤 했던 관계에서 점점 서로를 알아가기 시작하면서 그냥 있는 그대로 놔두기 시작했다. 가운데 있는 일부터 처리하고 한참 시간이 지나 돌아보니 그대로 방치한 줄 알았던 구석은 둘 사이의 완충지대가 되어 둘을 받쳐주고 있었다. 마치 탄탄하게 잘 쌓은 건물의 벽돌에서 구석의 벽돌 하나만 떨어져도 전체가 무너지듯 구석이 주는 큰 의미는 절대로 간과할 수 없다. 구석이 있었으므로 정중앙이 존재했듯이 가운데 우뚝 선 한 명의 지도자를 만들기 위해 보이지 않는 구석에서 남모르게 노력하고 힘을 합쳐온 수많은 민초들도 있었다.

언젠가 워싱턴스퀘어, 유니온스퀘어 등 뉴욕시 광장의 역사를 공부하다 보니까 일부러 사람이 인위적으로 만든 게 아니었다. 그리드(Grid) 정책에 의해 도시구획을 하다 보니 일찍이 구획 전에 존재했던 브로드웨이와 바둑판 모양의 그리드 사이에 구석이 생기게 되었다. 왜냐하면 그 당시 브로드웨이는 똑바른 길이 아니고 비뚤비뚤한 길이었기 때문이었다. 그런데 뉴욕커들은 이를 없애버리지 않고 있는 그대로의 모양대로 광장을 만들기에 이르고 이는 마침내 뉴욕의 명소가 된다. 구석에서 시작한 도심의 오아시스 광장에서 사람들은 쉼을 얻고 목을 축이고 하루의 노고를 달랜다.

오늘도 나는 드레스룸 구석의 먼지를 닦으며 생각한다. 언제라도 누군가 정중앙에서 피어날 아름다운 꽃이 있다면 기꺼이 나는 구석의 역할을 마다하지 않으리라고.

5년마다 도지는 병

나는 오랜만에 양복을 꺼내 입고 한쪽에 고이 모셔두었던 페라가모 벨트도 꺼내서 허리에 둘렀다. 그동안 착용을 안한 탓인지 어째 조금 헐렁한 느낌이 든다. 오늘은 일생일대의 정말 중요한 날이고 오늘만 무사히 통과하면 나는 꿈에도 그리던 영주권을 얻는다. 오매불망 얼마나 기다려 온 날인가. 미국신문 주간지에 난 광고는 사실 조금 이상할 정도로 허술하긴 했다. 그러나 미국사람이 이런 면에서는 한국사람보다 훨씬 너그러울 거라는 주위사람들 말이 오늘따라 왜 이렇게 고마운지 모르겠다.

– 결혼을 목적으로 만날 50대 남성 찾음. 집 소유한 미국시민권자임. 원만한 성격의 소유자면 됨(자유와 평등에 기초한 인권주의자). 금전 요구하지 않음.

번역하자면 이렇게 쓰인 영어문구에서 유독 나의 생각을 고정하게 만든 것은 인권주의자였다. 아니, 무슨 변호사도 아니고, 액티비스트도 아닌데 왜 하필 많고 많은 단어 중에 '인권주의자'라는 표현을 썼을까 의아스럽긴 해도 한편 오히려 더 매력적으로 보였다. 아아, 혹시 상대가 불법체류자이면 자신을 드러내기 어려울까 봐 상대를 배려했다는 생각을 하니 오히려 더 고마운 느낌이 든다.

내 이름은 이상수. 52세. 신체건강한 한국남자다. 20년 전, 그러니까 30대 초에 처음 뉴욕에 발을 들일 때만 해도 꽃미남 소리를 들었던 나다. 그런데 오늘 거울을 보니 웬 추레한 중년남자가 적당히 나온 배를 감추려고 안간힘을 쓰고 있다. 한국서 대학 마치고 처음 들어간 방산업체가 문을 닫지만 않았어도 지금쯤 나는 거기서 한자리 하고 있었을지 모른다. 회사가 문을 닫은 후 막상 이리저리 직장을 구하려 해도 달랑 지방대 졸업장 하나로 갈 수 있는 곳은 그리 많지 않았다. 그러던 차에 온라인 웹사이트에 '뉴욕 청과업계의 어카운팅 관리직'이 눈에 띄었고 카톡으로 연결하니 대뜸 어디 사느냐고 물었다. 서울이라는 대답에 상대는 약간 주춤하더니 이력서를 보니 자기들이 원하는 스펙을 다 갖고 있으니 일단 방문이나 유학 비자로라도 뉴욕에 올 수 있냐고, 영주권 스폰서를 해주겠다고 먼저 오퍼를 해왔다.

'일단 비행기만 타고 가면 된다? 숙식도 해결되고 영주권도 해결된다?' 아아, 이보다 더 달콤한 제안이 어디 있을까, 그렇게 해서 시작된 뉴욕생활이다. 비행기도 탔고, 숙식도 해결되고 페이도 섭섭지 않게 받았다. 물론 일의 내용은 서류와는 좀 다르게 잡일이 많긴 했지만 그런 대로 할 만했다. 그런데 문제는 영주권이다. 한 곳에서 5년을 일하다 보니 가까스로 영주권 티오가 한 자리 생겼고 이젠 내 차례겠지 생각하고 있을 때 웬걸, 주인의 조카 영주권 수속부터 들어가야 한다는 것이다. 또 다시 5년을 기다리라고, 그럴 순 없지. 주인과 한바탕 싸우고 무작정 사표를 던지고 나오긴 했는데 막막하다.

그래도 몇 달 살 수 있는 돈은 갖고 있지만 새 직장을 구해야 했고 쓸 만한 곳은 전부 영주권을 요구하니 일단 이것부터 해결할 생각으로 이민 변호사를 찾았다. 그곳에서 만난 사무장은 생각보다 적은 비용을 불렀다. 만불, 그것도 착수금 오천에 손도장 찍으면 나머지 오천을 주면 된단다. 비전문직 고용이민으로 중국인 회사 직원으로 들어가 디즈니에서 하는 영화에 조명감독으로 내 이름을 넣었다고 했다. 한국사람은 이런 걸 절대로 따낼 수 없다고, 그래도 중국인들이 이민역사가 오래 돼서 이만한 자리라도 있는 거라고. 물론 허위문서다. 나는 조명에 조짜도 모르고 오로지 엑셀과 퀵북 등 어카운팅만 알고 살아온 사람인데 어쩌겠나. 사인을 하고 오천불을 건네니 마치 이미 영주권이 내 손에 반쯤 나온 것처럼 홀가분해졌다. 비록 허드렛일이지만 새 직장도 구했고 일도 손에 잘 잡혔다. 그날부터 사무장은 뻔질나게 전화를 해서 그동안의 근황을 낱낱이 알려줬다. 나중에는 내가 귀찮아서 중요할 때만, 내가 꼭 필요할 때만 전화하라고 오히려 내가 역정을 냈다. 그런데 어느 날부터 아예 연락이 없다. 차일피일 미루다보니 일주가 훌쩍 지나고 처음 내가 오천불을 건넨 지 6개월이 되어온다. 분명 이때쯤 무슨 말이 있을 것인데 이상하다 싶어 전화를 걸었다. 개인전화번호는 결번이라고 나온다. 바로 일주 전까지 전화했는데 무슨 소리지 하면서 변호사사무실로 전화를 했다. 변호사가 받더니 일단 나와 보란다. 분명 처음 갔을 땐 안 보였는데 변호사 사무실 안에 방문이 따로 있고 그 앞에 사무장의 명함이 꽂혀 있다. 변호사 말은 사무장이라는 인간은 본인 말이 사무장이지, 이민 변호사와는 아무 상관없는 사람으로 방 한칸을 세내어 필요할 땐 나와서 손님을 만나곤 했다는 것이다. 그러면서 명함을 자세히 보라한다. 아니나 다를까 자세히 보니 변호사 이름은 없고 자신이 스스로를 사무장이라고 호칭했다. 사무장이라는 인간이 밤밤 먹고 도망간 지가 2주가 넘는데 찾아와서 소란피우는 사람들이 한둘이 아니라고 오히려 일에 방해가 되니 경찰을 부르겠단다. 그래도 나는 조용한 편이라 자초지종을 얘기해 준다 하면서 사기꾼한테 속았다 생각하고 돌아가시라 한다. 그래, 맞다. 어쩐지 너무 쉽게, 너무 적정가격에 잘 돌아간다 했는데, 사기꾼이었군. 이렇게 해서 두 번째 나의 영주권 취득의 기회는 또 수포로 돌아갔다.

한동안 영주권 생각도 안하고 그럭저럭 편하게 지내나 싶더니 사기 당한 지 5년이 조금 넘어 잊을 만하니까 다시 병처럼 영주권 생각이 간절해졌다. 초창기 잠깐 다녔던 어학원에서 만들어 준 소셜로 뱅크 어카운트도 오픈했고 운전면허도 있다. 중고차지만 차도 몰고 다니고 남들 보기에 부러울 정도로 현금도 조금 모았다. 그런데 그놈의 영주권이 문제다. 남들은 주위에서 그냥 살면 되지, 영주권 있어서 뭔 소용 있냐고 한다. 심지어는 없을 때는 좋았는데 막상 영주권 생기니까 세금이며 신원 다 캐고 드니까 꼼짝을 못하겠다고 차라리 없을 때가 나았다고 넋두리를 떤다. 그런데 그건 배부른 사람 얘기다. 한번 없어 보시라. 그게 어떤 심정인지는 없어 본 사람만 안다. 하루 세끼 아니라 네끼 다섯끼라도 시간이 없어 못먹지 돈이 없어 못 먹는 건 아니다. 사고 싶은 것 다 사고 가고 싶은 곳 다 다닐 수 있다. 그런데 항상 마음 한 곳이 비어 있다. 불안하다. 쫓기는 느낌이 든다. 아마 영주권을 받고 더 이상 '서류미비자'라는 내 이마의 표적만 없어지면 나는 마음도 넉넉해지고 불안하지도 않고 쫓기며 사는 느낌도 없어질 것이다. 그래 어떡해서든 영주권을 꼭 따야 한다.

내가 너무 귀가 얇은 게 문제다. 아는 형이 시민권자와 결혼해서 영주권을 얻으면서 졸지에 신분이 달라졌다. 엊그제까지 나와 같은 처지였는데 다음달에 CPA

시험을 봐서 미국기업에 들어간다고 한다. 그러면서 정보지에 나오는 구혼광고를 자세히 보라고 귀띔해 주었다. 이참에 나도 결혼으로 영주권을 받을 수 있을까. 벌써 어영부영 뉴욕생활 15년, 그동안 뭘 했는지 남들 다 받는 영주권 하나 못 받고 사기나 당하고 오로지 먹어가는 건 나이뿐, 사십 중반이 넘으면서 이 생각 저 생각으로 머릿속이 분주하다. 그 형이란 작자는 나보다 나은 게 하나도 없는 것 같은데 어떻게 독수리가 붙은 시민권자랑 결혼에 골인했을까. 신세 탓만 하면서 술로 하루하루를 보내고 있었다. 그러다가 우연히 정보지의 한 귀퉁이에서 발견한 '구혼광고'는 구세주 같은 것이었다. 엄밀히 말하면 짝을 이어주는 결혼정보회사로 그곳에선 오만불을 요구했고 난 현재 오만불이 없다. 알선하는 결혼광고 회사는 그런 대로 소문도 나쁘지 않고 성공률도 좋은 편이어서 현재 맺어져 살고 있는 커플도 많았다. 내 수중에 삼만불밖에 없다고 하니 매니저는 삼만불에 가능한 시민권자도 있다고 한다. 마치 물건을 사고파는 것처럼 흥정을 부치는 게 영 못마땅했지만 어쩌겠나, 영주권이 걸린 문젠데. 상대방의 이름을 외우고 좋아하는 색깔, 취미, 꽃 등등 상대가 누군지 좍 꿰고 있어야 한다고 일일이 알려주었다. 단 ,이번 케이스는 처음부터 일체 돈을 안 받고 서로 만나보고 마음에 들면 그때 다 지불해도 된다고 한다. 나로서는 밑지지 않는 게임이다. 나이가 10세 연상이고 남편이 돌아가셨다는 것만 알 뿐 일체 얼굴도 모습도 보여주지 않았고 나 역시 낸 돈이 없으니 따질 만한 권리도 없다.

봄볕 좋은 어느 날 매니저가 나를 데리고 맨해튼의 한 아파트에 갔다. 밖은 허름해도 맨해튼의 거리 값을 하듯 복도며 현관이며 안은 꽤 잘 정리가 되어 있는 중산층의 아트데코 콘도였다. 아마 나는 그곳을 평생 잊지 못할 것이다. 현관에 들어서니 24시간 경비원이 인터콤으로 우리가 왔음을 알렸고 조금 후에 들여보내도 좋다는 가느다란 여인의 목소리가 들려왔다. 사십 중반에 가슴이 콩닥거린다면 아마 아무도 안 믿을 것이다. 그런데 정말 그랬다. 아아, 이 여인을 만나려고 내가 여기까지 왔구나 생각하면서 매니저와 엘리베이터를 탔는데 의외로 엘리베이터 안에서 매니저의 얼굴은 점점 사색이 되어갔다. "절대로 놀라지 마세요, 싫으면 나중에 조용히 싫다고 저한테 말씀만 하시면 됩니다. 물론 겉모습이 다 가 아니긴 하죠. 속이 깊으신 분이니까요" 뜬금없는 소리를 지껄여대는 매니저에게 재차 물을 새도 없이 엘리베이터는 9층에 섰다. 우리는 함께 내렸고 드디어 초인종을 누르려는데 이미 기다렸다는 듯이 스르르 문이 열렸다. 금방 사람이 안 보이는 걸로 봐서 아마 안에서 누르게 되어 있는 것 같다. 흰색 그랜드피아노가 보이고 잘 정돈된 푸른색 섹셔널 소파와 그 위로 르누아르의 그림이 걸려 있는 리빙룸이 나타났다. 잠시 후 등장한 그녀를 뭐라고 표현해야 할까. 그리고 그 당시의 감정을 뭐라고 표현해야 할까. 가슴이 철컥 내려앉았다는 표현은 너무 진부하다. 그러나 뭐라고 표현할 형용사가 없다. 우선 사람보다 먼저 내 눈에 뜨인 건 휠체어였다. 큰 화병에 꽂혀 있는 말라가는 한 송이 장미꽃. 삼십킬로가 될까 말까 한 왜소한 몸집의 그녀가 있기엔 너무나 크다고 느껴지는 휠체어를 보면서 한편 눈물이 핑 도는 걸 가까스로 참으며 어떻게 그곳을 빠져나왔는지 기억도 안 난다. 그렇게 끝난 세번째 영주권 획득 역시 실패다.

한동안 나는 깊은 수렁 속에 빠진 사람처럼 일에만 몰두했다. 영주권이 무슨 소용이야. 결혼? 흥, 결혼도 짝이 있어야 하지. 누가 나 같은 불법체류자를 남편으로 맞을 것인가. 말이 좋아 서류미비자이지, 서류는 뭔 서류. 개뿔, 그저 불체자라고 하는 게 더 편하다. 이럴 줄 알았으면 아예 그때 한국서 오지 말고 꾹 참고 있어야 하는 건데, 왜 나는 궁뎅이가 가볍게 한 곳에 있지 못하고 들석들썩할까. 왜 나는 하필 어카운팅을 잘해서 이 사단을 일으키게 되었나. 왜 나는 귀가 얇아서 이사람 저사람 얘기에 귀 기울이고 선뜻 돈을 걸고, 내 주제에 맞지도 않는 영주권 나부랭이 타령이나 하고 있나. 스스로에게 화가 나기 시작했다. 심지어는 내가 가진 장점조차도 단점으로 변하면서 바닥도 모를 깊은 자기비하의 심연으로 깊이 깊이 들어가고 있었다.

그런데 또 5년의 세월이 흐르면서 마치 전염병처럼 다시 도지는 영주권 취득병은 어김없이 찾아왔다. 이제 내 나이 쉰둘이다. 차라리 영어라도 못하면 거들떠보지도 않을 영자신문인데 영어가 되니까 자꾸 보게 된다. 그날도 영자신문의 클래시파이드 섹션에 실린 구혼광고에 그만 꽂히고 말았다. 가장 매력 있는 단어, 인권주의자는 영영 잊어버리지 않게 내 뇌리 속에 박혀서 절대로 이대로 넘어갈

수가 없다. 꼭 만나야 한다는 사명감으로 다시 영자신문을 들추고 있다. 자유와
평등이라니, 미국의 건국이념은 왜 여기다 붙였는지, 아무튼 좀 당황스럽고 돈키
호테적이긴 해도 순수한 인간성이 묻어나는 그 단어에 나는 한동안 사로잡혔다.
그래, 그동안 내가 돈은 벌었지만 사람대접을 못 받은 탓일 거야. 스스로를 위안
하며 신문에 나온 인물과 서너 번 이메일을 이어나갔다. 글 쓰는 솜씨로 봐서는
아마 대학교육을 제대로 받은 넉넉한 성격의 소유자로 나이도 나와 얼마 차이 안
나고, 무엇보다 초혼이라고 하니 이런 운명적인 인연이 또 다시 있을까 싶다. 그
래, 남들에게 의존해 봤자 돈이나 떼이고, 엉뚱한 사람이나 만나고, 아니 나처럼
사지 멀쩡하고 인물 훤하고 남자구실 제대로 하는 놈이 뭐가 부족해서 그까짓 영
주권 하나에 자신을 팔려고 해. 여태껏 비하하던 자신은 어디 가고 갑자기 나 스
스로가 크고 위대한 인물로 여겨졌다. 그래 스스로 찾아야 해. 내 운명은 내가 개
척해야지. 감히 누구한테 맡겨. 이렇게 해서 드디어 네 번째 나의 영주권 취득 작
업이 시작되었다.

　오늘이 바로 그 사람을 만나러 가는 날이다. 자유와 평등을 부르짖는 인권주의
자. 참, 언젠가 이메일에 박애주의자라는 표현을 쓴 것도 같은데 아마 나랑 잘 맞
을 수도 있을 거야. 나도 잘 살펴보면 박애주의자, 인권주의자이고 누구보다 자유
와 평등의 가치를 제일로 생각하지 않는가. 갑자기 나는 나 자신이 한때의 킹 목
사나 된 듯 한껏 부풀어올랐고 엑셀을 힘차게 밟으며 브루클린으로 치닫고 있었
다. 오랜만에 이발도 깨끗이 했고 회색 양복에 체크무늬 넥타이도 매다 보니 내
자신이 상류사회 인사라도 된 듯 느껴졌다. 그래, 원래 나는 이렇게 살았어야 하
는 사람이었어, 짜식들, 앞으로 나의 행보를 지켜보라고, 내가 얼마나 잘 나가는
지 하면서 어깨를 으쓱하고 브루클린 덤보의 한 아파트 앞에 주차해 놓고 숨을 고
르고 있었다. 아티스트라고 했지? 어떤 쪽의 그림을 그릴까? 나도 글 꽤나 쓰고
문학 쪽에 소질이 있으니 아마 잘 맞을 수 있을 거야 스스로에게 다짐하다 보니
벌써 아파트 계단을 오르고 있었다. 초인종을 누르고 드디어 문이 열렸다. 단정한
차람의 초로의 신사가 나를 맞는다. 아아, 이곳엔 집사도 있나? 생각하면서 혹시
여기가 리찌(LIZZY) 집이 아니냐고 물으니 맞다고 한다. 그러면서 어서 들어오라

고 한껏 들뜬 목소리로 나를 맞는다. 그리고 내 말을 들을 새도 없이 초로의 신사는 수다스럽게 말을 이어나갔다. 나의 인간적인 면이 너무 좋았다고, 남녀를 평등하게 자유롭게 여기는 그 면이 좋았다고, 결혼은 꼭 남녀에 관계없이 좋은 사람끼리 할 수 있다는 그 생각에 백퍼센트 동의한다고, 자기가 바로 리찌라고 들어오라고 하면서 천천히 아주 천천히 손톱에 분홍 메니큐어를 바른 두툼한 손으로 실내화를 꺼내고 있었다. * 『재외동포 저널』 2023년 여름호

조소영

시

평화호

거미줄

순례

자카란다 선물

얼음별 떴다

조소영

전남 신지도에서 태어나 여수에서 자랐고 초등학교 때 서울로 유학, 서울에서 교사로 지냈다. 호주로 이민해 시드니에서 한글학교 교사를 했고, 고향에 대한 그리움으로 시를 쓰다가 2017년 호주 『한호일보』 신년문예 대상(시)을 받았다. 『문학과 시드니』, 『마음시』에 작품을 발표하고 있다. stella-young@hanmail.net

평화호

남도길 끝자락에 숨어 있는
작은 저수지는

반달배미 키우며 홀쭉해진
외할머니의 젖가슴

먼 길 돌아온 물새떼
줄 지어 물미끄럼 타고

철없는 땜방오리들
숨바꼭질하다 잠자리에 드는 어스름

종일 말없이 서 있던 앞산이
슬그머니 고개를 기댄다

* 『한호일보』 2016년 3월호

거미줄

바쁘게 집을 나선 아침

조소영　203

사잇길로 접어들다가
거미줄을 훑쳤다

대충 털고 가는데
눈앞에 작은 거미가 보인다

멀찍이 떨어진 나무와 나무 사이
수없이 쏘아올린 실로 허공을 재고
소망을 담아 차곡차곡 쌓아올린 집을
부숴버렸다 이유도 없이

며칠 전 고향 동무가 날린 소식이
목에 걸려 있다
샘밭골 사는 덕칠이 알제, 가 갔다
가가 시랑고랑했다쿠데

몇 번일까 양지뜸을 함께 걸은 날이
그의 손뻐꾸기 소리에 뻐꾸기가 날아들었지
아무 말 없이 고향을 뜰 때
그 마음에 실금 하나 그었나

반푼이인 줄 모르고 살면서
마주친 이들의 마음 실타래 훑치고 자른 일
얼마나 될까

버스 정류장에 다다라

얼굴에 머리에 묻은 거미줄 탈탈 털어내니
가슴팍을 조이는
거미줄 거미줄

* 『문학과 시드니』 2021년 창간호

자카란다 선물

싱클레 거리에 종이 울리고
축제는 시작된다

해묵은 가지에 원주민들 찾아들어
보라 등불이 골목마다 일렁인다

묻지 말자
육만 년 살았던 땅에서 밀려난 일을

까닭 없이 벼락 맞은 나무가
가장 단단한 지팡이가 되듯이

우리의 오랜 바람은
너희와 함께 있는 것뿐

그냥 좋구나
다 어여쁘다

〈

베리 바닷가 피크닉 온 가족들과 바비큐 한 점 드시고
브렌넌 공원에서 쿵쾅대는 아이들 따라 흔들흔들

안개 자욱한 날에는
언제라도

눈 감고 들어다오
네 맘속에 울리는 지팡이의 속삭임

자카란다 우두둑 지는 날
두고 간

저 보랏빛 나팔귀

* 『문학과 시드니』 2023년 제3호

순례

나도 모르게 나는
산티아고 길에 다녀왔다

스페인 공항이라고 전화한 너

나와 함께 걸었단다

성당마다 촛불을 켰단다

네가 나를 업었느냐
나의 허물마저 뒤집어썼느냐

너의 부르튼 발이 찍혀 있는 길을
방바닥에 펼쳐본다

빼르돈 비탈 뉘우침의 구름밭 눈부신 메세라 밀밭 헉헉 올라간 푸에르타 산에
내 이름 쓴 돌멩이 철십자가 아래 내려놓고 갈수록 멀어지는 갈리시아 들판을 건
너 대성전까지 절뚝이며 걸었을 이천 리

다리 한쪽 팔 한쪽 떼어주고
허파도 쓸개도 빼주고 목소리만 남았느냐

나도 다녀왔다 그 먼 길을
너의 여윈 등으로

* 『문학과 시드니』 2023년 제3호

얼음별 떴다

겨울 막바지 날에
너의 사망 기사가 떴다

3년 전 올무에 빠지고도
조국을 떠날 수 없었느냐

시베리아 감옥 독방에 갇혀도
가둘 수 없는 너의 꿈

모두 함께 목청껏 외치면
빙벽을 깰 수 있다고 믿었느냐

추위와 주림 고문으로 쇠꼬챙이 됐어도
오히려 가슴은 부풀었느냐

아무도 모르고 하늘마저 외면해도
어둠 너머의 길 지울 수 없었느냐

너는 힘없이 쓰러졌지만
너의 눈빛은 스러지지 않았다

그 눈빛 빙벽을 뚫고 하늘에 꽂혔다

북쪽 하늘에 얼음별 떴다

* 신작(2024)

조영실

조영실

충남 당진에서 태어났고, 40년 가까이 학교에서 교사로서 근무했다. 어릴 때부터 문학에 대한 동경을 가지고 있었다. 생각만 가지고 있다가 10년 전 글쓰기에 우선순위를 두기로 하고 시 쓰기를 시작했다. '나는 이 세상에서 가난하고 외롭고 높고 쓸쓸하니 살아가도록 태어났다'라는 백석의 시구를 자주 읊조린다. 앞으로 따뜻한 시를 많이 쓰고 싶다. 2016년 『한국시학』 등단. 2020년 중봉조헌문학상 우수, 2022년 제3회 DMZ문학상 운문 장원, 2023년 제4회 문경새재문학상 대상, 제6회 해동공자 최충문학상 장려 등 다수 입상. 수원문인협회 회원.
lcj92@hanmail.net

자루

아무도 주목하지 않았다

그도 존재를 드러내려 하지 않았다
컴컴한 창고 한 쪽에 널브러져 있기도 하고
상자 속에 묻혀 있었다

채워지는 대로 모습을 드러내기까지는

무엇이든지 그대로 품어
시장 한가운데 당당히 서서 오가는 발길을 붙잡는다

산비탈 고추밭에 한여름을 묻은 순이 할매 땀내와
밧줄로 절벽을 오르며
약초 캐는 덕이 아재의 고단한 이야기를 들려준다

늦은 밤 뜨거운 저마다 삶을 담고
달리는 트럭에서 휘몰아치는 비바람에 온몸이 젖어도
뿌리 내린 곳을 떠나는 것들을 감싸며 입을 꼭 다문다

* 『경기일보』 '시가 있는 아침', 2016. 04. 24.

그냥 돌아갑니다

평생을 북향집에서 사신 어머니
한낮이 기울어
마루에 길게 비치는 햇살을 무척 좋아하셨지요
지금은
동틀 때부터 붉은 점으로 산마루 걸릴 때까지
밝은 빛 마주하고 계시는군요
항상 '그냥 갈래?' 하고 먼 산 바라보며
말문을 닫으셨던 어머니
언젠가는
어머니 살 냄새 맡으며
어머니 가슴 밑바닥 고여 있는 이야기들
밤새워 퍼내리라 했지만
이제 돌벽으로 가슴을 닫으셨군요
아무 때나 찾아가면 계신 줄 알았지
홀로 핏줄 말라가시는 줄 몰랐습니다
두 손 내밀며 귀 기울여 보지만
제 가슴속에 냉기만 쌓여갑니다
건너편 능선 하얗게 피어 있는 구절초, 어머니 웃음이군요
어머니, 구절초 향만 가득 품고 그냥 돌아갑니다

* 『중부일보』 '시의 향기', 2018. 04. 15.

고백

조기구이 두 마리 올린 아침 식탁, 돋보기를 찾아 쓰고 가시를 발라내던 남편 갑자기 젓가락질을 멈추고,

난 정말 어머니가 닭의 날개와 다리를 싫어하는 줄 알았어 난 이게 맛있어야 항상 닭 모가지만 뜯었지 나는 다리와 날개만 골라 먹고 나머지는 밀어내고,

언젠가 설거지한 그릇을 보고 밥풀이 그냥 있어요 소리쳤더니 그러냐 하고 아무 말도 안했어

얼마 전에 알았지 어머니는 닭다리와 닭 날개를 좋아하시고 닭 모가지를 싫어했다는 것을, 어머니가 설거지를 할 때 밥풀이 안 보였다는 걸

남편은 다시 돋보기를 고쳐 쓰고 조기 가시를 발라내기 시작했다

* 『경기일보』 포토시 2018년 9월

향기의 힘

사람들은 모르지
봄이 지나며 봄꽃들이 시들고 나도
은은한 향기가 펼쳐지고 있는 그것을
봄꽃의 여운인 줄만 알지

그것이 아닌데,

여름이 가까워지면서
향기가 은은히 나고 있는 꽃이 있는데
그것을 사람들은 아카시아꽃이라 생각하지
그것도 아닌데,
진짜 은은한 향기는 바로 때죽나무라는 것을
사람들은 모르지

뻐꾸기 소리 들리는 오월
숫눈처럼 수줍은 미소를 머금고
바닥을 향하고 꽃잎을 연
때죽나무꽃

겸손하게 세상의 이야기를 듣지
서른 살 넘은 아들이 집에만 있다는
실직한 남편 재취업이 삼 개월째 안 된다는
노인이 늙은 낙타 같은 다리로
폐지 수레를 끌고 가며 폐지가 별로 없다고 하는

그래
고개를 끄덕일 때마다 퍼져나가는 향기
은은한 향에 이끌려 발길을 멈추는 사람들
소녀 같은 웃음 지으며
자신의 봄을 꺼내어 다시 채색하지

* 『한국시학』 2024년 봄호

오월의 그늘

아홉 살 아이가 다섯 살 동생을 잡고 간다
연보라 등나무꽃이 활짝 핀 오월의 아침
책가방을 메고 학교 반대쪽 어린이집으로 향한다

하교 후에는 설거지하고 동생을 데려와 씻겨 재워야 한다는 아이

엄마는?
운동하느라 새벽에 들어와 피곤하대요
낮에는 친구들 만나야 하고요

오늘도 일기장에 '불쌍한 소연'이라고 쓸 것이다

동풍에 등나무꽃 향기가 한움큼 날아와
아이의 등허리를 휘감으며 따라간다

* 『한국시학』 2019년 가을호

조 희

수필

무꽃

버려도 아프지 않은 쓰레기

조희

충남 부여 출생. 문학에 관심은 있었지만 삶에 쫓겨 글을 쓰지 못하다가 뒤늦게 단국대 대학원에서 문예창작을 공부하면서 시와 수필을 쓰고 읽는 사람이 되었다. 2022년 제21회 『내일을 여는작가』 시 부문 신인상으로 등단했다. 공저 『뭉클했던 날들의 기록』이 있다.

bongrim2755@naver.com

수필

무꽃

그것이 싹이 날 것을 기대한 것은 아니었는데, 어느 날 싹을 틔우더니 쑥쑥 꽃대가 자랐다. 윗동만 남은 무에서 새순이 줄기처럼 자라는 것을 보면 가슴 속 어디선가 잃어버렸던 기운이 솟는 것 같기도 했다. 한편으론 옆구리가 시리기도 했고 트림을 할 땐 매운 무 냄새가 났다.

튼실한 무 하나를 숭덩숭덩 잘라서 무국을 끓여먹고 볶아서 무나물 해먹고 고등어조림에 넣어먹고 그래도 윗부분이 조금 남아서 음식쓰레기로 버릴까 하다가 흰 사발에 올려놓고 물을 조금 채워 본 것이다.

도대체 어떤 꿈을 꾸길래 며칠을 미동도 하지 않다가 허공에 존재를 드러내는지 그것의 속내가 궁금했다. 어차피 무라고도 호명할 수 없는 토막일 뿐인데 무슨 미련이 남아 새순을 밀어 올릴까.

갑자기 엄마한테 들었던 솔방울 얘기가 생각났다. 소나무의 솔방울은 씨앗이 하나라도 남아 있으면 소나무에서 땅바닥으로 떨어지지 않는다는 것이다. 그만큼 씨앗에 대한 열망이 강했으리라. 나의 엄마도 마지막 남은 씨앗 하나 지키려 했던 계절이 있었다.

사업이 망해서 전국을 떠돌아다니는 작은오빠를 위해 장독대에 정화수를 떠놓고 어디서나 무탈하고 부자가 되게 해달라고 손바닥을 비비며 간절히 기도했다. 엄마에게 자식이 하나만 있는 것도 아닌데 다른 여섯의 자식은 늘 뒷전이었다. 중얼거리며 걸어다닐 때도 기도문을 외웠다. 부엌에서 도마에 무를 올려놓고 칼로 쓱쓱 자를 때도 작은오빠 생각을 하다가 손가락이 베여서 오랫동안 검지손가락을 친친 감고 다녔던 적도 있었다.

엄마가 중얼거리며 그렇게 먼 산을 보던 시절이 또 있었는데, 농사를 짓던 아버지가 도회지 사람들과 어울려 다니다가 좋은 논밭을 팔아 공동묘지 근처 싹산이라는 산을 샀을 때였다. 그 산 밑에 거친 밭이 제법 있었는데 그 밭에는 무를 심곤 했다. 어느 해인가는 무 농사도 제대로 안 된다며 길쭉한 단무지 무를 심기도 했다. 심은 것을 수확하는 날이면 으레 아버지는 만취해서 막차를 타고 집으로 돌아오셨다. 언제부턴가 엄마는 처마 밑에 매달아 놓은 무청 시래기처럼 시들시들 해져 갔다.

그리고 학교에서 가져온 가정환경조사서에 종교를 쓰는 것이 있었는데, 증산도라고 썼던 적이 있었다. 그것은 엄마가 생각하는 뜻을 응원해 주고 싶은 나의 작은 마음의 표시였다. 서툰 글씨로 쓴 세 글자라도 그때는 그랬다. 뿌리 깊은 유교 집안에서 혼자서 외롭게 증산도를 믿는 엄마 편이 되고 싶어서였다.

엄마는 매일 정성들여 기도를 했다. 밥을 거르는 적은 있어도 기도를 잊으신 적은 없었다. "엄마, 뒷집 아줌마처럼 새벽예배에 안 나가고 왜 장독대에서 기도를 해요?" 하고 내가 묻자 맏며느리라서 집안의 제사를 지내야 하기 때문이라고 했다. 증산도는 제사를 지낼 수 있는 종교라고 했다. 교회를 가면 조상은 안 모시고 하나님만 모시고 제사는 안 지낸다고 했다.

우리 집은 6대조까지 제사를 지냈다. 그 때문에 엄마는 한 달에 한두 번은 제사 음식을 장만하셨다. 게다가 오랫동안 병석에 누워 계셨던 할아버지와 까다로운 할머니를 모시고 산다고 엄마는 쉴 새가 없으셨다.

그뿐인가! 아버지 밑으로 시동생들이 줄줄이 여섯이나 되니 엄마 가슴이 멀쩡 할 수가 없었을 것이다. 뭐든지 자식보다 시동생을 먼저 생각해야 했기 때문이다. 제사는 나중에 안 사실이지만 4대조까지 제사를 모시게 된 것도 막내인 내가 어렸을 때에 결정된 것이라고 했다.

그때는 증산도가 동학이 변형된 형태로 나타난 양상이라는 것을 몰랐었다. 엄마랑 손병희 동상을 보러 관광버스를 타고 갔던 적이 있었고, 지붕 위로 기러기가 풍경을 가로질러 갈 때에도 '새야 새야 파랑새야' 하고 엄마와 노래를 함께 불렀던 적도 있었다.

지금 생각해 보면 그때 엄마는 무청 시래기처럼 마르는 것이 아니라 그늘이나 어두운 곳에서 조금씩 썩어가고 있었던 것이다. 씨앗이 발아하는 조건과는 다른 환경에 있었던 것이다. 시부모님 모시고 시동생 여섯과 자식 칠남매를 키운다고 엄마는 속이 푹푹 썩어 들어갔던 것이다.

아마도 엄마는 가부장적인 유교적 제도에 혼자서 죽창을 들 듯이 증산도를 믿었는지도 모른다. '앉으면 죽산, 일어서면 백산'이라는 말이 생각났을 땐 하얀 사발 속에서 무가 꽃대를 제법 죽창처럼 하늘을 찌를 듯이 높이 쳐들고 꽃봉오리를 매달고 있을 때였다.

다음 날 아침, 꽃 두 송이가 폈는데 놀랍기만 했다. 끝까지 살아남아 피어올린 연분홍 꽃잎은 네 장이었다. 꽃잎 가운데엔 노란 수술도 있었다. 언뜻 보면 꽃잎이 나비 같았다. 엄마가 나비처럼 날아올지도 모를 일이다.

며칠 봄이 오기를 기다리며 내가 강아지를 데리고 산책을 나갔다 들어오는 사이에 무는 사발에서 숭고함을 꽃 피우고 있었다.

문득 무꽃과 눈이 다시 마주쳤을 때 나는 알았다. 꽃대가 허공으로 꽃을 피어올린 것처럼, 무덤에 들어가기까지 썩고 시든 몸뚱이에서 꽃이 피었다 지고 또 피었다 지는 모습은 엄마의 살아온 나날이라는 것을. 그런 무꽃이 엄마처럼 나를 바라보고 있었던 것이다.

나는 무꽃이 핀 흰 사발을 식탁 위에 올려놓았다. 끝까지 살아남으라고 물을 적당히 주었다. 눈시울이 뜨거워졌다. 엄마가 꽃등 하나 들고 내 앞을 비춰주고 있다는 생각이 들었다.

지금 어둠 속에서 길을 잃고 헤매는 나의 길을. 내 몸이 썩어가고 있는 것을 알면서도 너도 소망을 밀어올리고 꽃을 피워보라는 듯이. 우리는 썩기에 좋은 몸의 구조를 갖고 태어났다고. 살다보면 몸이 썩는지도 모르는 사이에 꽃은 피는 거라고.

무꽃과 나는 묵언을 오래도록 나누었다. 무꽃이 식탁 위를 환하게 밝히고 있었다. * 신작(2021)

버려도 아프지 않은 쓰레기

떫은 피가 솟아올랐다. 나는 감나무에 매달린 땡감이 붉게 익은 홍시가 될 만한 나이임에도 불구하고 아직도 덜 익은 존재로 살고 있다.

경주로 이사 간 친구와 전화를 끊고도 친구의 말이 계속 귓바퀴를 울렸다.

"세상에, 경주는 첨성대와 왕관을 막 버려!"

깜짝 놀랐다. "그게 무슨 말이냐고, 국보를 버리다니…."라고 말을 했지만 알고 보니 종량제 쓰레기봉투에 첨성대는 조금 크게, 왕관은 작게 인쇄되어 있다는 것이다.

무엇이든지 잘 버리지 못하는 습관이 있는 나는 망치로 한 대 얻어맞은 기분이었다. 사람이나 사물에 관하여 지나치게 정이 많다고 해야 하나? 어쨌든 그만큼 상처가 생길 수밖에 없는 가능성이 크다고 해야겠다.

그렇다고 집안 정리를 안 한다는 얘기는 아니다. 어떤 때는 정리하고 싶은 마음이 노란 고무줄처럼 몸에 감기면 탄성력이 버틸 때까지 정리정돈을 하고 몸살이 나서 눕고 만다.

잘 버려야 잘 산다는 말이 생각난다. 그런 사람이 인생도 깔끔하게 정리하면서 완벽하게 살기 때문일 것이다. 인간은 원래 불완전한 존재라서 완벽하지는 않겠지만 살다가 무엇이든지 어떤 관계든지 '쿨'하다는 느낌을 받게 만드는 사람도 있다.

나는 그런 사람과는 거리가 멀다. 옷장이나 신발장을 보면 잘 버리지 못하는 습성과 마주하고 만다. 문을 열면 곧장 시간들이 튀어나온다. 옷장에서는 젊은 여자, 중년 여자가 쏟아져 나오고, 신발장엔 봄, 여름, 겨울이 들어 있다. 그것들이 신발코를 내밀고 한꺼번에 나를 바라보면 내가 계절 위를 걸어가는 것처럼 느껴진다.

일단 입으면 편하다는 이유로 남들은 다 버렸을 낡은 티셔츠에 고무줄 치마와 바지를 지금도 버리질 못하고 있다. 낡은 옷처럼 현실은 늘 누추하기 마련이라는 어느 시인의 말이 떠오른다. 그렇다. 버릴 것을 버리지 못해서 더 아픈 사람도 있을 것이다. 그 반대로 버리지 말아야 할 소중한 것을 버려서 또 아픈 사람도 있을 것이다.

현실을 생각하지 않고 망각하며 사는 것이 좋으련만 어떤 기억은 끈질기게 달라붙어 날 계속 괴롭히기도 한다. 수많은 별들 중에 몇 개의 이름들이 가슴에 첨성대처럼 콕 박혀서 가끔 나를 부를 때가 있다. 나의 육친과 사랑하는 존재들이 그렇다. 세월이 지날수록 쓰레기봉투처럼 얼마 동안 유해물질을 발생하기도 한다. 언젠가는 종량제 쓰레기봉투에 쌓여서 흙으로 돌아가야 하는 감정들일 것이다.

인간들은 죽는 순간까지 쓰레기가 생기기 마련이다. 하루 동안 생존하면서 버려야 하는 쓰레기만 생각해 봐도 짐작할 만하지 않을까. 먼저 먹어야 사니까 식사가 식탁에 차려지면서 버려야 하는 쓰레기와 배출해야 사니까 화장실은 또 몇 번씩이나 드나드는가? 나도 죽을 때까지 무엇인가를 계속 버려야 살 수 있을 것이다.

나로 하여금 발생되는 쓰레기를 생각하면 인간관계까지 생각하게 되고 관계의 기본인 가족관계와 좀 더 나아가서 이웃관계, 사회관계, 국가관계 등 이런 관계는 마인드맵처럼 연결되어 확장된다. 그 사이에서 발생되는 쓰레기는 또한 얼마나 많겠는가. 인간들의 감정쓰레기도 이 쓰레기의 한 종류일 뿐일 것이다.

이렇듯 살아있는 동안 만들어지는 쓰레기 중에서 감이 홍시로 익기 전에 꽃과 함께 떨어지는 감똥으로 내 인생이 마감되지 않기를 바랄 뿐이다.

시골집의 장독대에 떨어진 감똥은 그렇게 아름답게 기억되는데, 지금 생각하면 손바닥 위에 올려놓고 보았던 감똥이 푸른 슬픔이었다니. 감똥, 감똥 입술로 작게 말하다 보면 신라가 멸망했는데도 지금까지 남아 있는 첨성대와 왕관 같기도 하다. 마음 한가운데로 별똥별 하나 떨어진다.

경주에 있는 첨성대는 삼국시대 신라 시기의 천문관측소로 국보 제31호다. 첨성대는 별칭이라 한다. 하늘을 연구하면서 인간이 왜 그 시간에 태어나는지를 연구했을까? 국가의 길흉을 점치거나 농사시기를 예측하기 위해서겠지만 별이 나타내는 현상을 관찰했다는 것은 여전히 나에겐 신비롭게 생각된다.

지금도 별은 뜬다. 그 별빛은 천마총 금관에서 빛나는 금빛이고, 녹슬지 않고 후손들에게 전해지는 유물이 반짝이는 마음이다.

경주로 이사 간 친구는 금관이라고 표현하지 않고 왕관이라고 했지만 나는 그 천마총 금관이 떠올랐다. 이유는 잘 모르겠지만 여고 시절 경주로 수학여행 갔을 때에 봤던 달리는 말이 연상되면서 사슴뿔을 닮은 금관을 보았을 때의 강렬한 인상이 상기되었다.

사실 '경주 황남대총 북분 출토 신라 금관'이 전형적인 신라 금관으로 조형미와 금세공기술이 세계 제일이라고 한다.

현재 경주에서 사용되고 있는 종량제 쓰레기봉투에는 권력과 존엄과 최고의 가치를 버리면서 역사인식을 새롭게 깨닫게 하는 현실의 재발견이 들어 있다. 다시 생각해 봐도 놀라운 생각이다. 이런 소중한 유물이 주민 한 사람 한 사람의 쓰레기를 품으며 현실을 견디게 만들어 주는 힘 같기도 하다. 어쨌든 국보급 쓰레기봉투라고 할 수 있겠다.

나는 신라시대의 푸른 감똑 같은 유물 속에서 신라의 멸망을 새삼 생각하며 마음을 쓸어내린다. 지금도 밤이면 빛나는 별처럼 첨성대와 신라 금관이 후손들의 가슴 속에 영원히 남길 바란다.

그리고 버릴 것은 잘 버리고 소중한 것은 잘 지키면서 계절의 맛이 제대로 나는 홍시가 되길 바랄 뿐이다. * **신작**(2022)

차도연

시

쑥이 타는 밤
가로수에 빛이
내가 버린 스카프

차도연

서울에서 태어났고 인천대 법학과를 졸업했다. 30대 후반에 '글결에' 동인으로 활동하면서
'문학산책'에 시를 발표했다. 백석의 시를 좋아한다. 2002년도에 『경인일보』 문화부장이 '문
학산책'에 발표한 시를 보고 이메일을 자주 보내주어 시 창작의 큰 동기 부여가 되었다. 최근
에 '시는 내가 홀로 있는 방식이다(Poetry is the way I am alone)'라는 페르난도 페소아의 문구가
시를 붙들게 하고 있다. ahyocha@naver.com

쑥이 타는 밤

시계 바늘이 포개져 비명을 지른다

비명 소리가 깊어서 시계가 깊어진다 항아리만큼

항아리 속에 쑥을 넣고 불을 지핀다

푸른 불꽃이 공중에서 탁탁거린다

불꽃이 시계 바늘을 끌어 당기고 그림자들이 바스락거리며 날아들어
불꽃에 합류하고 잰 손으로 뜯어 온 연기에 항아리가 질식한다

불이 난 집에서 뛰쳐나온 사람처럼 쑥이 치솟는다

내가 쑥과 함께 확 타버린다

잠잠하게 타 들어가는 그 푸르름이 너무 아름다워

무너진 집에서 나온 내가 항아리를 타고 앉는다

연기가 질을 파고들어 나를 관통하면

뜰을 떠난 쑥이 욕망이 다한 자궁을 헤집는다

〈

비명 소리가 깊어서 내가 깊어진다 항아리보다 더

쑥의 시간이 탁탁거린다

불이 쑥에서 몸처럼 피어난다

가로수에 빛이

초록은 없다 초록은 언제나 없었다

내 딸이 독일에 있다는 말은 초록이 없다는 말과
하등 상관이 없다

슬프지 않다 초록이 없다는 말

아무런 일을 겪지 않았지만
나는 계속 이 말을 해야 한다

내 아버지 종아리처럼 서 있는 나무는
내 아버지를 기억하지 않는다

아무런 일을 겪지 않았지만

나는 계속 뜯어내고 있었다
계속 털고 있었다

초록은 없어도 내 딸은 여전히 독일에 있고

가로수에 빛이 쌓인다는 말을
나는 계속 해야만 한다

내가 버린 스카프

물에서 멀어졌다.
물이었는지 알 수 없지만

난 날고 있었다.

별을 보지는 못했지만
반짝이는 것만으로도 충분했다.

물에서 멀어져
스카프가 되는 일은 생각보다 간단하다.

스카프는 물보다는 하늘을 헤엄치는 중인지도 모른다.

가오리는 산호초보다 건조대에 더 어울리는지 모른다.

〈

건조대에 널 수 있을까

일단 건조대에 널어보았다.

박하향이 뚝뚝 떨어졌다.

건조대가 마른 산호초처럼 바스락거린다.

가오리는 몸이 넓고 곁눈질하며 물에서 멀어졌다.

물에서 멀어지자 스카프처럼 가벼워졌다.

스카프는 가오리의 얼굴이었다가 나의 얼굴이었다가

물빛이었다가 사람의 낯빛이 되어 하늘로 날아갔다.

나는 날고 있었다.

날고 있었다.

최영아

수필

엄마의 까치집과 달
동행

최영아

1948년 서울에서 태어났다. 고등학교 졸업 후에는 잠시 동안 제약회사에 근무한 적이 있다. 결혼 후 아이 낳고 키우면서 젊은 시절 내내 주부로 살았다. 하지만 늘 결핍을 느꼈고 정신적으로 만족스럽지 않았다. 뒤늦게 대학 공부를 했다. 문학을 하는 지인을 만나 글쓰기에 열중하게 되었다. 2020년 계간 『농민문학』 여름호에 수필 부문 신인상으로 등단했다. 늦은 나이지만, 본격적으로 문학 공부를 하고 싶어 단국대 대학원 문예창작학과에 입학해 석사학위를 받았다. 한국문인협회 회원. ajoomnaok@naver.com

엄마의 까치집과 달

양옆에 우뚝 서 있는 아파트 건물 사이로 헤드라이트가 앞길을 열며 들어간다. 아니, 내가 차를 운전하고 있으니 내가 들어가는 것이다. 밤이 이슥해 벌써 자는 지, 불 꺼진 집들이 대부분이다. 드문드문 보이는 희미한 불빛들이 나를 내려다보고 있다.

내가 사는 집이 흐릿하게 보이는 바로 앞 주차장으로 들어서다가, 희미하게 불빛이 새어나오는 유리창을 올려다보니 유리창 안쪽으로 엄마의 실루엣이 보인다. 베란다에 앉아 내 차가 언제 들어오나? 고개를 살짝 들어 빼꼼 창밖 아래를 내다보고 계신다. 어쩌다 내가 외출했다 늦게 들어가는 날이면 어김없이 그 자리에 앉아 계신 엄마. 어둠 속이라 엄마의 눈은 보이지 않으나 그 눈빛은 더 예리하게 내마음의 눈에 와서 박힌다.

내가 사는 아파트 베란다에는 자그만 테이블과 의자가 창밖을 향해 단정하게 놓여 있다. 나는 친정엄마와 둘이 살고 있다. 나이가 들어가면서도 나는 아직도 어머니라고 부르지 못하고 평소대로 엄마라고 부른다. 엄마는 틈만 나면 늘 거기 앉아 계신다. 엄마의 공간이다. 거기서 신문도 보시고 기도도 하신다. 내가 나가는 것도 보고 내가 들어오기를 기다리며 내다보시기도 한다. 또 창밖의 풍경도 감상하신다.

아파트는 작은 산자락 밑에 있다. 산자락 끝에 우리 집이 있다. 아파트 바로 밑에 주차장, 바로 위가 산이다. 해서, 마치 내 집 정원인양 나무들이 바로 눈앞이다. 사시사철이 바로 눈앞에 있다.

창밖에 보이는 나뭇가지에 까치집이 있다. 커다랗게 쭉 뻗은 나무들의 가느다란 나뭇가지 사이로 두 개의 까치집이 있다. 하나는 헌 집. 하나는 새 집.

아침에 눈을 뜨고 창밖을 보면 시야에 바로 까치집이 보인다. 가끔 그 날씬한 꼬리를 까딱까딱 위아래로 흔들기도 하고, 깍 깍 깍 우는 것인지 가족을 부르는 것인지 스타카토로 소리를 내지르고 있기도 한다. 아침에 까치가 울면 좋은 일이 생긴다는 옛말이 있기도 한데…. 그래서 옛날부터 까치를 길조라고 부르는 것일까? 또 반가운 손님이 오신다는 말도 있다.

까치도 사람처럼 새집을 좋아하는가 보다. 작년까지 살던 까치집은 버리고, 바로 그 위에 다시 덩그러니 새집을 지었다. 가느다란 나뭇가지를 수없이 물어다가 덩그렇게 둥근 집을 지었다. 아마도 부부 까치가 짓는가 보다. 온종일 두 마리가 쉴 새 없이 왔다 갔다 한다.

아침에는 엄마 까치가 식사를 챙기나 보다. 어디론가 날아갔다 입에 무엇인가 물고 온다. 조금 있다 다시 날아가서 또 물고 온다. 까치집에는 새끼까치가 몇 마리나 있는지 아마 아까 못 먹인 다른 새끼 까치를 먹이나 보다. 낮에는 또 놀러 다니는 것인지, 한참 동안 어디론가 휙 사라졌다가 한참 후에서야 돌아오기도 한다. 때로는 가끔 친구 까치들도 데려오는 것 같다. 여러 마리가 들락거릴 때도 있다.

엄마는 낮에는 까치집을 바라보며 낮 시간을 즐기신다.

"네 친구는 왜 아직 안 오니? 왜 아직 새끼, 밥 안 먹이니?"

혼자 중얼거리기도 하고 마음속으로 대화도 하신다.

낮에는 까치 밤에는 달, 당신 자신만 아는 친구가 둘이나 있다.

밤에는 늘 베란다에 앉아 달을 향해 눈빛을 맞추신다. 그래서 그런지 달 전문가 같다. 달을 보면 그 모양새를 가늠하여 음력 날짜를 거의 맞히기까지 하신다.

옛사람들은 초승달은 미인의 눈썹 같다고 했고 보름달은 쟁반 같다고 표현했다. 같은 보름달이라도 추석 때는 추석 보름달이라 했고 정월 때는 정월 대보름달이라 했다.

어느 때는 엄마가 노래도 부르신다.

"달아, 달아 밝은 달아 이태백이 놀던 달아

저기, 저기 저 달 속에 계수나무 박혔으니…"

이태백이 놀았으면 즐거워야 할 텐데 엄마의 노래는 전혀 즐겁지 않고 왠지 처량하고 구슬프다.

자고로 해는 강렬한 에너지를 느끼게 하고 달은 낭만이 있고 시적이라 하지 않았던가? 조선의 화가 신윤복의 그 유명한 풍속화 '월하정인'에서도 나타나 있듯, 은은히 흐르는 달빛 아래의 남녀가 얼마나 고혹적인가?

우리 엄마도 달을 보며 옛 애인을 생각하셨을까? 아니면 이루지 못한 첫사랑을 생각하신 것은 아니었을까? 또 시국이 어지러울 때마다 전쟁 나지 않게 해달라고, 달보고 부탁을 하셨을 것도 같다. 한국 사람들 거의가 갖고 있는 전쟁 공포증, 우리 엄마도 전쟁 공포증 환자이다. 거의 환자 수준이시다.

어렸을 때 전쟁을 겪으신 후 그 '트라우마'가 평생을 가는 것 같다. 옛날 여인들도 엄마처럼 달을 보고 눈물지며 하소연했다고 하지 않던가. 달이 뜨고 지고 뜨고 지고 틀림없이 돌아가는 달, 오묘하다.

그런데 얼마 전부터 까치들이 안 보인다고 하신다.

"애, 개네들도 사람처럼 강남의 비싼 아파트로 이사 갔나 보다"

"그러게, 정말 그런가 보네요" 나도 맞장구치며 깔깔 웃었다.

까치들은 바람 부는 날 집을 짓는다고 한다. 바람 불어도 집이 날아가지 않도록 튼튼하게 짓기 위해서란다. 그런 지혜는 어떻게 알았을까? 어쩌면 어미의 어미로부터 대물림으로 알았던 것은 아니었을까.

엄마와 다시 살게 된 것은 한 10년 정도 됐다. 남동생과 사시다가 남동생이 직장 관계로 한국을 떠나야 했기 때문에 내 집에 모시게 된 것이다.

처음 몇 년 동안은 붓글씨도 쓰러 다녀서 서예가도 되시고 가끔 이종사촌 자매들이나 친구들과 모임도 하시고, 먼 곳까지 대중교통으로 활발히 나가 다니시기도 했다. 그런데 4~5년 전부터는 대중교통으로 다니시는 것이 힘에 겨운지 점점 눈에 띄게 바깥출입이 줄어드셨다.

처음에는 베란다에 앉아 있는 엄마를 보고 '추운데 왜 저기 앉아 계시나?' 생각했는데 까치집과 달을 보고 계신다는 것을 나중에야 알게 됐다.

그러고 보니 엄마는 자연에 관심이 많고 자연을 많이 사랑하시나 보다.

어느 수필집에서 현대인의 고독을 치유한다고 강의하는 행복 전도사님이 '우주를 끌어들여 소통하므로 외로움을 쫓아내자'라고 강의를 했다는 글을 읽은 적이 있다. 그러나 우리 엄마는 그런 강의를 들은 적도 없지만, 달과는 아주 친하다.

까치집과 달, 늘 혼자 계셔야 하는 당신이 스스로 터득한 엄마만의 놀이 방식인가? 까치집과 달을 친구 삼아 그 무료함을 달래시는 우리 엄마. 엄마를 보면 신선이 따로 있는 것 같지 않다는 생각이 든다. * 『농민문학』 2020년 여름호 신인상

동행

넓은 통창 밖으로 부부인 듯한 노인 두 분이, 손을 꼭 맞잡고 걸어가고 있는 뒷모습이 보인다. 아파트 건물 사이, 주차 공간 양옆을 제외한 넓은 공터 한가운데에서 천천히 함께 발걸음을 옮긴다. 백발이 성성하고 다리가 살짝 휜 것으로 보아 팔십은 훨씬 넘어 보인다. 마주 보고 있는 목각 인형의 원앙처럼 은근하면서도 포근한 아름다움이 엿보인다. 나른한 오후 나는 아파트 창가에서 무심코 밖을 내다보고 있었다.

누가 나에게
"남녀 사이가 어떤 사이가 가장 아름답게 보이느냐?"
묻는다면 나는 서슴지 않고 대답할 것이다.
"노부부가 두 손 꼭 맞잡고 가는 것이 가장 아름다워 보인다."
젊은이들의 사랑이 싱싱한 녹색 잎 같은 사랑이라면, 노부부의 사랑은 농익은 빨간 단풍 같은 사랑이다. 단풍의 아름다움은 마지막 혼신의 아름다움이라 더욱 처절하면서도 세월을 끌어안은 넉넉한 여유가 있다.
유럽 여행을 하다 보면 백발의 노부부들이 손을 꼭 잡고 산책하는 모습을 흔히

본다. 그들의 모습에서 동서양의 문화의 차이를 본다. 서구권은 외향적이고 동양권은 내향적이라는 것. 그들은 자신의 감정에 충실하고 주변을 별로 의식하지 않는다는 것. 우리는 주변을 의식하고 드러내지 않는다는 것.

요즘은 우리나라 사람들의 인식도 많이 바뀌어서 우리 주변에서도 노인 커플들의 그런 모습을 많이 볼 수 있다. 그 순간 나는 문득 사는 동안 수많은 난관을 어떻게 헤쳐 나왔는지, 밉지는 않았느냐고 묻고 싶었다.

하지만 혹여나 그랬을지라도 이제는 모든 게 용서가 되는 모양이다. 너나 나나 고단한 인생길 얼마나 힘들게 왔느냐며 서로 다독이는 부부. 인생의 질곡을 넘어 이제는 무덤덤하기까지 한 사랑이지만 묻지도 따지지도 않는 깊은 신뢰가 축적된 사랑이 있음이 보이는 것 같다.

고등학교 때 은사님이, 학문적 동지로 만난 분과 80세에 재혼을 하셨다.

"뭐라고? 80세에?" 우리 동창들은 잠시 충격이었지만, "역시 선생님은 멋있으시다." 하고 입을 모았다.

마지막 인생길을 두 손 꼭 잡고 서로 지지대가 되어, 동행하는 두 분의 모습이 마음속으로도 든든해 보였다. 두고두고 응원의 박수를 쳤다. 짝, 짝, 짝.

유행가 「동행」이라는 노래를 나는 참 좋아한다.

"누가 나와 같이 함께 울어줄 사람 있나요?

누가 나와 같이 함께 따듯한 동행이 될까?"

쉬운 가사이면서도 허한 내 감성을 두드리며, 촉촉이 가슴에 젖어든다. '따듯한 동행', 채우지 못한 영혼을 충만하게 할 것만 같다.

누가 나와 같이 함께 따듯한 동행이 될까? 마주 앉아 따끈한 커피 한잔 마실 수 있는 사람. 정서가 통해 오래도록 대화해도 지루하지 않은 사람. 언제 만나도 오랜 친구처럼 편안하고 평범한 사람.

평범한 사람, 어느 사회나 평범한 사람들이 자신이 사는 사회를 아름답고 따듯하게 만들고 있지 않은가.

넘어질세라 서로 두 손 꼭 잡고 천천히 걸어가는 저 노인들이 바로 인생 황혼 길을 밝게 만드는 진정한 동행자가 아닐까. 서로 징검다리가 되어 살아온 세월 속에는 이미 그런 사랑이 녹아 있는 것이 아닌가. 쭈글쭈글한 손이지만 꼭 맞잡은 두 손에는 따듯한 온기가 있다. 서로가 서로에게 위로가 필요한 사람, 주고받는 한마디 말을 붙잡고도 위안이 되고 편안히 꿈꾸며 잠잘 수 있는 사이…. 동행하는 친구, 동반자이다. * 『농민문학』 2023년 겨울호

함기순

수필
노년의 사랑
문신

함기순
내 인생의 전환점은 '글쓰기'였다. 남편이 워낙 가부장적이라 속엣말을 하지 못하고 살았다. 뱉어내지 못한 말들은 어느 사이트에서 글을 쓰게 되었고 많은 사람들이 재미있다며 호응을 해주었다. 시간이 지나면서 수다성 글에 만족하지 못하고 점점 진중하게 글을 쓰기 시작하면서 수필 등단도 했다. 생활 속의 소재를 찾아내어 내 글을 차곡차곡 쌓아두고 있다. 언젠가 나의 글을 모아 한 권의 책을 만들 것이다. 남은 삶을 살아가면서 책 속에서 나의 과거를 추억하고 현재를 즐기고 미래를 꿈꿀 것이다. annaham@hanmail.net

노년의 사랑

지난겨울에 우리 집에 다녀간 72세 언니의 사랑이야기는 다소 충격적이었다.

아버지가 일찍 돌아가시는 바람에 어머니 혼자 꾸려 가는 가계에 보탬도 되고, 또 동생들의 학비 때문에 고등학교를 졸업하자마자 대구로 취직하러 갔던 언니는 어머니의 버팀목이었다. 언니는 내가 초등학교에 입학하는 해에 대구로 시집을 갔다. 딸을 남의 집으로 보내면 그 집의 자손을 생산하여야만 며느리의 책무를 다 한다고 여기는 어머니는 언니의 임신소식을 애간장을 태우며 기다리며 온갖 한약을 지어 보냈지만 종무소식이었다.

엄마는 당신을 닮았으면 자식을 많이 낳을 터인데 애통해 하시면서 애먼 삼신할미를 원망하였다. 언니는 끝내 자식을 낳지 못한 죄인으로 이혼을 하고 혼자 살았다. 엄마가 돌아가실 때까지 엄마의 가슴에 맺힌 응어리가 되고 말았다.

그 후, 내내 혼자 살다가 내가 결혼하는 해에 언니도 자식이 네 명이나 되는 재취자리로 재혼을 했다. 남의 속으로 나온 자식들을 키우면서 숯검정으로 변했을 많은 세월의 속내를 결코 드러내지 않았지만 그 속을 어찌 모를까. 재혼한 형부의 자식들을 다 출가시키고 나자 형부가 뇌출혈로 쓰러졌다. 5년 동안의 긴 병구완 끝에 형부가 돌아가셨다. 형부 장례식의 광경이 파노라마처럼 펼쳐진다. 형부의 본처는 선산이 아닌 다른 곳에 묻혀 있었고, 형부가 살아생전에 선산에는 언니와 형부가 나란히 누울 자리라며 해마다 벌초하러 다닌다고 언니는 아이처럼 좋아했었다.

그런데 막상 형부가 돌아가시자 기막힌 상황이 벌어졌다. 인부 몇 사람이 짊어지고 온 낯선 관 하나를 보는 순간 언니는 뭔가 이상한 낌새를 차렸는지 안색이 변하면서 그 자리에 주저앉고 말았다. 형부의 자식들이 언니에게 일언반구 상의도 없이 낳아준 친엄마의 관을 가져와 형부와 합관을 했던 것이다.

기른 정이 낳은 정보다 더 깊고 애틋하다고 누가 말했던가. 그건 무근지설이었다. 얼굴이 백지처럼 하얘지고 먼지보다 더 가벼워 훅 불면 날아갈 것 같은 언니를 부축하여 산을 내려왔다. 언니는 그 후로 형부의 자식들과 점점 소원해지고, 한동안 허탈감과 배신감에서 헤어나지 못해 긴 날들을 가슴앓이를 했다. 수년이 지나면서 세월이 약인지 서서히 안정을 찾아가는 언니를 보며 나도 한시름 놓았다. 지금도 형부의 자식들을 생각하면 화가 치밀어오른다. 10년이란 세월이 흐르면서 언니는 홀로서기를 잘 해냈다.

지난봄에 언니는 자궁근종으로 수술을 받게 되었다. 병실에 앉아있는데 웬 할아버지가 음료수 상자를 들고 머뭇거리며 언니의 침상으로 다가왔다. 동네 노인정 친구라고 소개했지만 어쩐지 내가 그 자리에 머물기에는 어색했다. 물 뜨러 가는척하며 자리를 비우고 밖에서 문틈으로 엿보니 그 할아버지는 안쓰러운 표정으로 언니의 손을 꼭 쥐고 있었다. 30분 남짓 지난 후에 그 할아버지가 돌아가고 의뭉스럽게 쳐다보는 내 시선을 피하며 언니는 더듬거리며 말했다. 언니와 같은 아파트 옆 통로에 산단다.

"저 할아버지도 혼자 된 지 10년이 넘었대. 이웃에 사는데…. 그냥 남자친구야."

"피, 친구는 무슨…. 두 사람이 아주 애틋해 보이더구먼."

비아냥거리는 내게 언니는 그 할아버지의 가족관계를 소상히 말해 주었다. 언니보다 네 살 많고 아들이 두 명, 딸도 두 명인데 다 출가하여 대구, 포항에 산다고 했다. 혼자 사는데 아침마다 뒷산에 가면 그 시간에 할아버지도 산에서 만나며 가끔 점심도 같이 먹는단다. 어느 날은 된장찌개를 끓여놓고 당신이 집에 와서 간을 봐달라고도 한단다. 괜히 심통을 부리며 왜 언니에게 간을 봐달라고 하느냐, 무슨 수작을 부리는 게 아니냐, 나이든 할배가 주책이다. 이런저런 언짢은 소리를 해댔다.

병원에서 퇴원하고 건강해진 언니를 보고 안심을 하고 집으로 왔다. 대구는 겨울이 엄청 춥다. 혹여 수술 후유증이 생길 수 있으니 겨울 한 달 동안 우리 집에 와 있으라고 했다. 일주일 정도 있더니 자꾸 짐을 챙기는 폼이 대구로 가고 싶은 모양이었다. 집을 오래 비우면 안 된다는데 뭔가 수상했다. 시외버스정류장에서 머뭇거리며 내뱉은 언니의 말 한마디에 아연실색을 했다. 그 할아버지와 한집에 살기로 했다고.

"아니 무슨 망발이야? 언니 나이가 몇 살인데. 여태 혼자 잘 살아왔으면서 갑자기 왜 그래?"

나에게 눈을 마주치지 못하고 혼잣말처럼 '외롭다'고 했다.

아, 누가 내 뒤통수를 한 대 때리는 것 같았다. 아이들을 키우며 남편의 뒷바라지에 외로울 틈이 없었던 나는 '외롭다' 그 한마디가 큰 충격으로 다가왔다.

내 삶에만 충실했던 나는 언니의 외로움을 전혀 감지하지 못했던 것이다. 언니는 나에게 엄마 같은 존재였다. 엄마들처럼 언니도 그냥저냥 사는 줄 알았다. 자식도 없이 남의 자식들을 키우고 배신당하고 혼자서 그 아픔을 감내하고 살았을 터인데 언니의 그 삶을 일부러 외면한 것은 아닐까, 뒤늦게 나의 우매함을 탓해 본다. 살아온 날보다 남은 삶이 더 짧은데 늦게나마 서로 의지하며 살아간다면 언니의 노후가 행복해지지 않을까.

노년에도 사랑이 있다는 것을. 아니 사랑을 할 수 있다는 것을 깨달았다. 황혼에 찾아온 언니의 사랑을 뒤늦게나마 축복해 주고 싶다.

문신

지금은 마스크로 얼굴의 반을 가리니까 색조 화장은 안 하지만 예전에는 외출을 하는 날에는 꼭 화장을 했다. 기초화장품과 베이스크림을 바르고 파운데이션을 꼼꼼히 바른다. 립스틱의 색깔을 골라 바르고 아이섀도도 연하게 칠하지만 아이라인은 눈을 자주 비벼서 하지 않는다. 볼 터치를 하고나서 화장의 마지막 단계인 눈썹을 그리는데 곤욕을 치른다. 오른쪽 눈썹을 그리고 나서 왼쪽을 그리는데 짝짝이가 되어 몇 번이나 고치지만 영 마음에 들지 않는다. 지우고 다시, 눈썹 숱이 많지 않아 화장의 마무리에는 꼭 그려야 하는데 이상하게 그리고 나면 양쪽 눈썹이 맞지 않아 속상했다. 약간 균형이 맞지 않아도 결국 혀를 차고 일어나고 만다.

여자에게 화장은 자신의 품격을 높여주는 행위다. 스스로 거울을 봐도 맨 얼굴과 화장을 한 얼굴은 천지차이가 난다. 내가 화장을 하면 딸아이는 엄마가 변신했다고 놀리면서도 예쁘다며 항상 그렇게 화장하고 다니라고 했다.

어느 날, 아파트 같은 통로에 사는 아줌마가 눈썹 문신을 하러가자고 했다.

문신?

천운영의 「바늘」이라는 단편소설에서 화자는 바늘로 남자들의 몸에 여러 가지 동물들의 형상이나 글로 문신을 새겨주는 일을 하며 생활을 한다. 화투에서 끗발을 날리기 위해 오광을 새겨주거나 날카로운 송곳니와 눈을 무섭게 부릅뜬 호랑이를 가는 바늘 끝으로 색소를 찍어 문신을 새겨준다. 강해지고자 하는 남자들의 욕구를 문신으로 채워주는데 문신을 하고 난 자신의 몸을 보고 매우 흡족한 얼굴로 나간다. 내가 생각하는 문신은 소설에서처럼 조폭들이나 남자들이 몸이나 팔에 새기는 것으로만 알았다.

당시에 눈썹문신이 유행을 하기 시작했고 자격증이 있는 미용실에서 시술이 가능했다. 보수적인 남편 때문에 망설이다가 외국으로 일주일간 출장을 떠났을 때 용기를 내어 문신을 했다. 숯칠 한 것 같은 눈썹이 어색했지만 이미 저질렀으니 지울 수도 없다. 남편이 돌아오는 날, 파운데이션을 눈썹에 발랐다. 그래도 표가 났지만 거짓말로 얼버무렸다. 지워지지 않는 일제 연필로 그렸다고.

남편은 집안일이나 나의 외모에 무심한 편이다. 파마를 하고 온 날에 머리를 디밀며 어떻냐고 물으면 뭐가? 한다든지, 베란다 대청소를 하고 꽃 화분을 들여놔도 눈길도 주지 않고, 집안 소품 가구를 바꾸어 옮겨도 아는 체도 안한다.

눈썹이 좀 진해져도 모르겠지 했는데 뭔가 이상하다고 여겼는지 일요일에 낮잠을 자는데 손가락에 침을 묻혀 내 눈썹을 닦고 있는 게 아닌가. 사무실 여직원이 눈썹문신을 하고 출근을 해서 사무실에서 화제가 되었는데 마누라도 문신을 했는지 확인을 했다. 이실직고를 했지만 이미 저지른 마누라의 뜻밖의 행동에 못마땅해하며 혀만 쯧쯧 찰 뿐이다.

점점 문신이 보편화되어 호랑이. 독수리, 용 같은 상투적인 문신문양에서 벗어나 자신이 선택한 이미지를 다채로운 색깔을 넣어 패션의 한 방법으로 성행했다. 젊은 여자들은 어깨에 붉은색을 넣은 장미를 새겨 사람들의 이목을 끌기도 하고 불심(佛心)이라는 글을 새겨 자신의 신앙심을 내세우기도 한다.

최근 어느 드라마의 결혼식장에서 신부의 드레스가 발에 걸려 흘러내리는 바람에 등 전체에 크게 새겨진 관음보살의 문신이 적나라하게 드러나게 되었다. 그 광경을 본 목사인 시아버지가 기함을 하는 해프닝을 재미있게 봤다.

지금까지 내 눈썹문신은 그 흔적이 남아 있어 연필로 그릴 필요가 없다. 코로나 유행이 되면서 화장을 하고 외출할 곳도 없고 좀 희미해졌지만 다시 문신하고 싶은 마음은 없다. 그런데 또 문신을 고민하는 일이 생겼다.

아이들이 초등학교 들어갈 무렵에 큰시누이의 아들인 대학생 남자조카를 데리고 있게 되었다. 큰시누부가 다른 지역으로 가게 되어 그 조카와 3년 남짓 같이 살았다.

1980년대 후반이었는데 데모 때문에 조카가 늦게 들어오는 날에는 가슴을 태우며 안절부절 못했다. 공무원인 남편에게는 이런저런 거짓말로 둘러대기도 했지만 우리가 데리고 있을 동안은 아무 탈이 없어야 시누이에게 면목이 설 텐데.

3학년을 마치고 군대를 가게 되어 한시름을 놓았다.

그 후유증으로 내 머리 정수리에 원형탈모가 생겼다. 500원짜리 크기인데 머리를 가려도 표가 나서 속상했다. 시간이 지나면서 그 자리에 머리카락이 났지만 워낙 숱이 없고 머리카락이 가늘어 그 자리는 듬성하여 내내 나의 아킬레스건이 되었다. 미용실도 단골을 정하여 파마할 때 원장이 표시 나지 않게 작은 롤을 감아 휑한 정수리를 교묘하게 풍성하게 만들어 주었다. 파마가 풀릴 때쯤에는 또 표가 나서 얼른 파마를 해야 하는 악순환이 계속되었다. 5년 전, 신도시로 이사를 오고는 그 미용실을 가지 못하게 되었고 여러 곳의 미장원을 다녔지만 그때의 원장처럼 표 나지 않게 가려주지를 못했다. 부분 가발도 해봤지만 왠지 어색하여 몇 개를 사놓고도 사용하지 않았다.

외출할 때는 엉성한 정수리를 최대한 가리기 위해 조그마한 핀을 몇 개 꼽아 머리카락을 덮어 스프레이를 뿌리고 나간다. 샴푸부터 영양제, 헤어스프레이도 탈모에 관한 것만 사용하고 맥주효모도 먹고 있다. 효과가 너무 미미하지만 지금도 여전히 사용 중이다. 그러니 내 눈에는 지나가는 여자들의 머리숱에만 관심이 많았고 풍성한 머리를 가진 여자들을 늘 부러워했다.

지난 봄, 나른하여 누워서 텔레비전을 보는데 머리두피에 문신을 하는 방송을 하고 있었다. 벌떡 일어나 눈여겨보았다. 어떤 아주머니가 머리 앞쪽에 숱이 없어서 문신을 하니 매우 흡족하단다. 두피에 머리카락을 심는다는 말은 들어도 문신을 한다는 건 금시초문이었다. 당장 검색을 했다. 강남에 여러 군데의 성형외과에서 문신을 하는데 신중하게 골라야 하기에 공중파를 탄 그 병원을 살펴보았다. 유명 연예인도 두피에 문신을 했는데 아주 만족한다고 했고 사진을 봐도 전혀 어색하지 않고 자연스러워 보였다.

상담을 위하여 시간을 정해 병원을 갔고 의사선생님은 내 머리두피를 촬영을 해가며 문신할 자리를 표시를 했다. 비용은 좀 과했지만 수십 년을 정수리 아킬레스건으로 마음고생 한 것을 생각하면 망설일 필요가 없었다. 몸에 문신을 하듯이 숱이 없는 두피에 바늘로 검은색소를 묻혀 미세한 점을 찍는 작업이라서 시간이 오래 걸리지만 참을 만했다. 시술하고 두 번이나 리터치를 하고 나니 거짓말처럼 정수리에 숱이 많은 것처럼 보였다. 뒷거울로 봐도 전혀 표시가 나지 않아 대만족이었다.

지금은 파마를 하지 않고 생머리 커트다. 머리숱이 많아 보여 다른 사람들은 전혀 눈치를 채지 못한다. 드디어 나의 묵은 아킬레스가 사라졌다. 정말 좋은 세상이다. 하하!

황현희

황현희(黃炫喜, 본명 황동옥黃東玉)

경남 진주에서 학창 시절 보냄. 대학 재학 시 교내 시문학동아리에 가입하여 시를 쓰기 시작함. 교내 학보와 교지에 수필 및 사회과학 관련 논문도 다수 게재. 사회학, 철학, 국문학, 심리학, 역사학 등의 경계를 오가며 공부함. 2002년 동국대 국문과 일반대학원에 진학, 「유치환 시와 아나키즘」이라는 논문으로 석사학위 받음. 이후 박사 과정에 진학하여 '한시'에 대한 공부를 하려고 했으나, 생계로 인해 포기함. 경북 구미에서 김양헌 평론가를 만나 평론을 시작함. 구미에서 페미니즘 공부 모임에 들어가 공부하기도 함. 시 동인 활동과 시와 소설을 오가는 본격적인 문학 수업도 받음. 『사람의 문학』 1994년 가을호에 비평문 발표, 1995년 같은 지면에 비평문 발표. 2009년 『문학 · 선』에 비평문 게재. 2014년 가을호~2015년 봄호 『시와 반시』에 시 리뷰 게재. 그 외 시집 해설평과 소설집 해설평 등도 집필함. 가장 관심 있는 주제는 자아, 시간, 대타자 혹은 정전으로서의 아버지. 가장 관심 있는 분야는 시, 그리고 시 비평임. 비평도 문학이어야 한다는 생각으로 비평작업을 함. musim0303@naver.com

왼손을 줍다

그녀의 왼손은 투명하다
보이지만 보이지 않는 존재다
아홉 살부터 십대 초반의 기억 속
왼손 손등은 두 줄의 붉고 푸른 가로줄이 선명했다
이제는 그 줄도 사라졌지만
그 시린 통증도 아물었지만

왼손은 기억한다
한 달에 한 번 찾아오는 손님 같은 아버지
가족들의 저녁 식사에 오른 조기 두 마리
그녀의 팔 길이보다 조금 먼 곳에 있는 사냥감을 향해
그녀의 젓가락이 돌진한다
둥근 밥상처럼 둥글지만은 않았던 저녁식사

젓가락이 조깃살에 닿으려는 순간
따악, 왼손 손등을 때리던 아버지의 쇠젓가락
아홉 살 소녀의 눈에서는 눈물이 뚜욱
그 모습을 고소해하며 지켜보던 큰오빠의 눈길
그러나 통증보다 더 강한 식욕 앞에서 그녀는 어김없이
항상, 늘, 맛있는 반찬을 향한 집요한 젓가락질을 반복했다

아버지가 없는 둥근 밥상에서도

큰오빠의 쇠젓가락이 소녀의 손등을 투두둑 때린다
아버지는 어디에나 있었다
누구에게 허락받을 필요조차 없다
왼손의 금기를 깨는 사람은 사정없이 때려라
이유는 없다 아버지의 명령이다
기억은 사실을 왜곡하면서 진실을 양각화한다
달궈진 부젓가락으로 변신한 쇠젓가락
손등을 맞던 그날 이후부터 그녀의 왼손은 점점 작아졌다

슬며시 나가려는 왼손을 움켜잡는 오른손
오른손으로 꾹꾹 눌러 쓴 삐뚤빼뚤한 글자들
눌러 쓴 글자 이면에 쓰인 투명한 글자들
숨기고픈 욕망의 흔적들이 또렷하다
잘못 쓴 글자를 지워도 종이를 찢어도
감추고 싶은 진실은 남는다
약함을 감추기 위해 눌러 쓴 글씨, 비틀거리는 글씨를
다잡기 위한 안간힘, 그게 그녀의 삶이 되었다.

쓰기를 그만두고픈 순간이 올 때면
흔들리는 오른손에 더 힘을 주었다
세상의 아버지들은 감시의 눈길을 게을리하지 않기에
오른손잡이임을 증명하고자

저요! 저요! 내게도 목소리를 주세요! 나의 왼손이 오른손에게 내미는 악수를
외면하지 말아 주세요! 나의 왼손을 돌려주세요! 왼손에서 피가 흘러요 이 세상
곳곳에서 왼손의 통곡이 천둥소리처럼 들려요 왼손의 무덤이 곳곳에서 늘어나고
있어요 땅속에서 왼손이 자꾸만 돋아나려고 해요 글자 한 자 한 자를 쓰기 위해

포복하던 오른손도 왼손의 슬픔을 기억해요

시간에도 녹슬지 않는 아버지의 쇠젓가락
땅속에서 죽순처럼 자라나는 거대한 쇠기둥
그녀가 가는 곳마다 지뢰처럼 터지던
아홉 살 소녀의 손등을 때리던 쇠젓가락
왼손으로 밥 먹지 마라 오른손으로 먹어라
손등을 가차없이 때리던 젓가락이 그녀에게 하신 말씀이다

어느 날 그녀는 사라진 왼손을 주웠다
잃어버린 줄 알았던 손을 주웠다
지하에서 지상으로 나가는 지하철 역사의 유리문 앞에
왼손이 바닥에 뒹굴고 있었다 누구의 왼손일까
사람들 발에 밟히며 통증을 느낄 왼손이 가여웠다
슬며시 왼손을 주워 그녀의 투명한 손 위에 끼우자
그녀의 목구멍에서 손 하나가 불쑥 나왔다
그녀의 왼손이다

아픈 줄도 모르고

길가 낙엽송 정강이가 갈색으로 패였다
꺼멓게 변한 자국 주변에는 잡초며 쓰레기가
모여 있다 타이어 교체 유압 공구 주둥이가 패인
곳에 입을 대고 있다 상처로

돌진할 태세다 그녀는
버스 차창 밖으로 훌쩍 날아갔다
짙은 갈색으로 변한 패인 자국에 기댄
쓰레기 더미를 슬쩍 치워주고 왔다

그 날 이후
그녀는 오른쪽 정강이에 생긴 푸른
멍을 자주 쓰다듬는다
탁구공 크기만 한 멍은 통증도 강하다
언제 어디서 생긴 멍일까
푸른색에서 갈색으로, 갈색에서 검은색으로 변하는 멍
통증은 날이 갈수록 약해져 갔다

그러지 마 그러지 마 난 괜찮아
잡초는 바람과 햇살을 막아주는 친구인걸
괜찮아 괜찮아
쓰레기들은 상처를 덧내기도 하지만
상처를 가리는 옷이기도 한걸

일주일에 한 번
그녀는 버스 안에서 나무의 안부를 묻는다
오른쪽 정강이를 보듯 나무의 패인 자국을 본다
또 일주일이 지났다
나무의 패인 자국은 검게 변해 있었다
간밤에 내린 비로 흔적이 더 짙어졌다
쓰레기는 치워지고 잡초는 여전하다
더욱 더 선명한 상처

더 더욱 까맣게 변한 상처

늦가을에서 초겨울로 들어서면서
잡초도 사라지고 쓰레기도 없다
상처는 더욱 진하게 변했다
자동차 타이어 교체 유압 공구는 여전히 그 자리에 있다
상처에 입을 댄 채 나무속으로 직진할 듯이

아버지와 의자

어머니가 돌아가신 집은 남의 집 같다. 어머니는 내게 고향이었나 보다. 가신 뒤에야 이런 생각을 하다니 후회는 아무리 일찍 해도 늦는 법. 언니와 내가 아버지 병간호를 위해 지난 늦가을 고향에 들른 것도 이런 이유다. 엄마가 돌아가신 지 스무 해, 아버지는 홀로 사셨다. 노노케어로 돌봐주시는 할머니 한 분이 이제껏 아버지를 돌봐왔다. 그 할머니가 무릎이 아파서 병원에 간다며, 우리 형제들에게 간병하라는 연락을 했다. 가까이 있는 남자 형제들도 며느리들도 형편이 되지 않아 서울에 사는 언니에게 연락이 왔고, 언니는 내게 연락을 했다. 나랑 같이 내려가자고 했다.

아버지는 올해 아흔일곱. 기력이 많이 약해지셨지만 아직도 아버지는 호랑이다. 이빨이 거의 다 빠진 호랑이지만 말이다. 하여 마음은 있지만 나는 선뜻 통화하기가 어렵다. 따뜻함도 염려도 실리지 않는, 짧고 단조로운 목소리. 갈수록 아버지의 어조는 조금 부드러워지긴 했지만 나는 여전히 통화하기를 힘들어한다. 의무감에서라도 안부 전화를 자주 드려야 하는 건 맞지만 왠지 마음이 불편하다. 오남매 중의 넷째. 딸 둘 중의 둘째. 쌀의 뉘처럼 보이지 않는 미미한 존재감, 우수한 학업성적으로 아버지의 기대를 만족시키지도 못한 딸.

내가 자라면서 아버지도 점점 산처럼 높아졌다. 경사가 완만한 언덕 같은 산에서 조금 가파른 산으로 나중에는 오르기 힘든 산으로 변해갔다. 집 앞에서 보면 바로 보이지만, 오를 수 없는 산처럼. 언젠가 오르리라 마음먹지만 오르기에는 너무도 높은 산. 집 바로 옆에 산을 두고 있지만, 결코 오를 엄두를 낼 수 없는 산. 그 산이 아버지였다. 이런 아버지 앞에서 나는 딱 한 번 "아니오"라는 말로 항변한 적이 있었는데, 안 맞으려고 맨발로 대문 밖을 뛰쳐나가던 일을 나는 잊지 못한다. 자식들에게 아버지는 전제군주였고, 어머니에게 아버지는 숨통을 조이는 감시자였다.

이런 아버지도 세월 앞에는 장사 없다더니, 많이 쇠약해지셨다. 엉치뼈의 미세한 골절로 외과병원을 출입하시면서 앉고 서기도 힘든 노인이 되었다. 심지어 대소변도 힘들어하셨으니 그 불편함은 무척 컸으리라. 언니와 내가 진주에 간 토요일은 마침 병원에 가서 골절의 경과를 봐야 하는 날이었다.

제대로 앉지도 서지도 못하시니, 속옷과 겉옷을 입혀 드리고 지팡이도 챙기느라 둘이서 얼마나 낑낑거렸는지 모른다. 양쪽에서 부축해서 대문 밖 택시가 기다리는 곳까지 가는 데도 삼십여 분은 걸렸으리라. 콜택시를 불렀지만 택시 기사는 잔뜩 화난 얼굴이었고, 여기가 아니라 반대편으로 택시를 대어달라 말하니, 그냥 가버린다. 나는 정말 가버렸나 싶어서 도로에서 카카오택시를 불렀다. 점심시간이라서 그러리라 짐작은 하지만 이럴 수가 있나 싶었다. 우리도 주말이라 얼른 안 가면 진료 시간을 맞출 수 없어 애가 탄데, 그것도 못 기다리나 싶었다. 그러나 가버린 줄 알았던 택시는 다시 돌아왔다. 애가 타니 택시 기사마저 우리를 갖고 노는 것으로 비치었다. 병원 진료 시간을 이십 분쯤 남겨두고 간신히 병원에 도착했다.

다시 엑스레이를 찍고 난 뒤, 의사가 진찰했다. 경과가 좋다고 하시면서, 그래도 요양병원에 가시는 게 나으리라고 조언했다. 간병하는 이가 없으면 더 기력도 없어질 것이고 이런 일도 자주 있을 수 있다는 의사의 말이었다. 아버지는 그 말을 다 듣고도 모른 체했다. 집에서 돌아가셔야만 한다는 아버지, 집이 아닌 곳에서 죽으면 객사라는 말을 입버릇처럼 하시는 아버지.

그러나 이런 첩첩 산도 없었다. 점심 식사 시간이라 병원 정문을 오가는 택시는 아예 없었다. 진료를 마치고 나오는데 소변이 마렵다고 아이처럼 징징대던 모습이라니. 언니는 주위를 둘러보다, 간호사실에서 스타벅스 일회용 플라스틱 잔을 다행히 얻었다. 언니와 나는 외투를 벗어 아버지 주변을 담처럼 두르고, 소변을 보시게 했다. 택시가 안 보여서 언니가 큰길까지 나가서 택시를 타고서 왔다. 집으로 가는 길을 내비게이션으로 찍고서 이동하면 되는데, 택시 기사는 우리에게 위치를 자꾸 물었다. 기사는 점심 식사가 급한지 얼른 내려주고 가고 싶어 하는 기색이 역력했다.

언니는 "저기 옛날 조산원 있던 자리, 복개천이 있던 곳~~"이라고 말했다. 나도 그 이상은 보탤 것도 없어서 맞장구만 쳤다. 아저씨는 자신이 생각하는 곳에 택시를 멈췄다. 언니와 나는 아버지를 힘겹게 부축하고서 천천히 내렸다. 택시는 가버렸다. 문제는 지금부터였다. 그곳은 복개천이 있던 곳이 아니었다. 물론 우리 집 골목 입구도 아니었다. 우리에게 자가용이 있다면 천천히 이동하면서 우리가 가고자 하는 곳에 내렸을 것이고, 이런 고난의 행군은 없었을 것이다. "언니야, 아무래도 우리가 잘못 내린 것 같아"라고 했더니, 언니는 내게 집까지 얼마쯤 남았는지 뛰어가 보라고 했다. 얼추 잡아도 300미터는 넘는 거리였다. 다시 택시를 타느냐 걸어가느냐 하다가, 이깟 것 가지고 그냥 걸어가자,고 둘은 합의했다.

그러나 300미터가 이리 멀 줄, 고작 이깟 것이라 여긴 것이 이리 힘들 줄 몰랐다. 건강한 성인 걸음걸이로야 한달음에 갈 수 있는 거리이지만, 엉치 골절이 겨우 나아가는 노인에게는 십리 길 못지않았다. 아버지를 부축하고 걸어가는 언니와 나에게는, 집까지 도착할 수는 있을지 언제 도착이나 할는지 알 수 없는, 먼 아주 머언 길이었다. 다섯 걸음마다, 좀 쉬었다 가자, 말씀하시는 아버지. 앉을 곳도 제대로 없는 길에서 어찌해야 하는지, 둘은 늦가을인데도 불구하고 진땀을 있는 대로 흘렸다. 뒤늦게 언니와 나는 다시 택시를 부르지 않은 걸 후회했지만 어쩔 수 없었다. 굳이 말하지 않았지만, 타고내리는 것도 힘들어하시니 그냥 이렇게 가는 것이 나으리라 생각했다.

다섯 걸음 걷다가 눈에 보이는 만만한 곳에 아버지를 앉혀 드렸다. 빌라 주차장 낮은 담장, 미장원 평상 같은 곳에 앉혀 드리기도 했다. 땀범벅에 배는 등짝에 붙고, 뱃속에서는 꼬르륵 소리가 천둥처럼 들리는데, 이 행군은 언제 끝날지 알 수가 없으니. 다시 다섯 발짝 걸어가니 앞에 하얀 시트가 깔린 낡은 나무 의자가 보였다. 아버지를 앉혔다. 나는 의자를 들고 가고, 언니는 아버지를 부축했다. 다섯 걸음 걷고 쉬고 다섯 걸음 걷고 쉬기를 반복했다. 우리 집 골목 입구까지 나는 의자를 가지고 걸었다. 입구가 보이자 의자를 제자리에 두려고 나는 달려갔다. 누군가의 쉼을 위해 의자가 그곳에 있지 않았을까 싶어서 꼭 그 자리에 두고 왔다.

그 의자가 없었더라면 아버지는 길바닥에 주저앉아 일어나지도 못했으리라. 아버지를 업을 힘이라도 있다면 업기라도 하련만, 그럴 엄두조차 낼 수 없는 언니와 나 역시 함께 주저앉아 그냥 울고만 있지 않았을까. 아니면 300미터의 거리가 너무 멀어서 집을 이리로 가져올 수 없는 걸 한탄하며 울었으리라. 다른 사람이 보면 그 장면은 희극이지만, 우리에게는 그 상황이 비극이었다. 그때를 되새기면 참 어처구니없는 소극(笑劇)처럼 보이지만, 그 순간에는 울고만 싶었다. 가야 한다는 생각, 집이 너무 멀다는 생각만 했다. 그래도 나 혼자가 아니라, 언니와 같이 있어서 그나마 버틸 만했다.

  아무리 사소한 일이라도 나의 일이 되면 사소하지 않다. 아무리 힘든 일도 시간이 지나면 추억이 된다. 기억이 추억이 되면 빛이 바랜다. 그러나 바래지 않는 기억도 있다. 갓 씻은 상춧잎처럼, 물방울이 맺힌 어린 나뭇가지를 비추는 햇빛처럼 마음의 현(絃)을 울리는 그런 기억도 있다. 나는 이 기억을 조금 우울하거나 쓸쓸할 때 자주 떠올릴 것 같다. 아버지가 돌아가시고, 나 역시 낡은 의자처럼 더 노인이 되면 그때 그 행군을 떠올릴 것이다. 그 의자의 덕택으로 아버지는 길 위에서나마 잠시 쉴 수 있었다고. 낡고 바래서 누군가에 의해 버려졌지만 아버지에게 쉼을 허락한 그 의자를 기억하리라. 쓸모없음의 쓸모를 실감한 그 시간을 단 한 순간도 나는 잊지 않으리라. 아버지와 꼭 닮은 낡은 의자 덕분에 언니와 나, 그리고 아버지는 길 위에서 위로를 받았다. 버려진 의자가 들을 수 있다면, 나는 말하고 싶다. 의자야 고마워!라고.

곰곰씨 34인 작품집

종이배에 별을 싣고

초판 1쇄 발행 2024년 7월 12일

지은이 박덕규 외
펴낸이 임현경

펴낸곳 곰곰나루
출판등록 제2019 - 000052호 (2019년 9월 24일)
주소 서울특별시 양천구 목동서로 221 굿모닝탑 201동 605호(목동)
전화 02 - 2649 - 0609
팩스 02 - 798 - 1131
전자우편 merdian6304@naver.com
유튜브 채널 곰곰나루

ISBN 979 - 11 - 92621 - 13 - 5 03810

책값 17,000원